HEYNE BÜCHER

SCIENCE FICTION

Herausgegeben
von Wolfgang Jeschke

Von Edward E. Smith erschienen in der Reihe
HEYNE SCIENCE FICTION & FANTASY:

Der Lensmen-Zyklus:

Band 1: *Die Planetenbasis* · 06/3704; auch als 06/4185
Band 2: *Die ersten Lensmen* · 06/3705; auch als 06/4186
Band 3: *Galaktische Patrouille* · 06/3708; auch als 06/4187
Band 4: *Die grauen Herrscher* · 06/3710-11; auch als 06/4188
Band 5: *Das zweite Imperium* · 06/3713-14; auch als 06/4189
Band 6: *Das Erbe der Lens* · 06/3716; auch als 06/4190
Band 7: *Wächter des Mahlstroms* · 06/3717; auch als 06/4233

Der Skylark-Zyklus:

Band 1: *Die Abenteuer der Skylark* · 06/3479; auch als 06/4777
Band 2: *Die Skylark und die Schlacht um Osnome* · 06/3491; auch als 06/4778
Band 3: *Die Skylark und die Sternenwanderer* · 06/3503; auch als 06/4779
Band 4: *Die Skylark und der Kampf um die Galaxis* · 06/3515; auch als 06/4780

EDWARD E. SMITH

Die Skylark und die Sternenwanderer

DRITTER ROMAN
DES SKYLARK-ZYKLUS

Science Fiction

WILHELM HEYNE VERLAG
MÜNCHEN

HEYNE SCIENCE FICTION & FANTASY
Band 06/4779

Titel der amerikanischen Originalausgabe
SKYLARK OF VALERON
Deutsche Übersetzung von Thomas Schlück
Das Umschlagbild schuf Dariusz Chojnacki
Die Illustrationen im Text sind von Klaus Porschka

Dieses Buch erschien unter
gleichem Titel 1976
als HEYNE-BUCH 06/3503

Redaktion: Wolfgang Jeschke

Printed in Germany 1991
Umschlaggestaltung: Atelier Ingrid Schütz, München
Satz: Schaber, Wels
Druck und Bindung: Elsnerdruck, Berlin

ISBN 3-453-04497-5

Kapitel 1

Tag für Tag zog ein kugelförmiges Raumschiff aus Arenak durch die unendliche Weite des interstellaren Weltraums. Vor langer Zeit war es als osnomisches Kriegsschiff in Dienst gestellt worden, jetzt hieß es *Violet* und trug zwei Erdenmenschen und einen Fenachroner an Bord — Dr. Marc C. DuQuesne von der World Steel Corporation, ›Baby Doll‹ Loring, seinen vielseitigen Assistenten und den monströs wirkenden Ingenieur des Flaggschiffs Y427W. Das Schiff bewegte sich vom Grünen System kommend auf das Sonnensystem der Fenachroner zu. Der mittlere Wendepunkt der gewaltigen Strecke war längst passiert; seit dieser Zeit bremste die *Violet* mit einer Gegenbeschleunigung von fünffacher Lichtgeschwindigkeit ab.

Zur großen Überraschung DuQuesnes und Lorings hatte sich ihr Gefangener sämtlicher Feindseligkeiten enthalten. Er hatte sich mit der vollen Kraft seines übernatürlichen Körpers und Gehirns der Aufgabe gewidmet, den Atomantrieb der *Violet* in den raumabsorbierenden Antrieb seiner Rasse umzubauen. Dieser Antrieb, der in seinem Wirkungsbereich jedes einzelne Atom anspricht, hebt die Beschleunigungswirkung auf, so daß sich die Raumschiffpassagiere keiner Bewegung bewußt sind, auch wenn ihr Fahrzeug mit Höchstwerten beschleunigt wird.

Der Ingenieur hatte sich um keine Aufgabe gedrückt, mochte sie auch noch so schwierig sein. Als er erst einmal richtig in Fahrt war hatte er den Antrieb mit dem ganzen Können seines Berufsstandes versorgt; er hatte Wunder an Umspannungen und Justierungen vollbracht, so daß die schon unvorstellbare Maximumbeschleunigung noch um weitere zwei Prozent gesteigert worden war. Und das war noch nicht alles. Nach der ersten Auflehnung verzichtete er darauf, die fast unwiderstehliche hypnotische Kraft seiner Augen einzusetzen, jener kalten roten Projektoren geistiger Energie, die die beiden Männer am eigenen Leibe als fürchterliche Waffe erfahren hatten. Auch protestierte er überhaupt nicht gegen die Attraktorfesseln, die man ihm über die gewaltigen Gliedmaßen gestreift hatte.

Nicht-materielle Fesseln waren es, deren Kraft nicht spürbar war, solange der Gefangene sich ruhig verhielt. Doch machte er auch nur eine falsche Bewegung, verwandelten sich die winzigen Kraftlinien sofort in kupfergespeiste Energiestrahlen und schleuderten den armen Burschen gegen die Kontrollraumwand und hielten ihn dort reglos fest, wie sehr sich sein mächtiger Körper auch anstrengen mochte.

DuQuesne lag entspannt in seinem Sitz; vielmehr schwebte er ausgestreckt darüber, ohne die Liegefläche zu berühren. Seine Brauen waren düster zusammengezogen, während er mit schwarzen Augen den fenachronischen Ingenieur musterte. Wie üblich steckte das Wesen zur Hälfte in der Antriebsanlage und bemühte sich, noch mehr Leistung aus den gewaltigen Maschinen herauszuholen.

Der Wissenschaftler spürte die Neugier seines Begleiters und wandte sich mit unwägbarem Blick an Loring, der seinen Chef betrachtet hatte, während DuQuesne das außerirdische Wesen studierte. Lorings engelhaftes Äußere war so täuschend wie je, seine klaren blauen Augen wirkten ruhig und gelassen, doch DuQuesne, der den Mann gut kannte, spürte eine unmerkliche Spannung und wußte, daß der Mörder ebenfalls beunruhigt war.

»Was ist los, Doll?« Der Wissenschaftler lächelte freudlos. »Haben Sie Angst, daß uns der Kerl einen Streich spielt?«

»Eigentlich nicht.« Loring schien aufzuatmen. »Schließlich ist dies Ihre Expedition, und was Ihnen recht ist, macht mir keine Sorgen. Sie scheinen zu wissen, daß der Bursche nicht unter Zwang arbeitet. Niemand geht so schwungvoll vor, wenn ihm eine Pistole im Nacken sitzt. Der Kerl arbeitet in die eigene Tasche, das ist sicher, und ich habe mich nur gefragt, ob Sie nicht etwas zu lange zögern, ihm ein wenig die Flügel zu stutzen.«

»O nein — es gibt gute und ausreichende Gründe für die scheinbare Verzögerung. Ich werde den Burschen in genau ...« — DuQuesne blickte auf seine Armbanduhr — »vierzehn Minuten an die Kandare nehmen. Aber Sie haben ein scharfes Auge, und Ihr Köpfchen funktioniert — vielleicht sollte ich Sie lieber in allen Einzelheiten unterrichten.«

DuQuesne, der seinen nervenstarken und kaltblütigen Assistenten zu schätzen wußte, äußerte hier einen Gedanken, den er schon einmal formuliert hatte, als sie gerade von der Erde gestartet waren; und Loring antwortete mit fast denselben Worten Worten, die einiges über die wahre Natur dieses Mannes verrieten:

»Wie Sie wollen. Normalerweise möchte ich möglichst wenig wissen — was man nicht weiß, kann man nicht verraten. Hier draußen müßte ich aber so viel wissen, um vernünftig reagieren zu können, wenn es ein Problem gibt. Aber Sie sind hier der Fachmann — wenn Sie's lieber für sich behalten wollen, ist es mir auch recht. Wie schon gesagt — dies ist Ihre Veranstaltung.«

»Ja, er arbeitet auf jeden Fall in die eigene Tasche.« DuQuesne runzelte die Stirn. »Wenigstens bildet er sich das ein. Sie wissen, daß ich neulich seine Gedanken studiert habe, als er noch bewußtlos war. Dabei war bei weitem nicht alles zu erfahren, was ich wissen wollte — dazu ist er zu schnell wach geworden —, doch ich weiß mehr, als er ahnt.

Die Fenachroner haben Ortungsfelder, die weit ins All hinausragen und ihre gesamte Welt umgeben.

Nichts kann diese Felder durchdringen, ohne daß es Alarm gibt — und innerhalb der Zonen patrouillieren Kundschafterschiffe, deren Bewaffnung unvorstellbar ist. Ich gedenke eins dieser Patrouillenschiffe zu übernehmen und damit eins der großen fenachronischen Schlachtschiffe zu erobern. Als erstes hypnotisiere ich den Burschen und quetsche ihn noch einmal richtig aus. Wenn ich mit ihm fertig bin, tut er genau, was ich ihm sage — und nichts anderes.«

»Ihn hypnotisieren?« Sogar Lorings gelassener Geist bewies Neugier angesichts der unerwarteten Entwicklung. »Ich wußte gar nicht, daß das zu Ihren Talenten gehört.«

»Oh, ich hatte bis vor kurzem auch keine Ahnung davon, aber die Fenachroner sind Meister dieses Fachs, und ich habe aus seinem Gehirn darüber erfahren. Die Hypnose ist eine herrliche Wissenschaft. Der einzige Nachteil liegt darin, daß sein Geist viel stärker ist als meiner. Aber ich habe in meiner Ausrüstung unter anderem eine Röhre mit einem Zeug, das ihn mir gefügig macht.«

»Oh, ich verstehe — Pentabarb.« Mit diesem Hinweis erfaßte Lorings beweglicher Geist sofort die wesentlichen Punkte von DuQuesnes Plan. »Deshalb mußten Sie so lange warten. Pentabarb bringt ein Lebewesen in vierundzwanzig Stunden um — doch wenn er tot ist, kann er uns nicht helfen, das Schiff zu erobern.«

»Genau! Schon ein Milligramm macht aus jedem Menschen einen brabbelnden Idioten; wahrscheinlich brauchen wir die drei- bis vierfache Menge, um ihn zu bezwingen. Da ich die Wirkung solcher schweren Dosierungen nicht kenne — immerhin ist er kein richtiger Mensch, und er muß leben, wenn wir die fenachronischen Schutzschirme erreichen —, habe ich beschlossen, ihn genau sechs Stunden vor unserem Kontakt mit den äußersten Ortungsschirmen in die Mangel zu nehmen. Mehr kann ich Ihnen im Augenblick auch nicht sagen; wenn ich sein Gehirn gründlicher studiert habe, arbeite ich die Einzelheiten aus, wie wir das Schiff erobern.«

Nach genau vierzehn Minuten verkürzte DuQuesne die Attraktorstrahlen, die dem Gefangenen niemals ganz abgenommen worden waren, und preßte ihn damit gegen die Wand des Kontrollraums, so daß er sich nicht mehr bewegen konnte. Dann füllte er eine Injektionsspritze und schob ein Lerngerät neben das reglose Wesen, das sich allerdings heftig zu wehren versuchte. Dann wich er der intensiven Haßstrahlung der Augen des Fenachroners aus, stellte die Kontrollen des Lerngeräts ein, brachte die Kopfhauben und stach mit der Hohlnadel zu. Ein Milligramm des teuflischen Mittels wurde eingespritzt, ohne daß die trotzige Gegenreaktion, die über die Leitungen des Lerngeräts kam, im geringsten nachließ. Anderthalb ... zwei Milligramm ... drei ... vier ... fünf ...

Der unmenschlich starke Geist begann endlich zu erlahmen, gab aber die Gegenwehr erst auf, als sieben Milligramm der tödlichen Droge gespritzt worden waren.

»Nur gut, daß ich nur sechs Stunden Karenzzeit vorgesehen habe.« DuQuesne seufzte erleichtert auf, als er das Labyrinth des furchterregenden Geistes zu erkunden begann, der nun offen vor ihm dalag. »Ich kann mir nicht vorstellen, daß lebendiges Gehirngewebe sieben Milligramm von dem Zeug lange aushalten kann.«

Er verstummte, und gut eine Stunde lang studierte er den Geist des Ingenieurs, wobei er sich auf mehrere Teilgebiete mit Kenntnissen konzentrierte, die ihn im Augenblick am meisten interessierten. Schließlich nahm er die Kopfhaube ab.

»Er hatte einen raffinierten Plan geschmiedet«, sagte er gelassen zu Loring. »Aber auch meine Pläne stehen jetzt fest. Bringen Sie mir zwei komplette Sätze Kleidung — Ihre und meine Sachen. Zwei Waffengurte und so weiter. Auch einen Stapel Abfallmaterial und zwei Notkerzen.«

DuQuesne wandte sich dem Fenachroner zu, der entspannt dastand, und starrte in die matten ausdruckslosen Augen.

»Du«, befahl er, »wirst uns sofort und so schnell wie möglich zwei Puppen bauen, die genauso aussehen wie Loring und ich. Sie müssen bis ins letzte Detail lebensecht aussehen, mit Gesichtern, die Überraschung und Wut zeigen können, und mit rechten Armen, die auf einen Befehl hin — auf meinen Befehl hin — eine Waffe ziehen können. Auch müssen sich auf Befehl Köpfe und Körper wenden lassen; sie werden zur Mitte des Raums hin springen und werden gewisse Laute ausstoßen und Worte sprechen, deren Aufzeichnung ich vorbereite. An die Arbeit!«

»Brauchen Sie nicht die Kopfhaube, um ihn zu lenken?« fragte Loring neugierig.

»Vielleicht später, wenn es um die Einzelheiten geht«, entgegnete DuQuesne geistesabwesend. »Dies ist mehr oder weniger ein Versuch, um festzustellen, ob ich ihn wirklich ganz im Griff habe. Im letzten Akt wird er nämlich genau tun müssen, was ich sage — und zwar ohne Aufsicht, und ich möchte ganz sichergehen, daß es dabei keinen Irrtum gibt.«

»Wie sieht denn Ihr Plan aus — oder geht mich das nichts an?«

»O doch — Sie müssen Bescheid wissen, und ich sollte Sie gleich einweihen. Kein Stück Materie kann sich der fenachronischen Heimat nähern, ohne gesehen zu werden, da die Welt stets von mindestens zwei vollen sphärischen Ortungsschirmen umgeben ist; und um ganz sicherzugehen, hat unser Ingenieur hier einen Mechanismus installiert, der bei der ersten Berührung durch den äußeren Schirm eine Warnung durch einen gezielten Kommunikationsstrahl direkt in den Empfänger des nächsten fenachronischen Kundschafterschiffs schickt. Wie Sie schon wissen — das kleinste Patrouillenschiff kann unseren Kahn in weniger als einer Sekunde aus dem Äther pusten.«

»Hübsche Aussichten. Glauben Sie, daß es einen Ausweg für uns gibt?«

»Darauf komme ich gleich. Wir gelangen auf keinen Fall durch die Ortungsbarriere, ohne gestoppt zu werden, selbst wenn ich seine kleinen Apparate ausbaue — also machen wir uns seinen Plan zunutze, allerdings mit kleinen Abänderungen. Deswegen sein hypnotischer Zustand und die Puppen. Wenn wir auf den Schirm stoßen, werden wir uns verstecken. Die Puppen übernehmen für uns das Kommando, und unser Gefangener spielt die Rolle, die ich für ihn festlege.

Das herbeigerufene Kundschafterschiff sieht sich die Sache an. Es bringt Geräte und Attraktoren zum Tragen, um den Gefangenen zu befreien, und die Puppen versuchen sich zu wehren. Daraufhin werden sie zerschossen oder zu Asche verbrannt, und unser kleiner Spielkamerad legt seinen Raumanzug an und wird zum siegreichen Schiff hinübergebracht. Dort erstattet er dem Kommandanten Bericht.

Dieser Offizier hält den Zwischenfall bestimmt für wichtig genug, um eine Meldung an das Hauptquartier zu machen. Wenn nicht, besteht unser kleiner Mitspieler darauf, sich sofort an das Hauptquartier zu wenden. Sobald der Bericht durch ist, machen wir beide uns mit Hilfe des Gefangenen daran, die Schiffsmannschaft auszulöschen und den Kahn zu übernehmen.«

»Und glauben Sie, daß er das tut?« Lorings rosiges Gesicht zeigte Zweifel, in seiner Stimme schwang ein Anflug von Skepsis.

»Ich *weiß*, daß er's tut!« Die Stimme des Chemikers klang hart. »Er ist nicht aktiv an der Sache beteiligt — meine psychologischen Kenntnisse reichen nicht aus, um zu wissen, ob ich ihn gegen den Willen des nicht hypnotisierbaren Unterbewußtseins so weit treiben könnte — aber er wird etwas bei sich tragen, das mir eine einfache und sichere Möglichkeit bietet. Aber wir haben genug geredet — am besten fangen wir mit der Arbeit an.«

Während Loring Ersatzkleidung und Waffen zusammenholte und das Schiff durchsuchte, um Baumaterial für die Puppen zu finden, arbeitete der Fenachroner an der ihm gestellten Aufgabe. Und er arbeitete nicht nur schnell, sondern mit Geschick und Kunstfertigkeit.

Diese Kunstfertigkeit war nicht weiter überraschend, denn für einen Geist, wie ihn der Chefingenieur eines großen fenachronischen Raumschiffs besitzen mußte, war die originalgetreue Nachbildung einer sich bewegenden Sache keine Frage der Kunst, sondern eine elementare Frage von Linie, Form und Mechanismus.

Baumwollbüschel wurden geformt, verstärkt und unter Druck in Leder gehüllt. An den so gebildeten Körpern wurden die Köpfe befestigt, raffiniert gestaltet aus weichem Gewebe, Plastik und Wachs. Winzige Motoren und zahlreiche andere kleine Geräte wurden installiert, und die fertigen Puppen wurden angekleidet und bewaffnet.

DuQuesne musterte mit scharfem Blick die erstaunlich lebensecht wirkenden Nachbildungen seiner selbst und seines Reisebegleiters.

»Gute Arbeit«, sagte er schließlich.

»Gut?« fragte Loring. »Ausgezeichnet! Also das Ding hier würde sogar meine Frau täuschen, wenn ich eine hätte. Sogar ich muß zweimal hinschauen!«

»Zumindest reichen die Puppen aus, um einem kritischeren Test standzuhalten, als wir zu erwarten haben.«

Zufrieden wandte sich DuQuesne ab und trat an den Schrank, in dem er den Raumanzug des Gefangenen untergebracht hatte. An der Innenseite des Brustteils befestigte er ein unauffälliges flaches Kästchen. Dann maß er sorgfältig den Durchmesser des Planeten, der jetzt riesig unter ihnen aufgetaucht war.

»Gut, Doll — unsere Zeit wird knapp. Holen Sie unsere Raumanzüge heraus und überprüfen Sie sie, während ich unserem Freund die letzten Anweisungen gebe.«

In schneller Folge strömten diese Anweisungen aus DuQuesnes raffiniertem Geist durch die Drähte des Lerngeräts in das jetzt unterwürfige Gehirn des Gefangenen. Der Wissenschaftler von der Erde erklärte dem Fenachroner mit klaren, knappen Worten, was er tun und sagen müßte, sobald sie die äußeren Schutzschirme seines Heimatplaneten berührten. Er schrieb dem Fenachroner seine Rolle bis zu dem Augenblick vor, da er seinen vorgesetzten Offizieren Bericht erstattet hatte. Dann legten die beiden Erdbewohner ihre Raumanzüge an und begaben sich in einen benachbarten Raum, eine kleine Kammer, in der verschiedene Raumanzüge hingen und zahlreiche Waffen aufbewahrt wurden.

»Wir hängen uns an diese Haken, damit wir aussehen wie die übrigen Anzüge hier«, erklärte DuQuesne. »Dies ist der einzige Umstand, der ein bißchen riskant werden kann, aber es besteht eigentlich keine Gefahr, daß man uns entdeckt. In der Meldung unseres Fenachroners an das Kundschafterschiff kommt zum Ausdruck, daß nur zwei Menschen an Bord sind, und wir werden voll sichtbar bei unserem Gefangenen sein.

Wenn die Fenachroner zufällig doch eine Suchgruppe an Bord schicken, wird man die *Violet* wahrscheinlich nicht eingehend durchsuchen, da man schon weiß, daß wir keine interessanten Dinge an Bord haben; und man würde uns natürlich für leere Raumanzüge halten. Doll, Sie müssen also den Helmschutz unten behalten — vielleicht bis auf einen winzigen Spalt, damit Sie etwas erkennen können. Vor allem dürfen Sie sich keinen Millimeter bewegen, was auch geschehen mag!«

»Aber wie wollen Sie die Kontrollen bedienen, ohne die Hände zu bewegen?«

»Das geht nicht. Aber meine Hände werden nicht in

den Ärmeln stecken, sondern im Hauptteil des Anzugs ... halt! Da ist der Blitz!«

Das Raumschiff war durch die schwache Strahlungszone geflogen, aus der der äußere Ortungsschirm der Fenachroner bestand. Doch so schwach die Schirmspannung auch war — die Ortung sprach sofort an, und beim ersten Kontakt trat der Sender in Aktion, den der Gefangene gebaut hatte. Das Gerät war während des langen Weltraumflugs entstanden, und sein Erbauer hatte gehofft, daß es von den Erdbewohnern nicht bemerkt werden würde.

Automatisch aktiviert, richtete der Sender nun einen Funkstrahl auf das nächste Kundschafterschiff der Fenachroner und gab die gesamte Geschichte der *Violet* und ihrer Besatzung durch. Aber DuQuesne war kein Risiko eingegangen. Nachdem er den Geist des Ingenieurs studiert hatte, hatte er ein Relais installiert, das sich bei der ersten feindlichen Schirmberührung mit einem Blitz bemerkbar machte. Jetzt war dieser Blitz aufgezuckt; sie hatten also die äußere Grenze der gefürchteten Zivilisation der Fenachroner durchstoßen.

In der Waffenkammer bewegten sich DuQuesnes Hände unmerklich im Schutzpanzer, und draußen im Kontrollraum bewegte sich die Puppe, die dem äußeren Anschein nach ebenfalls DuQuesne war. Die Puppe begann zu sprechen, verkürzte die Attraktorstrahlen und drückte den Fenachroner wieder hilflos an die Wand.

»Ich will nur sichergehen, daß Sie keine üblen Tricks versuchen«, sagte die Puppe mit DuQuesnes Stimme. »Sie haben bis jetzt gut gearbeitet, aber ab sofort übernehme ich das Kommando, damit Sie uns nicht in eine Falle lavieren können. Jetzt sagen Sie mir genau, was ich tun muß, um eins Ihrer Schiffe zu erbeuten. Danach werde ich mir überlegen, wie ich Sie laufenlasse.«

»Narren seid ihr! Es ist zu spät!« rief der Gefangene begeistert. »Es wäre zu spät gewesen, auch wenn Sie mich draußen im All getötet hätten und mit Höchstbeschleunigung geflohen wären! Ihr wißt es noch nicht, doch ihr seid bereits tot — unser Patrouillenschiff muß gleich da sein!«

Die Puppe, die DuQuesne darstellen sollte, fuhr wutschnaubend herum und zog blitzschnell die automatische Pistole, eine Bewegung, die von Lorings Puppe nachgeahmt wurde. Im gleichen Augenblick setzte eine fürchterliche Beschleunigung ein, die beide Puppen zu Boden stürzen ließ, eine Magnetkraft entriß ihnen die Waffen, und ein unvorstellbar starker Hitzestrahl verwandelte beide Gestalten in Aschehaufen. Unmittelbar danach neutralisierte ein Kraftstrahl vom Patrouillenkreuzer die Attraktoren, die den Gefangenen fesselten, und als er seinen Raumanzug angelegt hatte, wurde er auf das fenachronische Wachschiff hinübergebracht.

DuQuesne verharrte reglos in der kleinen Kammer und wartete, bis sich die Luftschleusen des fenachronischen Schiffes hinter seinem ehemaligen Gefangenen geschlossen hatten, er wartete, bis das arme Ungeheuer seinem Oberherrn Fenor und seinem befehlshabenden General Fenimor Bericht erstattet hatte; er wartete ferner, bis der Kommunikationsstrahl unterbrochen und das hypnotisierte und bereits sterbende Wesen sich abgewandt hatte, als wollte es mit seinen Artgenossen sprechen. Erst in diesem Augenblick trat der gefährliche Wissenschaftler in Aktion. Seine Finger schlossen einen Stromkreis, und im fenachronischen Schiff, im Brustteil des abgelegten Raumanzugs, zerfiel lautlos das flache Kästchen und verströmte ein farb- und geruchloses tödliches Gas.

»Als brächte man Goldfische um!« DuQuesne zeigte nicht die geringste Gefühlsregung; weder Mitleid für den besiegten Gegner noch Freude über das Gelingen seines Plans. »Für den Fall, daß ein paar Burschen Raumanzüge trugen, war auch noch etwas explosives Kupfer zur Detonation vorbereitet, aber so ist es natürlich besser — die Explosion hätte wertvolle Instrumente beschädigen können.«

Und an Bord des fenachronischen Schiffes verbreitete sich DuQuesnes Gas mit großer Geschwindigkeit, und die fremde Besatzung sank um. Die Fenachroner starben, ohne zu wissen, was mit ihnen geschah; sie starben, ohne auch nur den Versuch zu machen, Alarm zu geben; sie starben, ohne zu wissen, daß ihr Leben zu Ende war.

Kapitel 2

Können Sie die Luftschleusen des Schiffs von außen öffnen, Doktor?« fragte Loring, als die beiden Abenteurer die Waffenkammer verließen und den Kontrollraum aufsuchten, wo DuQuesne die beiden Raumschiffe mit Hilfe von Attraktoren zusammenführte.

»Ja. Ich weiß Bescheid, ich besitze das komplette Wissen eines Ingenieurs in einem erstklassigen fenachronischen Schlachtschiff. Für unseren Gast war eins der kleinen Kundschafterschiffe natürlich nicht der Beachtung wert — aber die Außenkontrollen aller fenachronischen Schiffe funktionieren nach dem gleichen Prinzip.«

Gelenkt von den Attraktoren, befanden sich die beiden Raumschiffe bald Tür an Tür. DuQuesne stellte die kraftvollen Strahlen so ein, daß die Fahrzeuge fest miteinander verbunden waren, und beide Männer betraten die Luftschleuse der *Violet*. DuQuesne pumpte die Luft aus der Schleuse und öffnete die Außentüren, dann öffnete er Außen- und Innentür des Kundschafterschiffs.

Als die Innentür aufging, entwich die vergiftete Schiffsatmosphäre ins All. Die Erdbewohner warteten, bis der eiskalte Sturm nachgelassen hatte, dann betraten sie den Kontrollraum des feindlichen Schiffs. Obwohl Loring ein abgehärteter und gewissenloser Mörder war, berührte ihn der Anblick der vier schrecklich aufgedunsenen Gebilde, die einmal Fenachroner gewesen waren.

»Vielleicht hätten wir die Luft nicht so schnell entweichen lassen sollen«, sagte er und riß den Blick von der schrecklichen Szene los.

»Die Gehirne sind unverletzt — und das ist das Wichtige.« Ungerührt öffnete DuQuesne die Luftventile, und erst als der dröhnende Strahl die letzten Spuren des gefährlichen Giftgases aus dem ganzen Schiff vertrieben hatte, schloß er die Türen der Luftschleuse und ließ die Atmosphäre wieder auf normale Druck- und Temperaturwerte ansteigen.

»Welches Schiff wollen Sie nehmen — dieses oder unseres?« fragte Loring, als er seinen unförmigen Schutzpanzer abzulegen begann.

»Weiß ich noch nicht. Dürfte weitgehend davon abhängen, was ich im Gehirn des Leutnants finde, der dieses Patrouillenschiff befehligt hat. Es gibt zwei Methoden, ein Schlachtschiff zu erobern — bei einer brauchen wir die *Violet*, bei der anderen dieses Kundschafterboot. Die Informationen, die ich bald bekomme, werden mir Klarheit verschaffen, welcher der beiden Pläne weniger riskant ist.

Es gäbe natürlich eine dritte Methode — zur Erde zurückzufliegen und dort ein fenachronisches Schlachtschiff nachzubauen mit Hilfe des Wissens über Geräte, Mechanismen, Materialien und Waffen der Fenachroner, das ich aus den verschiedenen Gehirnen gezogen habe. Aber das würde lange dauern und wäre nicht unbedingt erfolgversprechender, weil es bestimmt einige wesentliche Dinge gibt, die ich noch nicht in Erfahrung gebracht habe. Außerdem haben wir diesen Flug unternommen, um eins der größten Raumschiffe zu erobern, und das wollen wir denn auch tun.«

Ohne Zögern verband DuQuesne sein Gehirn über das Lerngerät mit dem des toten fenachronischen Leutnants und machte sich gelassen an die Arbeit, als hielte er Loring einen Vortrag über fenachronische Verhältnisse. Systematisch erkundete er die komplizierten Abgründe des ehrfurchtgebietenden Gehirns. Doch schon nach zehn Minuten wurde er durch den metallischen Klang eines Notrufs unterbrochen. Er schaltete das Lerngerät aus, nahm die Kopfhaube ab, bestätigte den Funkspruch und beobachtete das Aufzeichnungsgerät, das die kurze, nachdrückliche Botschaft ausspuckte.

»Hier geht etwas vor, das nicht auf meinem Programm steht«, sagte DuQuesne zu Loring, der ihn gespannt beobachtete. »Man muß sich ja immer wieder auf unliebsame Zwischenfälle gefaßt machen — doch hier kommt es vielleicht zur Katastrophe. Die Fenachroner werden aus dem All angegriffen, und alle Streitkräfte sind in eine Verteidigungsformation befohlen worden — Invasionsplan XB218, was immer das sein mag. Ich muß mir mal das Kodebuch ansehen.«

Der Tisch des befehlshabenden Offiziers war ein niedriges Metallgebilde. DuQuesne ging hinüber, bediente hastig die Hebel und Wählscheiben des Kombinationsschlosses und nahm aus einem Fach den ›Kode‹ — ein polygonales Gitterwerk aus gravierten Metallstäben und Schiebern, das eine gewisse Ähnlichkeit mit einem irdischen Multiplex-Rechenschieber hatte.

»X — B — Zwei — Eins — Acht.« Obwohl DuQuesne ein solches Gerät nie zuvor gesehen hatte, machten ihn die Kenntnisse, die er aus den Köpfen der toten Offiziere gezogen hatte, damit vertraut, und seine langen, kräftigen Finger stellten den angegebenen Verteidigungsplan ebenso schnell und sicher ein, wie es ein Fenachroner vermocht hätte. Er drehte das Gerät in den Händen und studierte jede geneigte Oberfläche, wobei er konzentriert die Stirn runzelte.

»Munitionsfabriken sollen ... soundso ... Das wollen wir nicht. Reserven — Zonen — Versorgung — Proviant — Verteidigungsschirme ... oh, da sind wir! Kundschafterschiffe. Anstatt einen bestimmten Raumsektor abzupatrouillieren, muß jedes Kundschafterschiff eine feste Position dicht innerhalb der äußeren Detektorzone einnehmen. Die zwanzigfache Anzahl von Schiffen tritt in Aktion, so viele, daß die einzelnen Schiffe nur etwa zehntausend Meilen voneinander entfernt sind — und jedes Schiff soll sich über hochenergetische Detektorschirme und Visischirme und Aufzeichnungsgeräte mit sämtlichen Nachbarn verbinden.

Auch dient ein Schlachtschiff erster Ordnung als Mutterschiff, Schutz und Reserve — für jeweils vierundzwanzig Kundschafterschiffe. Das nächste Mutterschiff wird ... mal sehen, von hier wären das nur etwa zweiunddreißigtausend Kilometer in diese Richtung und etwa hundertundfünfzigtausend Kilometer nach unten.«

»Ändert das etwas an Ihren Plänen, Chef?«

»Da ich keine fertigen Pläne hatte, kann ich das nicht gerade behaupten. Jedenfalls ändert sich die Basis und bringt uns Gefahren, die wir bisher nicht in unsere Berechnungen einbezogen hatten. Wir haben nun keine Möglichkeit mehr, die Ortungszone zu durchqueren, bis wir ein Schiff haben, das jede denkbare Sperre durchstoßen kann. Andererseits muß bei der Formation so vieler Schiffe zwangsweise ein gewisses Durcheinander entstehen, und diese Tatsache wird die Eroberung unseres Schlachtschiffs womöglich leichter machen, als wir unter anderen Umständen erhoffen dürften.«

»Welche Gefahren sind denn neu hinzugekommen?« fragte Loring.

»Die Gefahr, daß der ganze Planet in die Luft gesprengt wird«, erwiderte DuQuesne brutal. »Jede Nation oder Rasse, die aus dem Weltall heraus angreift, muß über Atomkraft verfügen und ist damit auch in der Lage, einen Planeten zu vernichten, indem sie einfach aus dem All eine Bombe hinabfallen läßt. Natürlich wäre denkbar, daß man den Planeten Fenachrone kolonisieren will, dann gäbe es selbstverständlich keine Vernichtung — aber es ist immer ratsam, sich auf die schlimmste Möglichkeit gefaßt zu machen.«

»Wie kann uns das nützen, wenn die ganze Welt explodiert?« Loring zündete sich eine Zigarette an. Seine Hand bebte nicht, sein Gesicht war völlig ruhig. »Wenn das Ding hochgeht, sind wir doch auch dran — *pfft!*« Und er blies das Streichholz aus.

»Ganz und gar nicht, Doll«, beruhigte ihn DuQuesne. »Eine Atomexplosion, die an der Planetenoberfläche beginnt und sich nach unten ausbreitet, würde kaum genug Energie entwickeln, um Materie mit mehr als Lichtgeschwindigkeit zu befördern — und keine Explosionswelle, so gewaltig die Sprengkraft auch sein mag, kann diese Geschwindigkeit übertreffen. Die *Violet* ist an Kampfstärke nicht mit diesem Kundschafterboot zu vergleichen, hat aber die fünffache Beschleunigung, so daß wir einer Explosion mit der *Violet* mühelos davonlaufen könnten. Wenn wir allerdings in unserem Schiff bleiben, werden wir auf jeden Fall aufgespürt und aus dem Äther geblasen, sobald die Verteidigungsformation vollendet ist.

Andererseits ist dieses Kundschafterboot mit sämtlichen fenachronischen Offensiv- und Defensiveinrichtungen versehen, und wir müßten hier eigentlich vor einer Ortung sicher sein, jedenfalls solange wir das Boot brauchen. Da kleine Schiffe dieser Art nur für Kundschaftermissionen auf begrenztem Raum vorgesehen sind, ist der Antrieb relativ schwach. Wir würden also von einer kosmischen Explosion, wie sie anscheinend nun möglich ist, auf jeden Fall vernichtet werden. Diese Möglichkeit ist sehr gering, aber man muß sie mit berücksichtigen.«

»Na und? Sie reden ja im Kreis.«

»Ich schaue mir das Problem nur von allen Seiten an«, erklärte DuQuesne unbeeindruckt. »Wir haben viel Zeit, da es sicher eine Weile dauert, die Formation zu vollenden. Um unsere Lagebesprechung abzurunden — wir wollen dieses Schiff einsetzen, aber ist es sicher genug? Ja. Warum? Weil auch die Fenachroner seit langer Zeit die Atomkraft besitzen und mit ihren Möglichkeiten vertraut sind. Folglich haben sie zweifellos Schirme entwickelt, die keine derartige Bombe durchlassen.

Außerdem läßt sich der schnelle Antrieb innerhalb

weniger Tage auch in diesem Schiff installieren — ich habe Ihnen die Kenntnisse ja durch das Lerngerät vermittelt —, so daß wir dann gegen jede Eventualität gewappnet wären. Das ist der sicherste Plan. Sie werden also Vorräte und die wichtigsten persönlichen Dinge herüberbringen, während ich eine Kreisbahn für die *Violet* berechne. Wir wollen sie auf keinen Fall in der Nähe haben, und doch soll sie erreichbar sein, während wir dieses Kundschafterschiff an den Ort lenken, wo es nach Plan XB218 hingehört.«

»Warum tun wir das? Sollen die Fenachroner eine Chance bekommen, uns abzuschießen?«

»Nein, aber ich brauche Zeit, um die Gehirne zu studieren, und es dauert sicher auch eine Weile, ehe unser großes Mutterschiff die vorgesehene Position erreicht — wo wir es am leichtesten erobern können.« DuQuesne verharrte einen Augenblick, ohne die Kopfhaube abzunehmen. Er starrte stumm ins Leere.

»Ja«, sagte Loring. »Mit ist schon derselbe Gedanke gekommen. Wenn es nun *Seaton* ist, der die Fenachroner wie aufgescheuchte Hühner herumlaufen läßt?«

»Ich habe schon mehrmals daran gedacht — gründlich«, sagte DuQuesne schließlich. »Doch ich bin zu dem Schluß gekommen, daß nicht *Seaton* dahintersteckt. Wenn er es wäre, müßte er weitaus mehr Kenntnisse besitzen, als ich ihm zutraue. Ich glaube nicht, daß er in der kurzen Zeit soviel dazugelernt hat. Natürlich kann ich mich irren, doch unsere nächsten Schritte, die zur Eroberung des Schlachtschiffs führen, werden davon nicht berührt — ob nun Seaton hinter dem Angriff steht oder nicht.«

Das Gespräch war beendet; Loring stieg wieder in seinen Raumanzug und machte sich an die Arbeit. Stundenlang war er stumm und fleißig am Werk und brachte genügend Vorräte und persönliche Gegenstände herüber, so daß ein ausgedehnter Aufenthalt an Bord des fenachronischen Schiffs möglich war.

Er hatte seine Arbeit beendet und trug bereits die Geräte zusammen, die für den Neubau der Energieanlage erforderlich waren, als DuQuesne die langen komplizierten Berechnungen beendete, die die *Violet* auf den richtigen Kurs bringen würden. Das Problem wurde schließlich gelöst und überprüft, und DuQuesne erhob sich und knallte sein Buch mit neunstelligen Logarithmen zu.

»Sind Sie mit der *Violet* fertig, Doll?« fragte er und legte seinen Raumanzug an.

»Ja.«

»Gut! Ich gehe an Bord und stoße sie ab, nachdem wir hier ein bißchen die Kulissen aufgebaut haben. Nehmen Sie den Toten dort — ich brauche ihn nicht mehr; er hat sowieso nicht viel gewußt —, und werfen Sie ihn in den Bugraum. Dann machen Sie das Bug-Schott fest zu. Ich will draußen von der *Violet* aus ein paar hübsche Löcher hineinschießen, ehe ich den Kahn abstoße.«

»Aha — wir sollen havariert aussehen, nicht wahr?«

»Genau! Wir brauchen eine gute Entschuldigung dafür, daß unsere Visischirmanlage nicht funktioniert. Ich kann meine Berichte über den Kommunikator absetzen und Kodenachrichten und Befehle empfangen und senden — doch eine eingehende Musterung über Visischirm können wir leider nicht zulassen. Auch brauchen wir einen Vorwand, damit wir uns dem Mutterschiff nähern können. Wir tun so, als wären wir unverhofft von einem Meteoriten getroffen und beschädigt worden. Eine ziemlich fadenscheinige Ausrede bei den perfekten Schutzschirmanlagen, aber sie reicht vielleicht fürs erste aus.«

Nachdem sich DuQuesne überzeugt hatte, daß der kleine Raum im Bug keine wichtigen Dinge enthielt, wurde die Leiche des Fenachroners hineingeworfen, das luftdichte Schott wurde geschlossen und verriegelt, und der Wissenschaftler trat in die Luftschleuse.

»Sobald ich Kurs und Beschleunigung der *Violet* genau eingestellt habe, schwinge ich mich ins All hinaus, und Sie können mich wieder an Bord nehmen«, befahl er. Im nächsten Augenblick war er fort.

Im Maschinenraum der *Violet* löste DuQuesne die Attraktorstrahlen und brachte das Schiff auf einige hundert Meter Abstand von dem Fenachroner. Dann drehte er einige Rädchen, drückte auf einen Hebel; aus dem Nadelstrahlprojektor der *Violet* zuckte ein dünner Streifen unglaublich verdichteter Energie und stieß auf den Bug des fenachronischen Schiffs.

Dunark, Kronprinz von Kondal, hatte diesen Energiestrahl als die stärkste Vernichtungswaffe in zehntausend Jahren osnomischer Kriegsgeschichte entwickelt; und obwohl hinter diesem Strahl nur die vergleichsweise geringen Energien standen, die den Bewohnern des Grünen Systems vor Seatons Eintreffen bekannt waren, vermochte keine bekannte Substanz dem vernichtenden Stoß lange standzuhalten.

Das gleißende Stilett aus reiner Energie, von der vollen Kraft von vierhundert Pfund sich auflösenden Kupfers getrieben, traf nun aus nächster Nähe auf das nur zwei Zentimeter dicke Metall der Außenhülle des winzigen fenachronischen Raumkreuzers. DuQuesne erwartete keinen Widerstand, denn mit einem weitaus weniger kräftigen Strahl hatte er ein Schiff vernichtet, das aus Arenak bestand — Arenak, der osnomische Metallstoff, der fünfhundertmal so stark und hart ist wie die beste Stahllegierung der Erde.

Doch nun traf die gefährliche Energienadel auf die durchsichtige Oberfläche und prallte in grellen Funkenkaskaden zurück. Traf wieder auf, sprang zurück, traf auf und biß sich fest, bohrte sich fast unmerklich hinein, während die unwiderstehliche Energie ein Elektron nach dem anderen herausriß und sich in das überraschend widerstandsfähige Material der Außenwandung fraß. Diese Substanz war das fortschrittlichste synthetische Metall — das Material, das die denkbar größte Stärke, Härte und Festigkeit besaß, die bei Substanzen aus äthergeborenen Elektronen theoretisch möglich ist. Diese Substanz, entwickelt von den Meisterwissenschaftlern der Fenachroner, war identisch mit dem norlaminischen Synthetikmetall Inoson, aus dem Rovol und seine Helfer für Seaton das Riesenraumschiff *Skylark III* gebaut hatten.

Fünf Minuten lang richtete DuQuesne den tödlichen Strahl auf die Außenhülle, dann schaltete er ab, denn er hatte erst weniger als die Hälfte des Metalls durchdrungen. Gewiß, der Angriffspunkt der Energie schimmerte in fast unsichtbarer violetter Glut und war so intensiv heiß, daß sich die konzentrische Abstufung der Farben über Grellweiß, Gelb und Glühendrot bis in die Zone der dunkelroten Glut ziemlich weit zur Mitte des Schiffes hin erstreckte; doch die fürchterliche Kraft hatte praktisch keinen Einfluß auf die Flugeigenschaften des widerstandsfähigen kleinen Schiffs.

»Sinnlos, Loring«, sagte DuQuesne in aller Ruhe. Als echter Wissenschaftler zeigte er weder Mutlosigkeit noch Verwunderung, wenn eine Idee nicht klappte, sondern gab sie sofort auf, ohne ihr lange nachzutrauern. » Dem Schiff könnte kein Meteor etwas anhaben. Achtung!«

Kurz inspizierte er die Energieanzeige, machte mit dem Mikrometer vom Visischirm sechs verschiedene Messungen und verglich die Gradeinstellungen der großen Gyroskopkreise mit Zahlen in seinem Notizbuch. Als er sich überzeugt hatte, daß die *Violet* dem vorherbestimmten Kurs folgte, betrat er die Luftschleuse, winkte mit dem Arm im aufgedunsenen Ärmel des Raumanzugs zu Loring hinüber und trat gelassen ins All hinaus. Die schwere Außentür der Schleuse schlug hinter ihm zu, und das kugelförmige Raumschiff raste weiter, während DuQuesne mit übelkeiterregender Beschleunigung auf den mächtigen Planeten der Fenachroner zustürzte, der viele tausend Meilen unter ihm lag.

Sein Sturz dauerte aber nicht lange. Loring, der inzwischen zu einem perfekten Raumpiloten geworden war, hatte sich mit seinem Schiff dem Kurs und der Geschwindigkeit der *Violet* in kaum dreißig Metern Entfernung exakt angepaßt. Als DuQuesnes rechter Fuß das osnomische Schiff verließ, hatte er die gesamte Energie abgeschaltet, und nun stürzten der freischwebende Mann und das Kundschafterschiff mit derselben verrückten Geschwindigkeit auf den Planeten zu; dabei trieb der Mann wegen der leichten Antriebsenergie seines Schrittes von der *Violet* langsam auf den Kundschafter zu und begann sich nun auch zu drehen. Loring hatte sein Manöver so gut berechnet, daß er sein Schiff nicht einmal wenden mußte; DuQuesne befand sich gegenüber der Steuerbordschleuse, als Loring in der Öffnung erschien und seinem Chef eine Leine zuwarf.

Diese Leine — ein kleines, enggedrehtes Fiberkabel, das auch in der kalten Leere des Alls seine Kraft und Biegsamkeit bewahrte — schnellte hinaus und legte sich um DuQuesnes unförmigen Raumanzug.

»Ich dachte, Sie würden einen Attraktor verwenden« sagte DuQuesne, als er die Leine ergriff. »Aber so ist es wahrscheinlich besser.«

»Ja. Ich habe noch nicht viel Übung mit Attraktoren, soweit es um die Feineinstellung geht. Wenn ich Sie mit der Leine verfehlt hätte, hätte ich das Ding noch einmal werfen können; aber wenn ich Sie mit einem Strahl verpaßt und Ihnen den Anzug aufgerissen hätte, wäre das für Sie nicht sehr angenehm gewesen.«

Als die beiden Männer im Kontrollraum wieder vereint waren und das Schiff mit voller Geschwindigkeit durch das All raste, brach Loring das Schweigen:

»Der Plan mit dem Meteorloch war leider nicht so glücklich. Wie wäre es, wenn wir ein Mannschaftsmitglied durchdrehen und das Boot verwüsten ließen? Das passiert doch manchmal, oder?«

»Allerdings. Gute Idee — ich werde mich mit den Symptomen beschäftigen. Ich muß sowieso hier noch so manches lernen. Das Metall zum Beispiel — wir hätten auf keinen Fall ein fenachronisches Schlachtschiff auf der Erde nachbauen können. Ich hatte ja keine Ahnung, daß ein Material überhaupt so widerstandsfähig sein kann! Natürlich gibt es in den Gehirnen hier noch viele unerforschte Bereiche, und an Bord unseres Mutterschiffs warten sicher noch ein paar erstklassige Köpfe auf mich, die ich noch untersuchen kann. Zu den offenen Fragen gehört auf jeden Fall die Zusammensetzung dieses Metalls.«

»Nun, während Sie sich mit den Informationen befassen, sollte ich mich an den Nachbau unseres Antriebs machen. Dafür habe ich doch wohl genügend Zeit.«

»Ganz bestimmt. Ich weiß, daß das Ortungssystem der Fenachroner völlig ausreichend ist. Automatisch und narrensicher. Es gibt Warnungen, ehe irgend etwas passieren kann. Angreifer können sie bis auf eine Lichtwoche Entfernung ausmachen — die Pläne sehen also eine Woche vor, bis die Verteidigungsformation steht. Unser Antrieb kann in drei bis vier Tagen umgestellt werden — wir hätten also noch genügend Zeit. Ich schaffe meine Studien in dieser Zeit nicht, aber ich werde genug erfahren, um vernünftig vorgehen zu können. Sie arbeiten am Antrieb und führen den Haushalt. Ich studiere die Wissenschaft der Fenachroner, beantworte Funksprüche, mache Berichte und arrangiere die Einzelheiten unseres Vorgehens, wenn wir den Raumsektor erreichen, der unserem Mutterschiff zugewiesen worden ist.«

So beschäftigten sich die beiden Männer in den nächsten Tagen mit den ihnen zugewiesenen Aufgaben. Loring baute die Energieanlage des auf Kurzstrecken zugeschnittenen Kundschafterschiffes in den mächtigen Raumantrieb der fenachronischen Schlachtschiffe um und widmete sich der spartanischen Haushaltsführung. DuQuesne verzichtete weitgehend auf Schlaf und verbrachte seine Zeit damit, jedes interessante Stück Wissen zu übernehmen, über das Kommandant und Mannschaft des eroberten Schiffes verfügt hatten.

In regelmäßigen Abständen aktivierte er das Kommunikationsgerät und strahlte Position und Kurs seines Raumschiffs ab, wobei er sich genau an die vorgeschriebenen Zeiten und all die anderen militärischen Einzelheiten hielt, die in dem Kode vorgesehen waren — während er anerkennend und mit unverhohlener Bewunderung die perfekte Durchführung des großartigen Verteidigungsplans verfolgte.

Als der Umbau des Antriebs abgeschlossen war, suchte Loring DuQuesne auf, der gerade einige anstrengende Liegestützen machte. Das Gesicht des Wissenschaftlers war bleich und ausgezehrt. »Was ist los, Chef?« fragte Loring. »Sie sehen sehr erschöpft aus.«

»Erschöpft ist gut — ich bin so ziemlich am Ende. Immerhin lege ich mir hier in wenigen Tagen eine Bildung zu, die in hundertundneunzig Jahren gewachsen ist — das kann man kaum ein Vergnügen nennen. Sind Sie fertig?«

»Fertig. Alles überprüft und in Ordnung.«

»Gut! Ich bin auch mit meinem Pensum durch! Wir brauchen nicht mehr lange bis zum Ziel; unser Mutterschiff müßte inzwischen in Position sein.«

Das Schiff näherte sich nun dem Standpunkt, der ihm nach dem Plan vorgeschrieben war. Da DuQuesne den Gehirnen der toten Fenachroner alles Nötige entnommen hatte, stieß er ihre Leichen ins All hinaus und zerstrahlte sie. Den anderen Toten ließ er als aufgedunsene Masse im Bugraum liegen, während er seinen ›letzten‹ Flugbericht an das Generalkommando der Verteidigungseinrichtungen absetzte.

»Der mächtige Mann weiß es noch nicht, doch dies ist der letzte Funkspruch, den er von diesem Schiff bekommt«, sagte DuQuesne, verließ den Sender und trat an die Steuerkontrollen. »Jetzt können wir den vorgesehenen Kurs verlassen und an unsere Interessen denken. Zuerst suchen wir die *Violet.* Ich habe nichts davon gehört, daß sie geortet und gesichtet worden wäre. Wir wollen sie also suchen und nach Hause schicken.«

»Warum?« fragte DuQuesnes Assistent. »Ich dachte, wir wären fertig mit ihr.«

»Durchaus möglich, aber wenn es sich erweist, daß Seaton hinter der Aufregung steckt, erspart uns die *Violet* vielleicht einen Sprung zurück zur Erde. Ah, da ist sie ja, genau nach Plan! Ich hole sie längsseits und stelle ihre Kontrollen auf eine Verringerung der Beschleunigung im Quadrat der Entfernung ein — wenn sie dann das offene All erreicht, hat sie eine konstante Geschwindigkeit.«

»Glauben Sie, die *Violet* kommt durch die Schirme ins offene All hinaus?«

»Man wird sie natürlich orten, aber wenn man erkennt, daß sie ein verlassenes Schiff ist, das sich aus dem System entfernt, läßt man sie wahrscheinlich ziehen. Wäre auch kein großer Verlust, wenn sie draufginge.«

So kam es, daß der kugelförmige Raumkreuzer die schon schwache Schwerkraft des riesigen, aber fernen Planeten der Fenachroner verließ. Er brach durch die äußeren Ortungsschirme. Suchstrahlen erforschten ihn sofort gründlich; aber da es sich eindeutig um eine verlassene Schiffshülle handelte und da die Fenachroner sich um Navigationshindernisse außerhalb ihrer Schirme im Augenblick nicht kümmern konnten, wurde die *Violet* nicht verfolgt.

Und immer weiter raste sie; ihr Autopilot reduzierte die Beschleunigung im Quadrat der zurückgelegten Entfernung; immer weiter entfernte sie sich, und die automatischen Ausweichorter führten sie zwischen Sonnen und Sonnensystemen hindurch und brachten sie wieder auf den ursprünglichen Kurs; immer weiter raste sie auf das Grüne System zu, das Zentralsystem der Ersten Galaxis, des Inseluniversums, das unsere Heimat ist.

Kapitel 3

Jetzt treffen wir unsere Vorbereitungen, das Schlachtschiff zu übernehmen.«

DuQuesne wandte sich an seinen Gehilfen, als die *Violet* von den Schirmen verschwand. »Ihr Vorschlag, daß eins unserer Besatzungsmitglieder durchgedreht sein könnte, ist sehr vernünftig, und ich habe unsere Annäherung an das Mutterschiff darauf abgestellt.

Wir müssen fenachronische Raumanzüge tragen — aus drei Gründen: Erstens ist das die einzige Möglichkeit, daß wir auch nur annähernd wie Fenachroner aussehen. Wir müssen einer schnellen Überprüfung standhalten. Zweitens besteht der Befehl, daß alle fenachronischen Soldaten auf Kampfstation im All Raumanzüge tragen müssen. Drittens werden wir den größten Teil unserer Luft verlieren.

Sie, Loring, passen gut in einen der Anzüge hinein — die Weite dürfte Ihnen keine Probleme machen. Mir aber passen die Dinger nicht, da sie fast einen Kopf zu kurz sind.

Aber ich *muß* einen Anzug tragen, ehe wir an Bord des Schlachtschiffs gehen. Ich werde also meinen eigenen Anzug überstreifen und darüber einen fenachronischen Panzer legen, dessen Füße ich abgeschnitten habe, so daß er mir paßt. Da ich nicht aufstehen und herumwandern kann, ohne den Trick zu verraten, muß ich bewußtlos und zusammengekrümmt sein, damit meine Körpergröße nicht ersichtlich ist, und Sie werden im ersten Akt die wichtigste Rolle spielen.

Aber diese detaillierte akustische Unterweisung dauert zu lange. Setzen Sie den Kopfhörer auf, dann gebe ich Ihnen den ganzen Plan durch, zusammen mit dem fenachronischen Wissen, das Sie brauchen, um überzeugend aufzutreten.«

Ein kurzer Austausch von Gedanken und Ideen folgte. Nachdem dann alle Einzelheiten klar waren, stiegen die beiden Erdenmenschen in die Raumanzüge der kleinen, doch sehr untersetzten halbmenschlichen Wesen, die so zielstrebig auf die Eroberung des Universums hinarbeiteten.

DuQuesne packte mit seinen doppelt geschützten Händen eine dicke Metallstange. »Fertig, Doll? Wenn ich mit dem Ding zuhaue, überqueren wir den Rubikon.«

»Alles klar — jetzt geht es um die Wurst!«

DuQuesne ließ die mächtige Stange herumwirbeln, und als sie herabsauste, verwandelte sich der telementale Aufzeichner in ein Gewirr aus zerbrochenen Röhren, herumwirbelnden Spulen und zerbrochener Isolation. Als nächstes kam das Visischirmgerät an die Reihe, gefolgt von den Oberflächen-Luftkontrollen, den Navigationsunterlagen und praktisch allen anderen zerbrechlichen Dingen im Kontrollraum — bis selbst dem oberflächlichsten Beobachter klar sein mußte, daß hier ein Verrückter gehaust hatte. Ein letzter Hieb vernichtete die Kontrollen der Luftschleusen, und die Schiffsatmosphäre begann pfeifend in das Vakuum des Alls zu entweichen.

»Los, Doll — jetzt sind Sie an der Reihe!« befahl DuQuesne, tauchte mit dem Kopf voran in eine Ecke und verwandelte sich dort in ein grotesk zusammengekrümmtes Bündel.

Loring, der die Rolle des Kommandanten des Kundschafterschiffs übernommen hatte, setzte sich an den Handsender, der keinen ernsthaften Schaden genommen hatte, und stellte auf fenachronische Weise eine Verbindung zum Mutterschiff her.

»Kundschafterschiff K3296, Unterleutnant Grenimar, Befehlshaber, sendet Notruf«, gab er durch. »Benutze entgegen Vorschriften keinen telementalen Aufzeichner, da fast alle Instrumente vernichtet. 244C14 erlitt auf Wache plötzlich Raumkoller und zerschmetterte Luftschleusenventile, Instrumente und Kontrollen. Öffnete Schleuse und sprang ins All hinaus. Ich war wach und konnte in Raumanzug steigen, ehe meine Kabine Druck verlor. Mein anderes Besatzungsmitglied, 397B42, war bewußtlos, als ich ihn erreichte, doch ich glaube, ich habe ihn so rechtzeitig in den Anzug gesteckt, daß er zu retten ist, wenn sofort Hilfe kommt. 244C14 ist natürlich tot, aber ich habe seinen Körper gemäß allgemeiner Anweisung an Bord genommen und hebe ihn auf, damit vom Wissenschaftsrat Gehirnmessungen gemacht werden können. Ich habe diesen Handsender repariert und melde Schiff teilweise unter Kontrolle. Nähere mich Mutterschiff, gegenbeschleunige zum Kontakt in fünfzehn Minuten. Vorschlag, Sie ergreifen mein Schiff mit Strahl bei Annäherung, da ich keine Feinkontrollen mehr habe. Ende — K3296!«

»Großschlachtschiff Z12Q bestätigt Empfang Notruf von Kundschafterschiff K3296«, kam fast sofort die Antwort. »Kommen Ihnen entgegen und gehen vorschlagsgemäß vor. Ende Z12Q.«

Schnell näherten sich die beiden Raumschiffe — das Patrouillenboot, das nun in bezug auf den Planeten stationär verharrte, und das riesige Schlachtschiff, das mit voller Kraft die Fahrt verlangsamte.

Drei gewaltige Kraftstrahlen zuckten vor, packten das winzige Raumboot an Bug, Mittelteil und Heck und zerrten es schnell, aber vorsichtig, an die hochaufragende Flanke des Mutterschiffs. Die Doppelsiegel wurden aktiviert und verriegelten sich; die massiven Tore gingen auf.

Jetzt kam der wichtigste Punkt in DuQuesnes Plan. Das große Kriegsschiff hatte eine Mannschaft von fast hundert Mann — und etwa zehn Fenachroner, der Schleusenkommandant, Ärzte und Ordonnanzen, möglicherweise auch eine Abteilung Techniker warteten vermutlich im Schleusenraum hinter den langsam sich öffnenden Toren. Doch gerade in der Kühnheit des Plans lag seine größte Chance, lag die fast hundertprozentige Erfolgsaussicht. Denn kein Fenachroner, die einen angeborenen Überlegenheitskomplex haben, könnte sich vorstellen, daß zwei Mitglieder einer fremden Rasse die Unverschämtheit und Kühnheit besitzen würden, ein vollbemanntes Großschlachtschiff der Z-Klasse anzugreifen, eines der gewaltigsten Raumschiffe, das sich je von einer Planetenoberfläche erhoben hatte.

Aber DuQuesne brachte diese Kühnheit auf. Direktes Handeln, brutal und unerschrocken, war seit jeher seine Stärke. Scheinbar unüberwindliche Risiken hatten ihn nie geschreckt. Seine Coups waren stets sorgfältig geplant, und er folgte diesen Plänen nüchtern und rücksichtslos bis zum logischen und erfolgreichen Abschluß. Zwei Männer konnten die gestellten Aufgaben mühelos erledigen, und sie würden es tun, wenn der Überraschungseffekt auf ihrer Seite war. DuQuesne hatte Loring sorgfältig ausgesucht und konnte nun gelassen in seinem Raumpanzer vor dem langsam aufgehenden Portal liegen, in der Gewißheit, daß die eisernen Nerven seines Assistenten keinen Sekundenbruchteil nachgeben und seinen sorgfältig ausgearbeiteten Plan etwa gefährden würden.

Kaum waren die Türen weit genug aufgeglitten, trat Loring langsam hindurch, wobei er vorsichtig den angeblich Bewußtlosen trug. Doch kaum befanden sie sich zwischen den undurchsichtigen Wänden des Schleusenraums, beschleunigten sich seine Bewegungen, und die beiden entwickelten eine fieberhafte Tätigkeit. DuQuesne sprang auf, und ehe die zusammengedrängten Offiziere merkten, daß hier etwas nicht stimmte, hatten vier sichere Hände die tödlichsten Handfeuerwaffen auf sie gerichtet, die der fenachronischen Wissenschaft bekannt waren.

Da sich DuQuesne keine Gelegenheit entgehen ließ,

neues Wissen zu erringen, verschonte er die Köpfe; doch als die vier starken Vibrationsenergiestrahlen zu wüten begannen, vergingen massive Körper, verwandelten sich in lose protoplasmische Masse, und die Fenachroner sanken reglos zu Boden, ehe auch nur einer eine abwehrende Geste machen konnte.

DuQuesne ließ seine Waffe fallen und zerrte sich den Helm vom Kopf, während Loring mit geschickter Hand den Kopf des dienstältesten Offiziers der Gruppe freilegte. Kopfhauben wurden geholt — wurden angebracht, Einstellungen wurden vorgenommen, der Wissenschaftler gab Strom in die Röhren und übertrug in sein Gehirn binnen Sekunden einen ganzen Block aus dem Gehirn des toten Fenachroners.

Der Raum begann um DuQuesne unter dem Ansturm des Schocks zu kreisen, doch er erholte sich schnell, und als er die Kopfhaube abnahm, drückte ihm Loring den Helm des Fenachroners auf den Kopf. DuQuesne war jetzt der Kommandant der Luftschleusen, und die Unterbrechung in der Kommunikation war so kurz gewesen, daß niemand Verdacht geschöpft hatte. Er richtete geistige Befehle an die ferne Energiezentrale, die Flanke des Schiffes öffnete sich, und das Kundschafterschiff wurde an Bord gezogen.

»Alles wieder dicht, Sir«, berichtete er dem Kapitän, und die Z12Q begann sich auf ihre Position zurückzuziehen.

DuQuesne hatte sein erstes Etappenziel mühelos erreicht. Der zweite Angriffspunkt, der Kontrollraum, mochte schwieriger werden, da die dortige Besatzung nicht in einer Gruppe zusammenstehen würde. Doch dieses Problem wollten die Angreifer von der Erde mit bloßen Händen angehen — also mit Waffen, die ihnen bestens vertraut waren. Die beiden Männer zogen die Handschuhe aus und rannten zum Allerheiligsten des fenachronischen Schiffes, zur Kontrollzentrale. Die Tür war bewacht, aber das hatte DuQuesne gewußt — die

Wächter gingen zu Boden, ehe sie die Fremden auch nur anrufen konnten. Die Tür knallte auf, und vier schwere langläufige Automatics begannen einen tödlichen Bleihagel zu versprühen. Diese Pistolen lagen in erfahrenen, ruhigen Händen, in den Händen von zielbewußten und gewissenlosen Killern.

Nachdem DuQuesne nun auch die zweite und wichtigste Etappe seines Plans erreicht hatte, machte er sich sofort daran, seine Position zu festigen. Er verwendete einige Sekunden darauf, aus dem Gehirn des toten Kapitäns den genauen Ablauf zu erfragen — dann rief er nacheinander jedes einzelne Mannschaftsmitglied des Riesenschiffs in den Kontrollraum. Nacheinander kamen die Männer, nacheinander befolgten sie den Befehl ihres allmächtigen Kapitäns — und einer nach dem anderen starben sie.

»Nehmen Sie das Lerngerät und verschaffen Sie sich ein paar chirurgische Talente vom Schiffsarzt«, befahl DuQuesne knapp, als das letzte Mannschaftsmitglied ausgeschaltet war. »Dann trennen Sie den Kerlen die Köpfe ab und lagern sie an einem kühlen Ort. Den Rest schmeißen Sie raus. Aber lassen Sie den Kapitän in Ruhe — den nehme ich mir vor.«

Während sich Loring seiner blutigen Aufgabe widmete, saß DuQuesne am Platz des Kapitäns, studierte das Gehirn des befehlshabenden Fenachroners und schickte die üblichen Routineberichte des Schiffs an das fenachronische Generalhauptquartier.

»Alles erledigt. Was nun?« Loring war gelassen und völlig ungerührt, als meldete er sich in einem der Privatzimmer des Perkins-Cafés. »Zurück zur Erde?«

»Noch nicht.« Obwohl DuQuesne sein gewünschtes Schlachtschiff nun erobert hatte — eine fast unmögliche Tat —, war er nicht zufrieden. »Es gibt hier noch viel zu lernen, und wir sollten so lange wie möglich an Ort und Stelle bleiben und uns umsehen — vorausgesetzt, wir gehen damit keine zusätzlichen Risiken ein.

Was das Fliegen angeht, so sind zwei Mann Besatzung ebenso gut wie hundert, da die Maschinen automatisch arbeiten. Wir können also jederzeit verschwinden.

Kämpfen können wir allerdings nicht, da wir ungefähr dreißig Mann brauchten, um die Waffe zu bedienen. Aber ein Kampf brächte uns sowieso nicht weiter, da uns die Fenachroner im Nu mit hundert zu eins überlegen wären. Daraus ergibt sich folgender Schluß: Wenn wir uns außerhalb der Ortungsschirme befinden, können wir nicht zurück — also sollten wir lieber hierbleiben, um eventuelle günstige Entwicklungen abzuwarten.«

Stirnrunzelnd konzentrierte er sich auf ein Problem, das seinem Begleiter nicht bekannt war. Schließlich trat er an die Hauptkontrollen und beschäftigte sich mit einer Reihe von Fotozellen, Spulen und Strahlbirnen, woraufhin sich Loring daran machte, eine verspätete Mahlzeit zuzubereiten.

»Alles fertig, Chef — kommen Sie bitte essen«, sagte er schließlich, als er sah, daß DuQuesne seine Arbeit abgeschlossen hatte. »Was ist denn das? Hatten wir nicht schon genügend Kontrollen?«

»Doll, wir dürfen keine unnötigen Risiken eingehen. Ah, das Gulasch ist köstlich!« DuQuesne aß mit Heißhunger, ohne weiterzusprechen. Nach einigen Minuten fuhr er fort: »Drei Dinge könnten sich unserer weiteren Informationssuche in den Weg stellen. Erstens sind wir nun im Besitz eines fenachronischen Mutterschiffs. Ich muß meine Berichte an das Hauptquartier über den telementalen Aufzeichner absetzen — und dabei könnte man mich jederzeit bei einem Fehler erwischen, was sofort zu einem gezielten Angriff führen müßte. Zweitens könnte der Feind die fenachronischen Verteidigungslinien durchbrechen und eine umfassende Schlacht auslösen. Drittens besteht die entfernte Möglichkeit einer kosmischen Explosion, die wir schon besprochen haben.

In diesem Zusammenhang ist klar, daß sich die Welle einer Atomexplosion dieses Typs mit Lichtgeschwindigkeit ausbreiten würde. Zwar könnte unser Schiff dieser Explosion davonlaufen, da wir eine fünfmal so große Beschleunigung haben, aber wir könnten erst feststellen, daß es eine solche Explosion gegeben hat, wenn uns die ersten Ausläufer erreichen. Dann wäre es natürlich für Gegenmaßnahmen zu spät, denn was eine Atomexplosion mit der dichten Materie dieses Schlachtschiffs machen würde, ist unvorstellbar.

Wir kämen vielleicht davon, wenn einer von uns die Hände ständig an den Kontrollen hätte und Augen und Geist ständig auf den Planeten konzentrieren würde — aber das kann man von einfachen Sterblichen nicht verlangen. Kein Gehirn kann sich längere Zeit mit voller Kraft konzentrieren.«

»Also?« fragte Loring lakonisch. Wenn sich der Chef keine Sorgen machte, wollte sich der Gehilfe auch nicht aufregen.

»Ich habe ein Ortungsgerät installiert, das automatisch arbeitet. Beim ersten Auftreten einer ungewöhnlichen Vibration schaltet die Anlage den Raumantrieb voll ein und trägt uns in direkter Linie vom Zentrum der Störung fort. Auf diese Weise sind wir absolut sicher, was auch geschehen mag.

Wir sind auch sicher vor jedem denkbaren Angriff; weder die Fenachroner noch unsere gemeinsamen Feinde, wer immer sie sind, können uns etwas anhaben. Wir sind sogar vor einer Atomsprengung des gesamten Planeten geschützt. Also bleiben wir in Position, bis wir alle erforderlichen Kenntnisse gewonnen haben. Dann kehren wir ins Grüne System zurück. Dort werden wir Seaton finden!«

Sein Gesicht nahm einen verbissenen und grimmigen Ausdruck an, seine Stimme war härter und barscher geworden. »Wir blasen ihn aus dem All. Die ganze Welt — ja die ganze Galaxis — soll mir gehören!«

Kapitel 4

Es dauerte nur wenige Tage, bis DuQuesnes fenachronische Schulung abgeschlossen war, da nur wenige ehemalige Offiziere des Schlachtschiffs den umfangreichen Kenntnissen des irdischen Wissenschaftlers noch etwas hinzufügen konnten. So kam bald die Zeit, da er keine Beschäftigung mehr hatte für seinen kräftigen Körper und seinen gierigen Geist — und die selbst herbeigeführte Untätigkeit begann ihn zu stören.

»Wenn hier nichts Neues mehr passiert, können wir ebensogut zurückfliegen; dieser Zustand ist unerträglich!« sagte er zu Loring und machte sich daran, Spionstrahlen auf die verschiedenen strategischen Punkte der Verteidigungskugel zu richten — und sogar in die geheiligten Zentren des Hauptquartiers.

»Wahrscheinlich erwischt man mich dabei — und wenn das geschieht, sind wir dran —, aber da wir sowieso zum Abflug bereit sind, ist mir das egal. Irgend etwas ist schiefgelaufen, und es könnte uns nützen, mehr darüber zu wissen.«

»Schiefgelaufen? In welcher Hinsicht?«

»Die Mobilisierung hat sich verlangsamt. Die erste Phase verlief bestens — alles genau nach Plan; doch in letzter Zeit sind die Dinge schleppend weitergegangen. Das gefällt mir nicht, da die Aktionspläne der Fenachroner höchst dynamisch und nicht statisch angelegt sind. Natürlich kann das Hauptquartier den einfachen Kapitänen an der Front keine Informationen darüber geben, doch ich habe das Gefühl, es herrscht Unruhe bei den hohen Tieren. Deshalb spioniere ich ein bißchen herum, ich will mehr erfahren ... Ah, dachte ich's mir doch! Schauen Sie, Doll! Sehen Sie die Lücken auf der Verteidigungskarte? Gut die Hälfte der großen

Schiffe ist nicht in Position — schauen Sie sich diese Spurstrahlberichte an —, kein einziges Schlachtschiff, das draußen im All war, ist zurückgekommen, und ein Großteil ist gut eine Woche überfällig. Das ist etwas, worüber wir mehr wissen müssen ...«

»Ortungsoffizier der Z12Q. Achtung!« tönte plötzlich eine Stimme aus dem Zielband-Kommunikator vom Hauptquartier. »Schalten Sie die Spionstrahlen ab und melden Sie sich wegen Hochverrats unverzüglich in den Arrest!«

»Heute nicht«, sagte DuQuesne gedehnt. »Außerdem kann ich das nicht — ich führe jetzt hier das Kommando.«

»Öffnen Sie Ihre Helmscheibe!« Die Stimme des Stabsoffiziers klang wütend; in seinem ganzen Leben war er noch von keinem Kapitän dermaßen beleidigt worden.

DuQuesne öffnete den Blendschutz seiner Helmscheibe und sagte dabei zu Loring: »Damit wäre die Sache geplatzt. Ich sehe keine Möglichkeit, ihn länger hinzuhalten, selbst wenn ich es wollte; aber ich möchte dem Burschen noch ein paar Wahrheiten an den Kopf werfen, ehe wir verschwinden.«

»Wo sind die Männer, die auf Wache sein müßten?« fragte die wütende Stimme.

»Tot«, sagte DuQuesne lakonisch.

»Tot! Und Sie haben keine besonderen Vorkommnisse gemeldet?« Er wandte sich von seinem Mikrofon ab, und DuQuesne und Loring hörten seine energischen Kommandos.

»K1427 — Befehl an die Zwölfte Schwadron — sie soll die Z12Q einbringen!«

Dann wandte er sich wieder an den vermeintlich aufrührerischen Kapitän. »Und Sie haben Ihren Helm undurchsichtig gemacht — eine weitere Verletzung der Vorschriften. Nehmen Sie den Helm ab!« Der Lautsprecher klirrte, so laut klang die Stimme des aufgebrachten

Generals. »Wenn wir es schaffen, Sie lebend vorzuführen, werden Sie wegen Verrat, Insubordination und Fehlverhalten ...«

»Ach, halt's Maul, du Blödmann!« brüllte DuQuesne. Er riß sich den Helm vom Kopf und schob sein düsteres Gesicht direkt vor den Visischirm. Der tobende Offizier starrte ihn mit aufgerissenen Augen an. Er hatte nicht das erschrockene Gesicht eines schuldbewußten Untergebenen vor sich, sondern das stolze höhnisch verzogene Antlitz Marc C. DuQuesnes von der Erde.

DuQuesnes ganzes Wesen strahlte Verachtung aus, die unangenehmste und widerlichste Behandlung, die man einem Mitglied der selbstherrlichen fenachronischen ›Superwesen‹ angedeihen lassen konnte. Als er den Erdenmenschen vor sich sah, unterbrach der General seine Tirade mitten im Wort und zuckte sprachlos zurück.

»Da, bitte — Sie wollten es so haben, Ihr Wunsch ist erfüllt — was wollen Sie nun tun?« fragte DuQuesne, um die beißenden geistigen Bemerkungen noch zu verstärken, die den Offizier wie schmerzhafte Peitschenhiebe trafen.

»Bessere Typen als Sie sind an zu großem Selbstvertrauen eingegangen«, fuhr er fort, »bessere Pläne als der Ihre sind daran gescheitert, daß die geistigen und physischen Fähigkeiten des Gegners unterschätzt wurden. Sie sind nicht die erste Rasse in der Geschichte des Universums, die an irregeleitetem Stolz zugrunde geht, und Sie werden nicht die letzte sein. Sie dachten, mein Kamerad und ich wären getötet worden. Sie haben das angenommen, weil *ich* es so wollte. In Wirklichkeit haben wir das Kundschafterschiff erobert, und als wir dazu bereit waren, haben wir auch das Schlachtschiff in unseren Besitz gebracht, was auch nicht viel schwieriger war.

Wir sind nun seit geraumer Zeit hier im Kern Ihres

Verteidigungssystems. Wir haben alles erreicht, was wir erreichen wollten; wir haben alles erfahren, was wir wissen wollten. Wenn wir Ihren Heimatplaneten erobern wollten, könnten Sie uns keinen größeren Widerstand entgegensetzen als diese drei Schiffe — aber wir wollen Ihre Welt nicht.

Auch sind wir nach eingehender Überlegung zu dem Schluß gekommen, daß das Universum weitaus besser dran wäre, wenn es keine Fenachroner gäbe. Deshalb wird Ihre Rasse bald untergehen, und da wir Ihren Planeten nicht wollen, sorgen wir dafür, daß niemand sonst ihn will — jedenfalls nicht für die nächsten Jahrtausende. Kauen Sie das mal durch, solange Sie noch denken können! Leben Sie wohl!«

DuQuesne unterbrach mit heftiger Bewegung die Visiverbindung und wandte sich an Loring. »Natürlich ist das reiner Unsinn!« sagte er spöttisch. »Aber solange die Kerle das nicht wissen, lassen sie sich vielleicht in Schach halten.«

»Wir sollten lieber in Richtung Heimat abrauschen, oder? Die Leute müssen doch wütend auf uns sein!«

»Aber ja.« DuQuesne schlenderte gelassen auf die Kontrollen zu. »Wir haben die Burschen an einer empfindlichen Stelle getroffen, und sie werden uns die Hölle heiß machen, wenn wir noch lange zögern. Aber wir sind nicht in Gefahr — man hat keinen Spurstrahl auf das Schiff angesetzt; die werden nur für weit entfernte Schiffe benutzt — also hat man keine Vorstellung, wo man nach uns suchen muß. Auch glaube ich nicht, daß die Fenachroner uns folgen werden, denn ich habe den Kerlen einiges zu denken gegeben, auch wenn es nicht gestimmt hat.«

Aber DuQuesnes Worte waren der Wahrheit näher, als er ahnen konnte — sein ›Unsinn‹ entsprach einer fürchterlichen Realität, die sich gerade zu dieser Zeit manifestieren sollte. Denn in diesem Augenblick griff Dunark von Osnome nach dem Schalter, dessen Betätigung einen Sprengimpuls durch die vielen tausend Tonnen atomaren Kupfers schicken sollte, die von Seaton auf dem fenachronischen Planeten vergraben worden waren.

DuQuesne wußte, daß die durch das weite All streifenden Schiffe der fenachronischen Monstren nicht ins System zurückgekehrt waren, doch er wußte nicht, daß Seaton sie im Fluge zerstört hatte, eins nach dem anderen; er wußte nicht, daß es sein Erzfeind war, der die Gefahr für das fenachronische Reich bildete.

Seaton seinerseits wußte zwar, daß es innerhalb der Schutzschirme des Planeten Schlachtschiffe gab, doch er hatte keine Ahnung, daß eins dieser Schiffe von seinen beiden gefährlichsten Gegnern bemannt war, denn er hatte den Bericht verfolgt, bei dem vor einigen Tagen eine Bildaufnahme des ›Todes‹ der beiden nach Fenachrone übermittelt worden war.

DuQuesne schlenderte durch den Kontrollraum — und wurde plötzlich schwerelos, schwebte haltlos in der Luft. Der Planet war explodiert, und die Ausläufer der Woge atomarer Auflösung, die mit Lichtgeschwindigkeit nach allen Seiten vordrang, war auf das stets wachsame mechanische Auge gestoßen, das DuQuesne vorsichtigerweise installiert hatte. Doch nur der erste Vorläufer, aus Licht und Ultralicht bestehend, hatte das Relais ausgelöst, einen elektronischen Strahl, der den Antrieb auf höchste Leistung brachte, der das Steuergehirn veranlaßte, sein Schiff von dem gefährdeten Planeten fortzuführen.

Die Kontrollen hatten mit einer Verzögerung reagiert, die nur in Millionstelsekunden gemessen werden konnte, und das Schiff ging abrupt und fast mühelos in eine Beschleunigung von fünffacher Lichtgeschwindigkeit über, fortgerissen durch die Kraft des raumabsorbierenden fenachronischen Antriebs.

DuQuesne und Loring vermochten gar nichts zu sehen … Ein kaum merklicher Blitz zeugte von der Explosion eines ganzen Systems, doch diesem Blitz folgte im Augenblick seines Entstehens, ja, sogar ehe er wirklich wahrgenommen werden konnte, die absolute Schwärze völliger Lichtlosigkeit, als nämlich der Raumantrieb automatisch in Aktion trat und das gewaltige Raumschiff vor der allesvernichtenden Front der Atomexplosion in Sicherheit brachte.

Innerhalb der Ortungsschirme waren zahlreiche Schlachtschiffe in Stellung gegangen zur Unterstützung einer gewaltigen Anzahl von Kundschafterschiffen, die sich nach Invasionsplan XB218 formiert hatten; doch von allen diesen Schiffen, von allen fenachronischen Gegenständen in diesem Raumsektor entkamen nur zwei der unglaublichen Gewalt der Katastrophe. Eins war das riesige Raumschiff des Wissenschaftlers Ravindau, das schon seit Tagen auf dem Weg zu einer fernen Galaxis durch das Weltall raste; das andere war das Schlachtschiff mit DuQuesne und seinem Mordgehilfen an Bord — ein Schiff, das den Folgen des unbeschreiblichen kosmischen Ausbruchs durch die blitzschnelle Reaktion von DuQuesnes automatischem Relais entrissen worden war.

Alles, was sich auf oder in der Nähe des Planeten befand, wurde natürlich sofort vernichtet, und selbst die schnellsten Raumschiffe, wie weit sie auch von der zerplatzenden Welt entfernt sein mochten, wurden überwältigt. Für menschliche Augen, so aufmerksam sie auch auf die Visischirme gerichtet waren, hatte es praktisch keine Vorwarnung gegeben, da die Woge atomarer Vernichtung mit Lichtgeschwindigkeit heranraste und der Schwelle des sichtbaren Lichts, die ihr vorausströmte, unmittelbar folgte.

Doch selbst wenn einer der Kommandanten die Bedeutung der schillernden Helligkeit erkannt hätte, die der Vernichtung vorausging, hätte er nichts mehr unternehmen können, denn keine Hand aus Fleisch und Blut, keine fenachronische oder menschliche Hand hätte die Kontrollen schnell genug bedienen können; und als die fürchterliche Woge ihr Werk tat, wurde jedes Atom von Schiff und Mannschaft in seine Bausteine aufgelöst und steuerte seine Energie zu der gewaltigen kosmischen Katastrophe bei.

Noch ehe DuQuesnes Fuß den Boden verlassen hatte, erkannte er, was geschehen war. Sein scharfer Blick nahm das Aufblitzen wahr, welches das Ende einer Welt verkündete; und schon hatte sein Gehirn das Bild analysiert und die Folgerungen begriffen. Deshalb grinste er nur sarkastisch über die Erscheinungen, die den langsamer reagierenden Loring verwirrten und ihm den Atem raubten. DuQuesne grinste, als das Schlachtschiff mit einer Geschwindigkeit durch die Leere raste, neben der das Tempo jeder Ätherwelle langsam erschien — langsam wie die titanische Kraft der Atomexplosion eines ganzen Planeten.

Doch schließlich begriff Loring, was geschehen war: »Oh, das Ding ist explodiert, was?« rief er.

»Allerdings!« Das Grinsen des Wissenschaftlers hatte etwas Teuflisches. »Meine Behauptungen haben sich bewahrheitet, obwohl ich damit gar nichts zu tun hatte. Die Ereignisse haben wieder mal bewiesen, daß Vorsicht immer angebracht ist — manchmal hat man viel davon. Ich bin natürlich sehr froh, daß die Fenachroner nun aus dem Rennen sind.«

DuQuesne empfand kein Mitleid für die Rasse, die hier so abrupt ausgelöscht worden war. »Daß die Fenachroner beseitigt worden sind, erspart mir sicher viel Ärger«, fügte er hinzu, »aber die Situation gibt mir auf jeden Fall Stoff zum Nachdenken. Die Explosion wurde natürlich mit einer Atombombe aus sensitiviertem Kupfer ausgelöst; aber ich würde gern wissen, wer dahintersteckt und warum man so zugeschlagen hat, und vor allem, wie die Burschen an den Planeten herangekommen sind.«

»Ich glaube immer noch, daß es Seaton war«, meinte

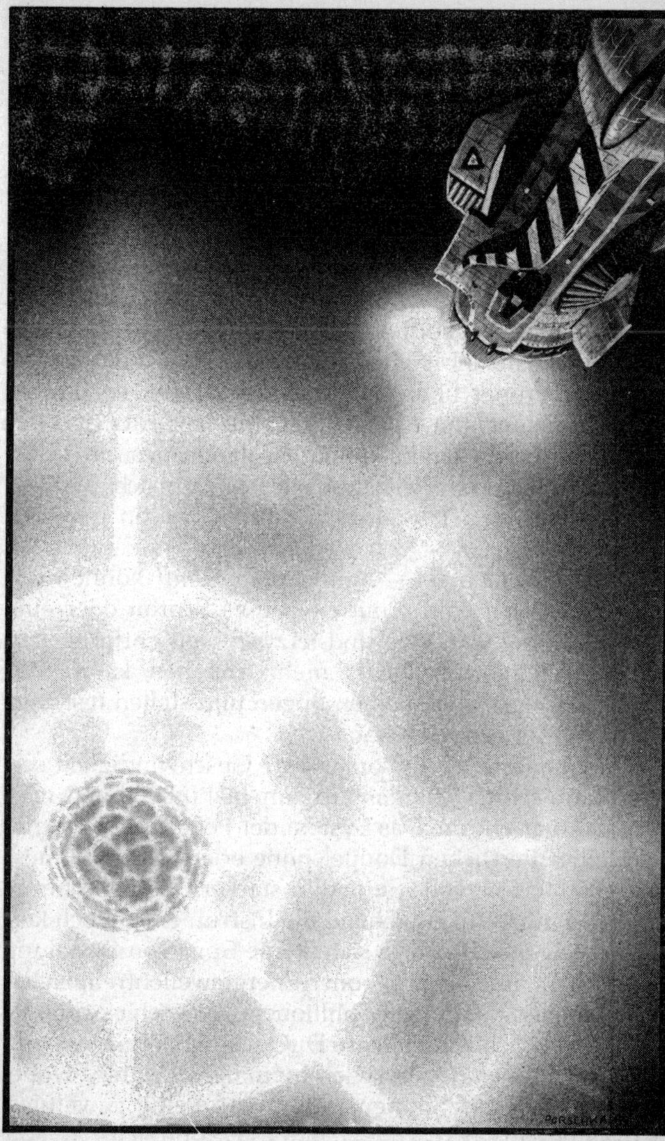

der babygesichtige Killer. »Dafür gibt es allerdings keinen triftigen Grund — nur hat er immer dahintergesteckt, wenn irgendwo etwas Unmögliches geschah. Nennen Sie's eine Ahnung.«

»Natürlich kann es Seaton gewesen sein, obwohl ich mir das eigentlich nicht vorstellen kann.« DuQuesne runzelte konzentriert die Stirn. »Mag sich auch um einen Zufall handeln — vielleicht ist irgendwo ein Munitionslager in die Luft gegangen —, aber das kommt mir noch unwahrscheinlicher vor. Es kann sich nicht um eine Rasse von einem anderen Planeten dieses Systems handeln, denn die Welten hier sind alle unbewohnt — die Fenachroner haben die anderen Rassen vor langer Zeit vernichtet, ohne deren Planeten in Besitz zu nehmen. Nein; ich glaube immer noch, daß es ein Feind aus dem äußeren Weltraum war; obwohl ich wirklich nicht außer acht lassen darf, daß es Seaton gewesen sein könnte.

Wie dem auch sei — mit diesem Schiff können wir wahrscheinlich bald ermitteln, ob es Seaton oder eine fremde Rasse war. Wir sind jetzt so weit entfernt, daß uns die Explosion nichts mehr anhaben kann. Wir bremsen ab, schlagen einen Bogen und stellen fest, wer am Auslöser gesessen hat.«

Er reduzierte die unvorstellbare Geschwindigkeit seines Raumschiffs, bis das Firmament hinter ihnen wieder sichtbar wurde. Das System der Fenachroner wurde von einer herrlichen Doppelsonne erleuchtet. DuQuesne schickte eine volle Serie ultrastarker Ortungsschirme aus und musterte eingehend die Instrumente. Doch keine Anzeigenadel rührte sich, keine Spur von Strahlung war auf Kommunikator- oder Energiewellenfrequenzen festzustellen. Auf viele Millionen Kilometer war der Äther leer. Schließlich legte DuQuesne Energie vor und flog mit immer höherer Geschwindigkeit dahin, wobei er rings um das Sonnensystem eine Reihe gewaltiger Kreise beschrieb.

DuQuesne steuerte das fenachronische Schlachtschiff immer wieder um die tosende Doppelsonne, die schnell zu einem Doppelstern und schließlich zu einem schwachen Lichtfleck wurde — doch seine Schirme blieben kalt. Kein Raumschiff bewegte sich in diesem gewaltigen Sektor des Weltalls; keine Spur einer technischen Rasse oder ihrer Maschinen war hier zu finden.

Schließlich stellte DuQuesne seine Ortungsgeräte auf die unvorstellbare Höchstweite, verstärkte die bereits gewaltige Beschleunigung auf das absolute Maximum und raste in sich stets erweiternden Spiralen weiter, bis er um eine unangenehme Schlußfolgerung nicht mehr herumkam. Der Feind, wer immer er gewesen sein mochte, mußte aus einer weitaus größeren Entfernung vorgegangen sein, als es selbst DuQuesnes neuerworbenes Wissen für möglich gehalten hätte, obwohl er über fenachronische Vernichtungswaffen einiges Neues erfahren hatte.

Wieder nahm er die Beschleunigung auf Reisegeschwindigkeit zurück, stellte seine automatischen Alarmgeräte ein und wandte sich mit grimmigem Gesicht an Loring.

»Sie haben aus größerer Entfernung angegriffen, als es die fenachronischen Physiker für möglich gehalten hätten«, sagte er. »Es sieht immer mehr nach Seaton aus — wahrscheinlich hat er sich irgendwo erstklassig ausgerüstet. Ich bin geschlagen, wenigstens im Augenblick — aber das lasse ich mir nicht lange bieten. Ich werde ihn finden, und wenn ich die Galaxis sternenweise absuchen muß!«

Aber DuQuesne hatte keine Ahnung, wie unvorstellbar weit sich Seaton von der Galaxis entfernen sollte, welchen Abgrund außerdimensionalen Weltalls er durchqueren sollte, ehe sie sich wieder von Angesicht zu Angesicht gegenüberstanden.

Kapitel 5

Das gewaltigste Raumschiff, das sich jemals von einem der Menschheit unserer Ersten Galaxis bekannten Planeten erhoben hatte, raste weiter durch das unvorstellbare Vakuum des intergalaktischen Weltalls. Rings um die *Skylark III* gab es nichts — keine Sterne, keine Sonnen, keine Meteoriten, auch nicht das kleinste Partikel kosmischen Staubs. Die Erste Galaxis lag so weit hinter ihr, daß die gewaltige Sternenlinse nur noch als kaum sichtbarer Lichtfleck auf den Visischirmen erschien.

Die fenachronische Raumkarte zeigte links und rechts und über und unter dem fliehenden Raumschiff andere Galaxien — doch sie waren so weit entfernt, daß ihr Licht die Augen der irdischen Reisenden kaum erreichte.

Als das letzte fenachronische Schiff vernichtet worden war, hatte die *Skylark* bereits eine so große Geschwindigkeit erreicht, daß eine Bremsung die Hälfte der Entfernung zwischen der nächsten Galaxis und der unseren aufgebraucht hätte; daraufhin waren Seaton und Crane übereingekommen, daß diese Chance nicht verpaßt werden durfte. So hatte man die Geschwindigkeit der *Skylark* noch gesteigert, und nun raste sie viele ereignislose Tage und Wochen lang durch die intergalaktische Leere.

Nach den ersten Tagen der hektischen Jagd auf das fenachronische Schiff hatte sich Seaton schließlich in die freundliche Routine des Fluges gefügt. Aber Untätigkeit widerstrebte seiner lebhaften Natur, und da er auch keine körperliche Bewegung bekam, begann er immer tiefer in die noch unergründeten Tiefen seines neuen Geistes vorzustoßen — eines Geistes, in dem das angesammelte Wissen vieler tausend Generationen von Rovol und Drasnik angesammelt worden war — Generationen von Fachwissenschaftlern zweier völlig verschiedener Wissensgebiete.

So kam es, daß Seaton eines Morgens die Hände tief in den Taschen vergraben hatte und gedankenverloren herumwanderte, während aus seiner Pfeife dicke Rauchwolken aufstiegen, die einer weniger wirksamen Klimaanlage Schwierigkeiten gemacht hätten. Er stapfte dahin und hastete plötzlich quer durch den Kontrollraum zu den gewaltigen Kontrollen seines Projektors fünfter Ordnung.

Dort saß er dann viele Stunden lang. Seine Hände schufen unglaublich komplizierte Integrale auf der unerschöpflichen Anzahl von Tasten und Skalen; seine grauen Augen starrten blind ins Leere; er war taub und stumm und blind; er sah nur das faszinierend unergründliche Problem, mit dem er sich beschäftigte.

Die Zeit des Abendessens rückte heran und verging, dann war Schlafenszeit, und Dorothy näherte sich zielstrebig der Konsole, wurde aber von dem wachsamen Crane zur Seite geführt.

»Aber er ist heute noch keine Minute ansprechbar gewesen, Martin!« protestierte sie, als sie sich im Wohnraum der Cranes befanden. »Und hast du mir nicht damals in Washington gesagt, daß ich ihn zu sich bringen soll, wenn er mal wieder eine seiner Marathon-Arbeitssitzungen anfängt?«

»Ja, gewiß«, sagte Crane nachdenklich. »Aber die Umstände sind jetzt doch etwas anders als damals. Ich habe keine Ahnung, womit er sich beschäftigt, aber es ist ein so kompliziertes Problem, daß er für einen Rechenvorgang gut siebenhundert Faktoren eingegeben hat — und wenn er jetzt gestört würde, könnte sein Gedankengang für immer unterbrochen werden. Außerdem darfst du nicht vergessen, daß er jetzt körperlich ausgezeichnet in Form ist. Für ihn besteht also keine Gefahr. Ich schlage vor, daß wir ihn noch eine Weile in Ruhe lassen.«

»Also gut, Martin. Ich hätte ihn sowieso nur ungern gestört.«

»Ja; soll er sich noch eine Weile konzentrieren«, sagte Margaret. »Seit Wochen hat er keinen richtigen Arbeitsanfall mehr gehabt — Rovol hat es nicht zugelassen. Wirklich schade — denn wenn er sich so in eine Sache verbeißt, wenn er wirklich nachzudenken beginnt, zaubert er meistens ein überraschendes Ergebnis hervor. Ich begreife nicht, wie die Norlaminer jemals Fortschritte machen konnten, wenn sie immer nur nach der Uhr gedacht und bei Feierabend pünktlich Schluß gemacht haben, auch wenn sie gerade mitten in einem wichtigen Gedanken waren.«

»So wie Dick jetzt arbeitet, schafft er in einer Stunde mehr als Rovol von den Strahlen in zehn Jahren!« rief Dorothy überzeugt. »Ich werde ihm weiter Gesellschaft leisten — es ist sicher störender für ihn, wenn ich fort bin, als wenn ich bei ihm bleibe. Auch ihr solltet mitkommen — als wenn nichts geschehen wäre. Wir wollen ihm noch eine Stunde geben.«

Das Trio kehrte in den Kontrollraum zurück.

Aber Seaton beendete seine Berechnungen ohne Unterbrechung. Kurz nach Mitternacht übertrug er seine integrierten und gesammelten Kräfte in einen Ankerstromkreis, erhob sich aus dem unbequemen Stuhl, reckte sich ausgiebig und wandte sich triumphierend an die anderen.

»Leute, ich glaube, ich habe etwas gefunden!« rief er. »Es ist schon ziemlich spät, aber der Test dauert nur ein paar Minuten. Ich lege euch diese Netze über die Köpfe, und dann schaut ihr alle in den Sichtkasten hier.«

Seaton schob sich ein feingesponnenes Netz aus silbrigem Metall über den Kopf, das durch ein Kabel mit seinen Kontrollen verbunden war. Nachdem er seine Freunde ähnlich versorgt hatte, begann er die Kontrollen zu bedienen.

Gleich darauf begann es im dunklen Innenteil des

Kastens sanft zu glühen — ein Schimmer, der sich zu Farben und Formen auflöste — in ein dreidimensionales Bild. Im Hintergrund ragte ein schneebedeckter Vulkanberg auf, herrlich symmetrisch geformt; im Vordergrund erschienen blühende Kirschbäume. Zwischen den Stämmen erhob sich ein kleines Gebäude, dessen Bauweise typisch war; durch die Köpfe der Zuschauer zuckte eine starke Sehnsucht, ein nostalgisches Verlangen.

»Meine Güte, Dick, was hast du denn jetzt wieder angestellt?« rief Dorothy. »Ich habe solches Heimweh, daß ich am liebsten in Tränen ausbrechen würde — dabei ist mir Japan ziemlich gleichgültig!«

»Diese Netze sind natürlich nicht hundertprozentig isoliert, obwohl ich sie geerdet habe. Gewisse Energiemengen werden abgestrahlt; um das zu verhindern, müßten die Netze ganz solide sein. Natürlich wirkt die Abstrahlung in beide Richtungen, so daß wir das Bild ein wenig stören; aber es gibt da Störungen von außen, die ich noch nicht näher ergründet habe.«

Seaton sprach leise vor sich hin, als erläutere er seine Gedanken; dann schaltete er den Strom ab. »Leute, wir haben hier wirklich etwas Neues! Dies ist eine Strahlengattung sechster Ordnung — und auf dieser Ebene liegen die *Gedankenwellen.* Was wir da eben gesehen haben, waren Gedanken — *Shiros* Gedanken!«

»Aber er müßte doch längst schlafen!« wandte Dorothy ein.

»Sicher — andernfalls hätte er keine solchen Gedanken. Sicher träumt er gerade — im Wachen scheint er doch ziemlich zufrieden zu sein.«

»Wie hast du das geschafft?« fragte Crane. »Du hast selbst einmal gesagt, daß viele Menschenalter vergehen könnten, ehe die Erforschung dieser Strahlenebene abgeschlossen ist.«

»Normalerweise gilt das auch. Teils war es eine Ahnung, zum Teil auch nur Glück, aber doch hauptsächlich die Kombination zweier Geister, die auf Norlamin kaum zusammenarbeiten würden. Rovol, der alles weiß, was es über Strahlen zu erfahren gibt, und Drasnik, der wahrscheinlich der größte Geistesfachmann ist — beide haben mir einen großen Teil ihres Wissens vermittelt; und die Kombination hat sich hervorragend bewährt, besonders in Zusammenarbeit mit diesen Kontrollen fünfter Ordnung. Jetzt kommen wir wirklich weiter!«

»Aber du hattest doch schon einmal einen Orter sechster Ordnung«, warf Margaret ein. »Warum haben wir den mit unseren Gedanken nicht ausgelöst?«

»Das Gerät war zu grob — das erkenne ich jetzt. Es würde auf die extrem geringe Energie einer Gedankenwelle nicht ansprechen; dazu brauchte man die mächtigen Impulse einer Energieschiene oder der kosmischen Strahlung. Aber ich kann jetzt einen Detektor bauen, der auf Gedanken anspricht, und das werde ich tun, insbesondere wegen der geringfügigen Störungen im Bild hier, die ich mir nicht ganz erklären kann.« Er wandte sich wieder dem Projektor zu.

»Du kommst jetzt ins Bett!« rief Dorothy entschlossen. »Du hast genug gearbeitet für einen Tag!«

Sie setzte ihren Willen durch, doch früh am nächsten Morgen saß Seaton wieder an den Kontrollen. Er hatte eine komplizierte Kopfhaube übergestülpt und trieb ein zartes Energiegebilde in die Leere des Weltalls hinaus. Nach etwa einer Stunde erstarrte er plötzlich, alle Sinne waren auf etwas kaum Wahrnehmbares gerichtet, etwas, das immer weniger undeutlich wurde, als seine ruhigen Finger die Mikroeinstellungen bedienten.

»Kommt, seht euch das an!« rief er schließlich. »Martin, was hat ein Planet — ein bewohnter Planet! — hier draußen zu suchen? Der Himmel mag wissen, wie viele Lichtjahrhunderte wir von der nächsten Galaxis entfernt sind.«

Die drei stülpten sich Kopfhauben über und setzten

sich in ihre Sessel am Fuß des gewaltigen Projektors. Sofort spürten sie, wie Projektionen ihrer selbst unvorstellbar weit durch das leere All rasten. Doch diese seltsame Empfindung war für sie nicht neu; sie alle waren auf das Gefühl der doppelten Existenz gefaßt — auf die Tatsache, daß sie körperlich in der *Skylark* saßen und zugleich ein geistiger Projektionspunkt waren, der sich viele Lichtjahre von ihrer Körpersubstanz entfernt bewegte. Der projizierte Geistpunkt durchlebte einen Sekundenbruchteil unvorstellbarer Geschwindigkeit und verharrte dann über der Oberfläche eines kleinen, aber dichten Planeten, eines Planeten, der in der unvorstellbaren Leere absolut allein war.

Aber diese Welt ähnelte keinem der Planeten, mit denen die Erdenbewohner bisher zu tun gehabt hatten. Sie hatte weder Atmosphäre noch Wasser und besaß auch keine topographischen Merkmale. Sie war eine kahle, berg- und tallose Kugel aus Gestein und Metall. Obwohl der Planet keine Sonne hatte, war er nicht dunkel; er erstrahlte in einem kräftigen weißen Licht, das von dem Felsboden ausging. Kein Lebewesen war zu sehen, auch gab es keine Anzeichen, daß hier jemals tierische oder pflanzliche Lebensformen existiert hatten.

»Ihr könnt ruhig etwas sagen«, bemerkte Seaton, dem nicht entging, daß Dorothy vor Neugier fast geplatzt wäre. »Sie können uns nicht hören — auf unserer Ebene hört niemand mit.«

»Was meinst du mit ›sie‹?« fragte Dorothy. »Du hast gesagt, der Planet wäre bewohnt — aber das stimmt doch eindeutig nicht. Die Welt da unten ist nie bewohnt gewesen — völlig unmöglich!«

»Als ich das vorhin sagte, dachte ich, der Planet wäre im üblichen Sinne des Wortes bewohnt, aber ich erkenne jetzt, daß das nicht stimmt. Aber sie waren eben noch hier und kommen wahrscheinlich zurück. Mach dir nichts vor, mein Schatz. Der Planet *ist* bewohnt — von Wesen, über die wir nicht viel wissen. Oder sollte ich sagen, daß wir diese Wesen einmal sehr gut gekannt haben ... ?«

»Die Intellektuellen?« fragte Crane.

»Ja — und das erklärt auch den unmöglichen Standort des Planeten. Die Wesen haben ihn wahrscheinlich hier materialisieren lassen, nur so zur Übung. Da, jetzt kommen sie zurück. Spürt ihr sie?«

Lebhafte Gedanken, die zum größten Teil unverständlich waren, zuckten durch die Kopfhauben in ihre Gehirne; augenblicklich änderte sich die Umgebung ihrer Projektionen. Gedankenschnell materialisierte ein Gebäude auf dem kahlen Boden, und sie blickten in einen hellerleuchteten geräumigen Saal. Alabasterwände, die ein lebendig zuckendes, fließendes Licht verströmten. Wandbehänge, deren phantastisch komplizierten Muster von einer Sekunde zur nächsten wechselten und immer erstaunlichere Symbole und Bilder offenbarten. Juwelenbesetzte Brunnen, deren emporsprühende, tanzende Flüssigkeit herrliche Figuren bildete und keinen Naturgesetzen zu gehorchen schien. Stühle und Bänke, die schlangengleich und ohne erkennbaren Rhythmus die Form änderten. In diesem Saal befanden sich die Intellektuellen, die Wesen, die diese Gegenstände aus der elementaren Strahlungsenergie des freien Weltalls entstehen ließen.

Ihre Anzahl war nicht zu schätzen. Manchmal war nur ein Wesen sichtbar, dann wieder hatte es den Anschein, als wäre der Riesensaal überfüllt — als wäre er voller sich stets verändernder Formen, deren Dichte von der Durchsichtigkeit eines Gespinstes bis zur größten Metallhärte reichten.

So erstaunlich schnell kamen die Formwechsel, daß man keine Gestalt mit den Sinnen richtig zu erfassen vermochte. Ehe eine unvorstellbar unirdische Gestalt wirklich zu erkennen war, verschwand sie schon wieder und zerfloß zu einem völlig anderen Gebilde, das irdischen Augen aber gleichermaßen monströs erschien. Obwohl man diese Dinge geistig erfaßte, hätte man keinen der grotesken Umrisse mit Worten beschreiben können, so wenig entsprachen sie menschlicher Erfahrung.

Im nächsten Augenblick brandeten die Gedanken der Fremden in perfekt aufeinander abgestimmten Projektionen sechster Ordnung in den Geist der vier Beobachter — kalte, klare Gedanken, diamanthart geschliffen und definiert; Gedanken von einer Reinheit und einem vorzüglichen Detail, wie sie nur körperlosen Geistwesen möglich sein kann, die seit vielen Millionen Jahren nichts anderes getan haben, als sich in der Technik des reinen, absoluten Denkens zu vervollkommnen.

Die vier Menschen saßen angespannt und aufrecht da, als die fürchterliche Macht der Gedanken in ihr Gehirn drang, als sie sich der Bedeutung dieser Gedanken bewußt wurden. Als ein neuer Gedankenstoß von klarer, schrecklicher Bedeutung zu ihm vordrang, schaltete Seaton seine Energie ab und fuhr mit blitzschnellen Fingern über die Tasten, während die beiden Frauen mit bleichen Gesichtern zitternd in ihren Sitzen zusammensanken.

»Ich fand es ganz lustig, daß der Bursche nicht in den siebenundneunzig Dimensionen integrieren konnte, die erforderlich wären, um uns zu entmaterialisieren — aber damals hatte ich ja keine Ahnung.« Seaton hatte seine Vorbereitungen abgeschlossen und lehnte sich in seinen Sitz an der Konsole zurück. »Der Bursche hat damals nur Spaß gemacht — er hat mit uns gespielt, um zu sehen, was wir tun würden —, und was die Lösung der Rechenaufgabe angeht — Mann! Der kann sich notfalls auch durch siebenundneunzig Universen hindurchdenken! Diese Wesen sind auf jeden Fall extragalaktisch und stammen wahrscheinlich auch aus einem anderen Universum. Der Bursche, der damals mit uns herumgespielt hat, hätte uns im Nu entmaterialisieren können, wenn ihm danach gewesen wäre.«

»Das ist uns jetzt klar«, räumte Crane ein. »Bei diesen Wesen handelt es sich zweifellos um Energiegebilde sechster Ordnung, die jede gewünschte Geschwindigkeit vorlegen können. Sie absorbieren Energie aus den Strahlungen im freien All und vermögen diese Kräfte auf jede gewünschte Weise zu lenken und einzusetzen. Folglich sind sie auch unsterblich und — soweit ich erkennen kann — unzerstörbar. Was wollen wir machen, Dick? Was können wir machen?«

»Irgend etwas!« sagte Seaton gepreßt. »Wir sind nicht so hilflos, wie die annehmen. Ich habe fünf Bahnen sechsfacher Schirme mit voller Erfassung ausgefahren. Dabei wurde alles blockiert, bis hinab in die sechste Ordnung. Wenn die Burschen sich durch diese Schirme denken können, sind sie besser, als ich glaube; und wenn sie etwas anderes versuchen, müssen wir uns alle Mühe geben, sie abzublocken — und mit unsereren norlaminischen Kontrollen und all dem Uran, das wir an Bord haben, stehen uns viele Möglichkeiten offen, das könnt ihr mir glauben! Nach ihrem letzten Vorstoß werden uns die Burschen suchen, und ich bin ziemlich sicher, daß sie uns auch finden. Ah, dachte ich's mir doch, da sind sie schon! Materialisierung, soso? Ich habe dem Burschen schon einmal gesagt, wenn er sich an Dinge hielte, die ich begreife, würde ich ihm etwas für sein Geld bieten!«

Kapitel 6

Der frisch materialisierte Planet der Intellektwesen raste auf seiner seltsamen Bahn durch die intergalaktische Leere. Die Welt war öde und kahl und schien kein Leben zu tragen; doch das war ein Irrtum — es gab Leben, ewiges, körperloses Leben, das sich nicht um Extreme von Hitze oder Kälte scherte, das für seinen Fortbestand weder Wasser noch Luft brauchte, das auch gar keinen Nahrungsbedarf hatte. Und von einem Punkt irgendwo im Vakuum über der abschreckenden Oberfläche dieses Planeten ging ein Gedanke aus — ein kalter, klarer und abgrundtief hoffnungsloser Gedanke.

»Ich habe nur noch ein Ziel im Leben. Zwar habe ich wieder versagt, wie schon viele Male zuvor, doch ich werde es weiter versuchen, bis ich die Kräfte zusammenhabe, die erforderlich sind, um dieses Gebilde sechster Ordnung zu vernichten, das ich mein Wesen nenne.«

»Du redest töricht, Acht, wie es jedem von uns dann und wann passiert«, kam die sofortige Antwort. »Es gibt noch so viel mehr zu lernen, so viel zu tun! Warum sich entmutigen lassen? Unendliche Zeit ist erforderlich, um einen unendlichen Raum zu erforschen und unendliches Wissen zu erlangen.«

»Töricht mag ich sein, aber dies ist keine einfache Melancholie. Ich habe dieses Dasein entschieden satt, und ich möchte in die nächste Stufe vordringen, was immer mir die neue Existenz an Erfahrungen oder Vergessen bringt. Ich wünschte, du, Eins, hättest niemals das Kraftfeld geschaffen, das unsere elf Geister von den ›Fesseln‹ der physischen Körper löste. Denn wir können nicht sterben. Wir sind unsterbliche Energiegebilde, die das Verstreichen der Zeit nur am Vergehen von Sonnen und Galaxien messen.

Offen gesagt beneide ich sogar die Wesen auf den Planeten, die wir eben noch besucht haben. Sie sind teilweise nur halbintelligent und mühen sich ab und tasten herum, und jedes Individuum stirbt nach einer winzigen Lebenszeit — es wird geboren, altert und stirbt in einem Millionstel unserer Lebenszyklen —, doch ich beneide diese Wesen!«

»Hast du deshalb die Intelligenzen nicht dematerialisiert, die du kurz in ihrem primitiven Raumschiff begleitet hast?«

»Ja. Obwohl sie nur einen winzigen Augenblick lang existieren, schätzen sie das Leben. Warum sollen wir sie in die Zukunft stürzen, die ohnehin so bald ihr Schicksal sein wird?«

»Du solltest dich nicht mit solchen Gedanken abgeben, Acht«, sagte Eins. »Das führt nur zu neuen Depressionen. Denk lieber an die Dinge, die wir getan haben und an die, die noch vor uns liegen.«

»Ich habe alles genau bedacht«, erwiderte das Wesen, das Acht genannt wurde. »Welchen Vorteil, welche Befriedigung bringt uns der andauernde Aufenthalt in diesem Daseinszyklus, den wir schon vor Äonen hätten verlassen müssen? Gewiß, wir haben viel Macht, aber diese Kraft ist unfruchtbar. Wir schaffen für uns Körper und ihre materielle Umgebung — etwa so ...« — der riesige Saal entstand, und so gewaltig war der schaffende Geist, daß der Gedanke ohne Unterbrechung fortgesetzt wurde —, »aber was haben wir davon? Wir haben keinen Spaß mehr daran, wie die Wesen, die ihren Körper genießen, der für sie gleichbedeutend ist mit dem Leben.

Wir sind endlos gereist, wir haben viel gesehen, wir haben viel studiert — aber was soll's? Im Grunde haben wir nichts erreicht und wissen nichts. Wir wissen nur wenig mehr, als wir schon vor vielen tausend Zyklen wußten, als unser Heimatplanet noch existierte. Wir wissen wenig über die Zeit, wir wissen nichts über das Weltall, wir wissen gar nichts über die vierte Dimension, außer daß die drei Mitglieder unserer Gruppe, die sich hineinrotiert haben, bisher nicht zurückgekehrt sind. Und wenn es einem von uns nicht gelingt, ein neutralisierendes Energiemuster zu schaffen, können wir auch nie sterben — vor uns dehnt sich eine düstere, freudlose Ewigkeit der Existenz.«

»Eine Ewigkeit — doch eine Ewigkeit, die weder düster noch freudlos ist. Wir wissen nur wenig, wie du schon gesagt hast, doch in dieser Tatsache sollte eine Anregung liegen; wir können und werden ewig weitermachen, wir werden immer mehr hinzulernen, immer mehr. Denk einmal darüber nach! Doch halt! Was ist das? Ich spüre einen fremden Gedanken. Er muß von einem mächtigen Geist ausgehen, wenn er so weit vorgedrungen ist.«

»Ich habe sie gespürt. Es sind vier fremde Geister. Aber sie sind unwichtig.«

»Hast du sie analysiert?«

»Ja. Es sind die Wesen aus dem Raumschiff, von dem wir eben sprachen. Sie projizieren ihre Geistespunkte zu uns.«

»Sie projizieren ihren Geist? Eine solche niedrige Lebensform? Sie müssen wirklich viel von dir gelernt haben, Acht!«

»Vielleicht habe ich ihnen ein paar Hinweise gegeben«, erwiderte Acht gleichgültig. »Aber sie sind nicht wichtig für uns.«

»Dessen bin ich mir nicht so sicher«, sagte Eins nachdenklich. »Wir haben in dieser Galaxis bisher keine Lebewesen gefunden, die sich projizieren konnten — auch sind wir auf keine Kreaturen gestoßen, deren Gehirne stark genug waren, um ohne materiellen Körper leben zu können. Mag sein, daß sie noch nicht weit genug fortgeschritten sind, um sich uns anzuschließen. Selbst wenn sie es nicht sind, wenn ihre Intelligenz für unseren Zirkel zu schwach ist, sind sie auf jeden Fall so stark, daß ich sie bei meiner Forschungsarbeit einsetzen kann.«

In diesem Augenblick schaltete Seaton die Projektion ab und begann seine Verteidigungsgeräte sechster Ordnung zu organisieren, so daß er den Ausbruch von ›Acht‹ gegen den Vorschlag seines Anführers nicht mehr ›hörte‹.

»Das lasse ich nicht zu, Eins!« protestierte die körperlose Intelligenz. »Ich lasse es nicht zu, daß du diesen Wesen das ewige Leben aufzwingst, wie wir es erdulden müssen. Eher entmaterialisiere ich sie! So sehr sie das Leben lieben — es wäre besser für sie, auf ein paar Minuten zu verzichten, als ewig zu leben.«

Doch es gab keine Antwort. »Eins« war verschwunden, war mit Höchstgeschwindigkeit zur *Skylark* geeilt. Acht folgte ihm augenblicklich.

Lichtjahre waren für diese Wesen ebensowenig eine Entfernung wie für Seatons Geistesprojektor, und so erreichten sie bald das Raumschiff, das mit unvorstellbarer Beschleunigung dahinraste, das aber für die Fremden bewegungslos zu verharren schien — was bedeutet Geschwindigkeit, wenn es keine Bezugspunkte gibt, an der sie gemessen wird?

»Komm zurück, Acht!« befahl Eins. »Sie sind von einer auflösenden Wand sechster Ordnung umschlossen. Diese Wesen sind wirklich ziemlich hochentwickelt!«

»Ein kompletter Stillstand im Subäther!« staunte Acht. »Das funktioniert ja genausogut wie das Energiemuster ...«

»Seid gegrüßt, Fremde«, meldete sich Seaton gedanklich zu Wort. Seine Gedanken bedurften keiner sprachlichen Interpretation. »Meine Projektion ist hier außerhalb der Barriere, aber ich möchte gleich sagen, daß eine Berührung durch eure Energiepunkte die Projektion sofort unterbricht und den Energieschutz undurchdringlich macht. Ich nehme an, euer Besuch hat freundschaftliche Gründe?«

»O ja«, erwiderte Eins. »Ich biete dir die Gelegenbeit, uns beizutreten, oder zumindest die Gelegenheit, der Wissenschaft zu dienen, indem ihr versucht, zu unserer Gruppe zu stoßen.«

»Die Burschen wollen, daß wir bei ihnen als reine Geisteswesen mitmachen, Leute«, wandte sich Seaton an seine Freunde. »Was hältst du davon, Dottie? Wir haben doch eigentlich mit unserem Körper noch allerlei zu erledigen, oder?«

»Allerdings, Dickie — sei kein Dummkopf!« Sie lachte leise.

»Tut mir leid, Eins«, richtete Seaton seine Gedanken in das All hinaus. »Wir wissen eure Einladung zu schätzen und danken dafür, aber wir haben in unserer Welt zu viele andere Pläne, um jetzt schon darauf einzugehen. Vielleicht später einmal.«

»Ihr werdet das Angebot *jetzt* annehmen«, sagte Eins rücksichtslos. »Glaubt ihr, eure lächerlichen Kräfte könnten meinem Willen auch nur einen Moment lang widerstehen?«

»Das weiß ich nicht, aber mit gewissen technischen Hilfsmitteln kann ich dir den Versuch ziemlich erschweren!« gab Seaton zurück.

»Eins könnt ihr ganz bestimmt!« schaltete sich Acht ein. »Eure Schutzbarriere müßte mich von der Last des ewigen Lebens befreien!« Und er warf sich mit voller Kraft gegen die schützende Energiewand.

Sofort flammte der Schirm grell auf; Konverter und Generatoren jaulten, während Hunderte von Kilo Uran von der gewaltigen Ladung aufgezehrt wurden. Aber die Schirme hielten, und Sekunden später war alles vorbei. Acht war verschwunden, war in das höhere Dasein durchgebrochen, das er sich so ersehnt hatte, und die undurchdringliche Wand war wie zuvor ein unsichtbarer Schleier aus Vibrationen sechster Ordnung. Durch diesen Schleier schickte Seaton vorsichtig seine Projektion; doch das monströse Geistwesen, das dahinter lauerte, verzichtete auf eine Demonstration seiner Macht.

»Acht hat Selbstmord begangen — wie er es schon oft vorher versucht hat«, bemerkte Eins nüchtern. »Aber sein Verlust wird uns Erleichterung verschaffen, sofern wir überhaupt etwas empfinden. Seine Unzufriedenheit war ein Hemmschuh für die ganze Gruppe. Und jetzt, du schwaches Intellekt, will ich dir sagen, was auf euch wartet, ehe ich Kräfte auf euch richte, die eure Schirme ausschalten und einen weiteren Gedankenaustausch unmöglich machen. Ihr werdet entmaterialisiert; und unabhängig davon, ob euer Geist stark genug ist, um im freien Zustand zu bestehen, werdet ihr mir ein wenig von Nutzen sein, ehe ihr in den nächsten Existenzzyklus eingeht. Welche Substanz wird in euren Maschinen zur Energiegewinnung aufgelöst?«

»Das geht dich nichts an, und da unser Schutzschirm für dich undurchdringlich ist, wirst du es auch nie erfahren!« gab Seaton zurück.

»Unwichtig«, erwiderte Eins gelassen. »Selbst wenn du reines Neutronium verwendest und dein ganzes Schiff damit gefüllt hast, ist dieser Vorrat in kürzester Zeit aufgebraucht. Denn ich habe die anderen Mitglieder unserer Gruppe zusammengerufen. Wir können kosmische Kräfte mobilisieren, die zwar nicht unendlich, aber doch unerschöpflich sind. In wenigen Minuten wird eure Energie aufgezehrt sein, und dann unterhalten wir uns weiter.«

Die anderen Geisteswesen folgten dem Ruf ihres Anführers und verteilten sich auf seine Anweisung um den gewaltigen äußeren Schirm der *Skylark*. Von allen Seiten richteten sich dann gewaltige Energiebündel auf das Raumschiff — unsichtbare, nicht greifbare Strahlen, die aber die Verteidigungsschirme des irdischen Schiffes heller aufflammen ließen als unter dem stärksten Beschuß eines Großschlachtschiffs der Fenachroner.

Über viele tausend Meilen füllte sich das All mit schillernden, funkensprühenden Entladungen, durch die die urangetriebenen Schirme der *Skylark* die fürchterlichen Energien des Angriffs ableiteten.

»Ich kann mir nicht vorstellen, daß die Burschen den Angriff lange aufrechterhalten«, sagte Seaton stirnrunzelnd und musterte seine Instrumente. Die Metallvorräte des Schiffes nahmen mit unheimlicher Geschwindigkeit ab. »Aber es hörte sich an, als wüßte Eins, wovon er sprach. Möchte wissen, ob ... hm ... hm ...« Er schwieg und begann zu überlegen, während ihn die anderen nervös musterten. Schließlich fuhr er fort: »Aha. Ich verstehe ... er schafft es ... er hat uns nicht an der Nase herumgeführt.«

»Aber wie?« fragte Crane gepreßt.

»Wie ist so etwas möglich, Dick?« rief Dorothy. »Diese Wesen sind doch eigentlich gar nicht *vorhanden!*«

»Natürlich können sie in sich selbst keine Energie speichern, aber wir wissen, daß das gesamte All von Strahlungen durchdrungen ist — theoretisch eine Energiequelle, die uns so weit voraus ist, wie wir einem Muli überlegen sind. Soweit ich weiß, ist diese Energie noch nie angezapft worden, ich wüßte jedenfalls nicht, wie man das anfangen sollte; aber die Burschen da draußen machen sich die Energie zunutze und richten sie gegen uns. Wie die Energie gesteuert wird? Das kommt mir ganz simpel vor — wie ein Kind, das ein großes Gewehr abschießt. Der junge Schütze braucht die Energie für das Geschoß nicht zur Verfügung zu stellen. Er löst einfach die Explosion aus und richtet die Kugel, wohin sie fliegen soll.

Aber wir sind noch nicht am Ende. Ich sehe noch eine Chance für uns, die zwar ziemlich gering ist, die ich aber wahrnehmen möchte, ehe ich mich dem hochnäsigen Kerl ergebe. Wißt ihr noch, Acht hat vorhin etwas über ein ›Hineinrotieren‹ in die vierte Dimension gesagt. Dieser Gedanke beschäftigt mich seitdem. Ich würde sagen, als letzten Ausweg sollten wir mal ein bißchen rotieren und sehen, ob wir durchkommen. Oder wüßtest du etwas anderes, Martin?«

»Im Augenblick nicht«, erwiderte Crane ruhig. »Wieviel Zeit haben wir?«

»Bei der momentanen Auflösungsgeschwindigkeit etwa vierzig Stunden. Der Verbrauch ist konstant — also können sich die Burschen wahrscheinlich nicht mehr steigern.«

»Du kannst sie nicht doch irgendwie angreifen? Offenbar ist doch die Energiezone sechster Ordnung tödlich für sie.«

»Wir haben keine Chance. Wenn ich einen winzigen Spalt im Schirm öffne, auf welcher Frequenz auch immer, würden sie ihn sofort finden, und es wäre aus mit uns. Und selbst wenn ich sie abwehren und durch den Spalt angreifen könnte, brächte ich es nicht fertig, eine Zone in sie zu treiben — ihre Bewegungsgeschwindigkeit entspricht der der Zone, und sie würden einfach davor zurückweichen. Wenn ich sie in einem kugelförmigen ... hm ... das klappt nicht, mit unseren Geräten ist das nicht zu schaffen. Wenn wir Rovol und Caslor und ein paar andere Führer aus Norlamin an Bord hätten, und dazu einen Monat Zeit — dann könnten wir vielleicht etwas erreichen. Aber in vierzig Stunden komme ich allein nicht weit.«

»Aber angenommen, wir entschließen uns, einen Versuch mit der vierten Dimension zu machen — wie willst du das anstellen? Diese Dimension ist doch nur eine mathematische Vorstellung, ohne wirklich zu existieren!«

»Nein. Ich glaube, die vierte Dimension existiert — die Natur ist ein großes Gebiet und hat noch viele unerforschte Ecken. Du darfst nicht vergessen, wie beiläufig Acht davon gesprochen hat. Die Art und Weise, wie wir dorthin kommen, macht mir keine Sorgen; nur können die Intellektwesen weitaus mehr vertragen als wir — und die Zustände in der vierten Dimension sind bestimmt nicht gerade ideal für uns.

Aber wir brauchen dort nicht länger als eine Hunderttausendstelsekunde zu verweilen, um diesem Haufen zu entwischen — und in der kurzen Zeit läßt sich ziemlich viel ertragen, würde ich sagen. Und die Methode — Rotation. Drei hochvoltige Ströme als Doppelimpulse, im rechten Winkel angesetzt, die auf einem Punkt zusammenwirken. Wenn man berücksichtigt, daß jeder der Rotierströme im rechten Winkel wirkt — was würde geschehen?«

»Könnte klappen«, räumte Crane ein, nachdem er einige Minuten lang angestrengt überlegt hatte; dann begann er sich Einwände zu überlegen, wie es seine Art war. »Aber dieses Schiff würde nicht darauf reagieren. Es ist viel zu groß, hat die falsche Form, und ...«

»Und man kann sich nicht an den eigenen Haaren aus dem Dreck ziehen«, unterbrach ihn Seaton. »Richtig — man braucht eine Basis, etwas, an dem man seine Kräfte verankert. In der kleinen *Skylark II* würden wir den Ausflug ohne weiteres machen können. Sie ist klein, kugelförmig und hat im Vergleich zur *Skylark III* so wenig Masse, daß es leicht sein müßte, sie aus dem All zu rotieren — so etwas würde nicht einmal die Position der *Skylark III* verändern.«

»Denkbar«, sagte Crane schließlich. »Und wenn es klappt, wäre es ein sehr interessantes und höchst informatives Erlebnis. Trotzdem kommen mir die Erfolgschancen nicht besonders groß vor, wie du selbst gesagt hast, und wir müssen jede andere Möglichkeit ausnutzen, ehe wir so etwas versuchen.«

In den nächsten Stunden beschäftigten sich die beiden Wissenschaftler mit jedem Aspekt ihrer Situation, vermochten aber keinen anderen Plan zu entwickeln, der Hoffnung auf eine Lösung brachte — und schließlich setzte sich Seaton vor die gewaltigen Kontrollen seines Projektors.

Er arbeitete etwa eine halbe Stunde lang und rief schließlich Crane zu: »Alles ist bereit, die *Skylark II* loszurotieren. Martin, du solltest dich mit Shiro daran machen, das Schiff für alle Eventualitäten auszurüsten.« Shiro, Cranes früherer Butler und jetzt das Faktotum der *Skylark*, war inzwischen im Umgang mit norlaminischen Energien ebenso geschickt wie zuvor in der Handhabung irdischer Werkzeuge. »Ich versuche inzwischen einen Weg zu finden, den Burschen da draußen einen kleinen Schrecken einzujagen.«

Er wußte, daß die Energiezonen, die sein Raumschiff umgaben, von keiner Ätherwelle und keiner Materieform durchdrungen werden konnten. Er wußte auch, daß der Subäther bis hinab zur sechsten Ordnung blokkiert war und daß es sinnlos gewesen wäre, sich in der kurzen verbleibenden Zeit Gedanken über Strahlungen siebenter Ordnung zu machen.

Wenn er eine seiner Zonen für einen Gegenangriff öffnete — und sei es nur einen Sekundenbruchteil lang —, würden die allmächtigen Geisteswesen sofort durch die Lücke stoßen und die Erdenmenschen entmaterialisieren, ehe er auch nur einen einzigen Energiestrahl ausschicken könnte.

Abgesehen davon bot ihm nicht einmal seine gewaltige Konsole eine Kombination von Energiestrahlen, die die lauernden Intellektwesen vernichten konnte. Was blieb ihm zu tun?

Stundenlang bemühte er die noch unerforschten Kräfte seines Geistes, in dem nun das Wissen vieler tausend Jahre norlaminischer Forschung lagerte. Von Zeit zu Zeit machte er eine Essenspause, und auf Drängen seiner Frau legte er sich auch einmal hin, doch sein Geist trieb ihn wieder an die Kontrollen. Und dort arbeitete er hektisch — während sich die Uhrzeiger unerbittlich der Stunde Null näherten. Er arbeitete, während der gewaltige Uranvorrat der *Skylark* sichtlich schwand, dessen gewaltige interatomare Energie dazu diente, die Schirme gegen den unerbittlichen Angriff kosmischer Kräfte aufrechtzuerhalten. Er arbeitete — vergeblich. Schließlich blickte er auf die Uhr und stand auf. »Noch zwanzig Minuten — es wird Zeit«, sagte er. »Dottie, komm doch mal her!«

»Liebling!« Sie glitt in seine Arme und blickte ihn furchtlos an. »Alles in Ordnung, mein Schatz. Ich habe überhaupt keine Angst — vielleicht fühle ich, daß wir es schaffen, vielleicht liegt es aber auch daran, daß wir beisammen sind.«

»Du hast recht. Irgendwie kann ich mir nicht vorstellen, daß alles vorbei sein soll. Ich habe so eine Ahnung, daß wir einen Ausweg finden. Wir haben eigentlich noch sehr viel vor, wir beide. Aber ich möchte dir etwas sagen, was du schon weißt — was immer geschehen mag, ich liebe dich.«

»Beeil dich, Seaton!«

Margarets Stimme riß die beiden in die Wirklichkeit zurück, und die fünf Erdenmenschen wurden auf Kraftstrahlen in den runden Startraum des Raumschiffs getragen, mit dem sie ins Unbekannte vorstoßen wollten.

Dieses Schiff war die *Skylark II,* die zwölf Meter durchmessende Arenakkugel, die ihnen auf der Reise von der Erde nach Norlamin gute Dienste geleistet hatte und die wie ein Rettungsboot im Bauch der zwei Meilen langen *Skylark III* mitgeführt wurde. Die massiven Türen glitten zu, und die fünf Erdenmenschen schnallten sich in ihren Sitzen fest, um für das Unbekannte gerüstet zu sein.

»Fertig, Leute?« Seaton packte den schwarzen Griff seines Hauptschalters. »Ich werde mich nicht von euch Cranes verabschieden, Martin — du kennst meine Ahnung. Hast du auch eine?«

»Eigentlich nicht. Doch ich habe großes Vertrauen in deine Fähigkeiten. Unabhängig davon bin ich immer Fatalist gewesen; und was das Wichtigste ist — Margaret und ich sind beisammen. Du kannst loslegen, Dick.«

»Also gut — bitte festhalten. Auf die Plätze! Fertig! Los!«

Als der Hauptschalter betätigt wurde, schnappte ein Satz unförmiger Plungerschalter zu und aktivierte die riesigen Generatoren im Leib des gewaltigen Raumkreuzers, der sie umgab; Generatoren, die im Nu auf volle Leistung kamen und auf die kugelförmige Außenhülle des kleinen Schiffs gegeneinandergerichtete Kraftstrompaare richteten, wild kreisende Ströme von einer Kraft und Dichte, wie sie von Maschinen nie zuvor erzeugt worden waren.

Kapitel 7

DuQuesne fand Seaton nicht, auch kämmte er die Galaxis nicht sternenweise durch, wie er seinem Begleiter erklärt hatte. Doch er versuchte es; er weitete seine vergebliche Suche dermaßen aus, daß Loring, der normalerweise alles über sich ergehen ließ, zu einem Protest ansetzte.

»Ich komme mir vor, als suchten wir die sprichwörtliche Nadel im Heuhaufen, Chef«, sagte er schließlich. »Die beiden könnten längst wieder zu Hause sein. Ich finde, wir sollten mal etwas anderes versuchen.«

»Ja. Wahrscheinlich verschwende ich meine Zeit, aber ich gebe die Sache ungern auf«, erwiderte der Wissenschaftler. »Wir haben diesen Teil der Galaxis ziemlich genau abgesucht. Vielleicht war es doch nicht Seaton, der hinter dem Angriff gesteckt hat. Wenn er den Planeten durch all die Schirme hindurch sprengen konnte, muß er mehr Kenntnisse haben, als ich für möglich halte — jedenfalls mehr, als ich jetzt besitze. Ich möchte zu gern wissen, wie er es geschafft hat. Ich hätte so etwas jedenfalls nicht fertiggebracht, ebensowenig wie die Fenachroner, und wenn er dabei weiter als tausend Lichtjahre entfernt war ...«

»Vielleicht ist er uns aber viel näher gewesen«, warf Loring ein. »Inzwischen hat er jedenfalls genügend Zeit zur Flucht gehabt.«

»Soviel nun auch wieder nicht, es sei denn, er verfügt über ähnliche Beschleunigungskräfte wie wir, was ich mir nicht vorstellen kann. Aber vielleicht ist es doch möglich — wir dürfen nicht vergessen, was er möglicherweise mit dem Planeten der Fenachroner gemacht hat. Die wichtigste Frage bleibt: Woher hat er seine Kenntnisse? Wir müssen alle Möglichkeiten bedenken und unsere Pläne entsprechend ausrichten.«

»Richtig! Und das ist Ihre Sache — Sie sind hier der Fachmann.«

»Wir müssen annehmen, daß Seaton dahintersteckt, denn wenn es jemand anders wäre, hätten wir keinerlei Anhaltspunkt. Also Seaton. Davon ausgehend, haben wir vier eindeutige Hinweise. Erstens müssen es Seaton in der *Skylark* und Dunark in der *Kondal* gewesen sein, die das fenachronische Schiff vernichtet haben, dessen Ingenieur wir später retteten. Aus seinem Gehirn konnte ich nichts über den eigentlichen Kampf erfahren, da er nur wußte, daß eine Energiezone den Schaden angerichtet hatte und daß die beiden fremden Schiffe klein und kugelförmig waren.

Diese Beschreibung paßt auf die *Skylark* und die *Kondal*. Zwar ist das nicht besonders beweiskräftig, doch wir wollen zunächst annehmen, daß die *Skylark* und die *Kondal* ein fenachronisches Schlachtschiff vernichtet haben, das so kampfstark war wie der Raumkreuzer, in dem wir uns jetzt befinden. Und das ist ein beunruhigender Gedanke, wie ich nicht zu betonen brauche.

Wenn das alles zutrifft, muß Seaton die Erde kurz nach uns verlassen haben. Das kommt mir ganz schlüssig vor, denn er kann natürlich einen Objektkompaß auf mich gerichtet haben — dessen Spürstrahl übrigens durch die fenachronischen Schirme unterbrochen worden ist, so daß wir uns jetzt keine Gedanken mehr darüber zu machen brauchen.

Der zweite Hinweis liegt in der Tatsache, daß Seaton irgendwann zwischen seinem Start von der Erde und dem erfolgreichen Kampf gegen das fenachronische Schlachtschiff Informationen über die Energiezone erhalten haben muß. Entweder hat er das Problem allein geknackt — auf der Erde oder unterwegs —, oder er holte sich die Lösung auf Osnome oder zumindest irgendwo im Grünen System. Wenn meine Theorie richtig ist, hat er die Lösung selbst gefunden, ehe er die Erde verließ. Auf Osnome kann er das nicht geschafft haben, denn die Leute dort hatten keine Ahnung davon.

Der dritte Hinweis ist die Kürze der Zeit zwischen seinem Kampf gegen das fenachronische Schlachtschiff und der Vernichtung des ganzen Planeten.

Der vierte Hinweis ist sein großer technischer Fortschritt — von der Anwendung einer Energiezone als Angriffswaffe bis hin zu Waffen, die uns noch unbekannt sind — Waffen, die *durch* Verteidigungsschirme wirken, welche so stark sind wie jede Energiezone.

Aus den genannten Hypothesen dürfen wir schließen, daß Seaton die Unterstützung von Verbündeten im Grünen System gefunden hat — auf einem anderen Planeten, doch nicht auf Osnome ...«

»Wieso? Das verstehe ich nicht ganz«, warf Loring ein.

»Er hatte seine neuen Waffen noch nicht, als er auf das Schlachtschiff stieß — sonst hätte er sie nämlich eingesetzt und sich nicht auf den gefährlichen Nahkampf eingelassen, der durch den Einsatz einer Energiezone ausgelöst wird«, erwiderte DuQuesne. »Deshalb muß er seine Kenntnisse später erlangt haben, doch noch vor der großen Explosion; und Sie dürfen mir glauben, daß kein Mensch in so kurzer Zeit solche Fortschritte machen kann. Das ist einfach unmöglich. Also wurde ihm geholfen — von ziemlich kompetenten Leuten.

Auch spricht der Zeitfaktor für die Annahme, daß er Verbündete im Grünen System gefunden hat — er hatte einfach nicht die Zeit, sich woanders umzusehen. Weiterhin ist es logisch, daß er sich zuerst im Grünen System umgehorcht hat, da es viele Planeten enthält, von denen sicher manche hochzivilisierte Rassen hervorgebracht haben. Ist Ihnen die Sache nun verständlicher?«

»Bis jetzt alles klar«, sagte der andere.

»Wir müssen unser Vorgehen im Detail planen, ehe

wir diese Stelle verlassen«, sagte DuQuesne. »Dann sind wir auch bereit, ins Grüne System zu fliegen und festzustellen, wer Seaton geholfen hat, und die Leute zu überzeugen, uns die gleichen Informationen zu geben. Und jetzt hören Sie mal gut zu.

Wir sind noch lange nicht so kampfstark, wie ich gedacht hatte — Seaton ist uns etwa drei Schritte voraus. Auch ist der psychologische Aspekt sehr wichtig — wichtiger, als ich es je für möglich gehalten hätte, ehe ich all die Gehirne studiert hatte. Wir beide müssen uns geistig auf die Begegnung mit Seatons Freunden einstellen, sonst kommen wir nicht weit.

Wir beide — Sie besonders — müssen jeden Gedanken unterdrücken, der unsere Gegnerschaft zu Seaton verrät. Wir beide werden als die beiden besten Freunde auftreten, die Seaton je gehabt hat. Und natürlich darf ich nicht Marc C. DuQuesne sein, aus offensichtlichen Gründen. Ab sofort bin ich Stewart Vanemann, Dorothys Bruder … Nein, geht nicht, das ist zu gefährlich. Die Leute wissen vielleicht über Seatons Freunde und Mrs. Seatons Familie Bescheid. Am besten spielen wir unwichtige kleine Rädchen in Seatons großer Firma. Wir verehren ihn aus der Ferne als den größten Helden der Welt, doch sind wir nicht so wichtig, daß er uns persönlich kennen müßte.«

»Sind wir damit nicht ein bißchen übervorsichtig?«

»O nein. Das einzige, was wir über die unbekannten Helfer wissen, ist, daß ihre Kenntnisse die unseren weit übersteigen; deshalb darf unsere Geschichte keinen Fehler enthalten. Ich bin also Stewart Donovan und gehöre zu den Technikern der Seaton-Crane Company und arbeite an den Energiegewinnungsanlagen.

Seaton mag den Unbekannten ein geistiges Bild von DuQuesne hinterlassen haben, doch ich werde mir einen Vollbart wachsen lassen, da kommt niemand auf den Gedanken, Donovan mit DuQuesne in Verbindung zu bringen. Sie können Ihren Namen behalten, da weder Seaton noch seine Leute je von Ihnen gehört haben. Auch Sie sind Techniker, mein Assistent und mein Freund.

Wir sind auf einige sehr komplizierte Probleme gestoßen, die nur Seaton lösen kann, und da wir seit langer Zeit nichts von ihm gehört hatten, sind wir losgeflogen, um ihn zu suchen und ihm einige Fragen zu stellen. Diese Geschichte müßte überzeugend sein — oder was meinen Sie?«

»Ein paar Kleinigkeiten. Was ist mit diesem Schiff? Wahrscheinlich könnte man es als verbessertes Modell eines Erdenschiffes ausgeben, aber wenn diese Wesen nun die fenachronische Raumschifftechnik kennen?«

»Wir werden nicht in diesem Schiff sein. Wenn wirklich Seaton und seine Freunde hinter dem vernichtenden Schlag gegen die Fenachroner stecken, sind Raumschiffe dieses Typs natürlich bekannt. Das ahnte ich schon, als ich die *Violet* abschob.«

»Dann müssen wir aber die *Violet* erklären — ein osnomisches Schiff. Aber natürlich könnte die Firma nach Seatons Abflug ein paar Exemplare für verschiedene Zwecke importiert haben. Das wäre einfacher, als sie zu bauen.«

»Sie fangen an zu kapieren. Sonst noch etwas?«

»Unser ganzer Plan basiert auf der Annahme, daß Seaton nicht zur Stelle ist, wenn wir eintreffen. Wenn wir ihn nun aber doch antreffen?«

»Die Chancen stehen tausend zu eins, daß er irgendwo herumreist — er hat sich nie lange an einem Ort aufgehalten. Und wenn er wirklich auf dem Planeten ist, steht er bestimmt nicht am Landedock — also gilt unsere Geschichte noch immer. Und dann müssen wir eben unser Zusammentreffen möglichst so lange hinausschieben, bis wir haben, was wir wollen — das ist alles.«

»Also gut.«

»Und denken Sie an Ihre innere Einstellung gegenüber Seaton — Heldenverehrung! Er ist nicht nur der größte Mann, den die Erde jemals hervorgebracht hat, er ist auch der wichtigste Mann der ganzen Galaxis, und für uns steht er nur eine Stufe unter Gott. Und daran müssen Sie sich mit jeder Gehirnzelle klammern. Konzentrieren Sie sich mit voller Kraft darauf — glauben Sie es, bis ich Ihnen sage, daß alles erledigt ist.«

»Gut. Und jetzt?«

»Jetzt suchen wir die *Violet*, steigen um und schicken dieses Schiff auf Heimatkurs. Und da wir gerade dabei sind — wir müssen darauf achten, daß wir nicht mehr Energie einsetzen, als die *Skylark* hat — jedenfalls nicht in der Nähe des Grünen Systems. Wir müssen die Besonderheiten unseres Antriebs kaschieren. Wir dürfen ja nichts von dem Super-Überlichtantrieb der Fenachroner wissen.«

»Aber wenn wir nun die *Violet* nicht finden? Vielleicht ist sie auch vernichtet worden!«

»In dem Fall fliegen wir nach Osnome und stehlen ein anderes Schiff. Aber ich finde sie — ich weiß den genauen Kurs und ihre Geschwindigkeit, und wir haben sehr empfindliche Orter. Außerdem ist die *Violet* durch ihre automatischen Instrumente und Maschinen vor der Vernichtung geschützt.«

DuQuesnes Chronometer gingen genau, seine Berechnungen stimmten, und seine Orter waren so empfindlich, daß sie auch ein viel kleineres Schiff als die *Violet* angezeigt hätten, selbst wenn der unvermeidliche Fehlerfaktor viel größer gewesen wäre. So wurde das osnomische Raumschiff mühelos gefunden, und der Wechsel lief ohne besondere Vorkommnisse ab.

In den nächsten drei Tagen raste die *Violet* mit Höchstbeschleunigung auf das Zentrum der Galaxis zu. Doch ehe das Grüne System erreicht war, wurde das kugelförmige Raumschiff vom Kurs abgebracht und mit Gegenbeschleunigung in eine riesige Kreisbahn geführt, so daß es sich dem Ziel aus der Richtung des irdischen Sonnensystems nähern würde. Immer langsamer flog die *Violet,* und der hellgrüne Stern, um den sie kreiste, löste sich zuerst zu einer Gruppe hellgrüner Punkte und schließlich in grüne Sonnen auf.

Obwohl sie ins Unbekannte flogen und sich mit ihren geistigen und materiellen Waffen einem überlegenen Gegner messen wollten, empfand keiner der beiden Männer Nervosität oder gar Angst. Loring war Fatalist. DuQuesne war der Chef; er fungierte nur als Helfer. Wenn es soweit war, würde er sich nach besten Kräften bemühen, doch bis dahin brauchte er sich keine Sorgen zu machen.

DuQuesnes Ruhe gründete sich auf sein Bewußtsein der Macht. Er hatte aufgrund der verfügbaren Informationen nach bestem Vermögen seine Pläne geschmiedet. Wenn sich die Lage veränderte, würde er diese Pläne ändern; wenn nicht, wollte er sie rücksichtslos in die Tat umsetzen, wie es seinem Stil entsprach.

Da beide Männer auf Überraschungen gefaßt waren, blieben sie völlig ungerührt, als vor ihnen in der Luft des Kontrollraums ein Gebilde erschien, bei dem es sich offensichtlich um einen Menschen handelte. Seine Haut war grün, ein Merkmal aller Bewohner des Grünen Systems. Er war groß und nach irdischen Maßstäben gut proportioniert, mit Ausnahme des Kopfes, der ungewöhnlich groß und besonders über den Augen und hinter den Ohren verdickt wirkte. Offensichtlich handelte es sich um ein ziemlich altes Wesen, denn das Gesicht war voller Falten und das lange dichte Haar und der meterlange, eckig geschnittene Bart waren schneeweiß.

Die norlaminische Projektion verdichtete sich. »Ich begrüße Sie auf Norlamin, Erdenbürger«, sagte der alte Mann mit der Gelassenheit und ruhigen Höflichkeit seiner Rasse. »Da Sie offensichtlich derselben Rasse angehören wie unsere guten Freunde Seaton und Crane, und da Sie in einem Schiff der Osnomer fliegen, vermute ich, daß Sie die englische Sprache verstehen. Ich nehme ferner an, daß Sie mit Seaton und Crane eng befreundet sind und erfahren wollen, warum sie sich in letzter Zeit nicht gemeldet haben.«

Sosehr sich DuQuesne auch beherrschte, diese Äußerung raubte ihm fast den Atem, so gut paßte sie zu seiner vorbereiteten Geschichte. Doch er zeigte sein Erstaunen und seine Erleichterung nicht, sondern schlug denselben ernsten und höflichen Tonfall an wie der Norlaminer.

»Wir freuen uns wirklich sehr über Ihren Besuch, Sir«, sagte er, »denn wir kennen Namen und Position des Planeten nicht, den wir suchen. Ihre Vermutungen treffen bis auf eine Kleinigkeit zu ...«

»Kennen Sie nicht einmal den Namen Norlamin?« warf der fremde Wissenschaftler ein. »Wie ist das möglich? Hat nicht Dr. Seaton Projektionen seiner Gruppe zur Erde zurückgeschickt, hat er diese Dinge nicht mit Ihnen besprochen?«

»Das wollte ich gerade erklären«, log DuQuesne geistesgegenwärtig. »Wir wußten, daß er ein sprechendes, dreidimensionales Bild seiner Gruppe zur Erde geschickt hatte, doch als die Erscheinung verschwunden war, wußte man nur, daß sich Seaton und Begleiter hier irgendwo im Grünen System befanden, allerdings nicht auf Osnome, und daß sie große wissenschaftliche Fortschritte gemacht hatten. Soweit ich weiß, hat Mrs. Seaton bei dem Besuch am meisten geredet, was eine Erklärung für den Mangel an konkreten Informationen sein mag.

Weder mein Freund Loring noch ich — mein Name ist übrigens Stewart Donovan — haben das Bild oder die Projektion gesehen. Sie haben angenommen, daß wir enge Freunde Seatons sind. Wir sind aber nur Techniker in seiner Firma und kennen ihn leider nicht persönlich. Seine wissenschaftlichen Kenntnisse werden so dringend benötigt, daß man beschloß, uns hierherzuschicken, da der Werksleiter lange nichts mehr von ihm gehört hatte.«

»Ich verstehe.« Das faltige grüne Gesicht verdüsterte sich. »Es tut mir wirklich leid, daß ich schlechte Nachrichten für Sie habe. Wir haben bisher keinen Bericht an die Erde abgesetzt, weil es bestimmt eine Panik gegeben hätte. Natürlich werden wir den ganzen Vorfall melden, sobald wir wissen, was wirklich geschehen ist, und daraus die möglichen weiteren Ereignisse ableiten können.«

»Was ist denn passiert — ein Unfall? Ist Seaton etwas zugestoßen?« fragte DuQuesne. Sein Herz machte einen Freudensprung, doch sein Gesicht zeigte nur Besorgnis und Nervosität. »Ist er denn nicht hier? Ihm ist doch nichts Ernstes passiert?«

»Mein junger Freund, leider weiß noch niemand von uns, was wirklich geschehen ist. Doch ist wahrscheinlich, daß das Schiff Ihres Chefs im intergalaktischen Raum durch Kräfte vernichtet wurde, über die wir bisher noch nichts in Erfahrung bringen konnten; Kräfte, die von bisher unbekannten Intelligenzen angewandt wurden. Es besteht die Möglichkeit, daß Seaton und seine Begleiterin dem mitgeführten Raumschiff *Skylark II* entkommen sind, doch bisher konnten wir sie nicht finden.

Aber genug geredet. Sie sind müde und müssen sich ausruhen. Als man Ihr Schiff ortete, übertrug man den Strahl auf mich — mein Name ist Rovol, und ich bin vielleicht der engste Freund Seatons —, damit ich Ihnen diese Versicherung geben konnte. Mit Ihrer Erlaubnis werde ich Kräfte auf Ihre Kontrollen einwirken lassen, ohne daß Sie sich weiter darum kümmern müssen — in gut zwölf Stunden Ihrer Zeit.

Weitere Erklärungen, sobald wir uns persönlich kennengelernt haben. Bis dahin sollten Sie sich ausruhen, meine Freunde. Essen und schlafen Sie ohne Angst, denn Ihr Flug und die Landung werden mit Präzision gesteuert. Leben Sie wohl!«

Die Projektion verschwand, und Loring atmete geräuschvoll aus. »Püü! Was für ein Glücksfall, Chef, was ...«

Er wurde von DuQuesne unterbrochen, der nachdrücklich sagte: »Ja, es ist ein glücklicher Umstand, daß die Norlaminer uns geortet und erkannt haben; wir hätten ohne Hilfe wahrscheinlich Wochen gebraucht, um den Planeten zu finden.« DuQuesnes blitzschneller Geist fand eine Möglichkeit, den gefährlichen Ausruf seines Begleiters zu unterbrechen und umzudeuten, und suchte nun nach einer Möglichkeit, ihn zu warnen. »Unser Besucher hatte recht — wir brauchen Nahrung und Ruhe, doch ehe wir essen, wollen wir die Kopfhauben aufsetzen und unsere Flugunterlagen auf den laufenden Stand bringen — dürfte nur ein paar Minuten dauern.«

»Was haben Sie denn, Chef?« dachte Loring, als das Gerät eingeschaltet war. »Wir haben doch gar keine ...«

»O doch!« unterbrach ihn DuQuesne heftig. »Merken Sie denn nicht, daß diese Burschen wahrscheinlich jedes Wort hören können, das wir sprechen, daß sie jede Bewegung sehen, die wir machen, auch wenn es dunkel ist? Vielleicht können sie sogar in unseren Köpfen lesen — also passen Sie ab sofort auf Ihre Gedanken auf. Und jetzt wollen wir das Logbuch ergänzen.«

Auf einem Band hielt er die Dinge fest, die bis zu diesem Augenblick geschehen waren. Dann setzten sich die beiden Männer zum Essen nieder, darauf legten sie sich schlafen — zum erstenmal seit Wochen konnten sie ungestört ruhen. Und schließlich erfüllte sich die Vorhersage der Projektion: Die *Violet* landete sanft auf dem ausgedehnten Gelände neben Rovols Labor, dem führenden Physiker Norlamins.

Als sich die Tür des Raumschiffs öffnete, stand Rovol draußen, um die Reisenden persönlich zu begrüßen und in sein Heim zu führen. Aber DuQuesne schützte große Ungeduld vor und wollte sich nicht durch norlaminische Höflichkeitsfloskeln von seinem Ziel abbringen lassen. Atemlos trug er seine vorbereitete Geschichte vor und stellte schließlich die klare Forderung, Rovol möge ihm alles berichten, was er über Seaton wisse, und zwar sofort.

»Es würde viel zu lange dauern, die Geschichte in Worten zu erzählen«, sagte der alte Wissenschaftler gelassen. »Im Labor dagegen kann ich Sie in wenigen Minuten informieren.«

Rovol war jede Art von Täuschung so fremd wie seinen Artgenossen — und er fiel auf die äußere und geistige Verstellung DuQuesnes und Lorings herein. Kaum hatten die drei die Kopfhauben des großartigen norlaminischen Lerngeräts aufgesetzt, da teilte Rovol den irdischen Abenteurern ohne Einschränkung mit, was sich im Hinblick auf Seatons vermutlich letzter Reise ereignet hatte.

Auf diese Weise bekam DuQuesne mit, was hinter Seatons Besuch auf Norlamin stand, und er erlebte die Geschichte der fenachronischen Gefahr, den Bau des Projektors fünfter Ordnung, die Vernichtung von Fenors Raumflotte, den von Rache motivierten Flug des Wissenschaftlers Ravindau und die völlige Vernichtung des fenachronischen Planeten.

Er sah, wie Seatons riesiger Raumkreuzer *Skylark III* entstand, wie er in die Leere des intergalaktischen Weltalls hinausraste, um die letzten Überlebenden der fenachronischen Rasse zu verfolgen. Er erlebte mit, wie die gewaltige *Skylark III* das fliehende Schiff überholte, und bekam jede Einzelheit des nun folgenden gigantischen Kampfes bis zum gewaltsamen Ende mit. Er sah, wie das siegreiche Schlachtschiff immer tiefer in die intergalaktische Leere raste, bis es sich der Grenze der Reichweite des gewaltigen Projektors fünfter Ordnung zu nähern begann.

Im Grenzbereich der Wahrnehmung begann dann etwas Besonderes abzulaufen, etwas, das DuQuesne mit Geist und Augen zu erfassen suchte, wie es auch Rovol getan hatte, als das Ereignis stattfand. Die gewaltige Hülle der *Skylark* verschwand hinter zahlreichen undurchdringlichen Energiezonen, und es wurde immer deutlicher, daß Seaton im Schutz dieser Schirme einen fürchterlichen Kampf gegen einen unbekannten Gegner führte, einen Gegner, der sogar für Strahlen fünfter Ordnung unsichtbar war.

Es war überhaupt nichts zu sehen — mit Ausnahme der freigesetzten Energien, die schließlich sogar ins sichtbare Spektrum vordrangen. Hier waren Kräfte in dermaßen unvorstellbaren Größenordnungen am Werk, daß das Weltall selbst sichtbar verformt wurde, eine Erscheinung, die mit jeder Minute deutlicher wurde. Lange Zeit verstärkte sich die Krümmung und verschwand dann von einer Sekunde zur anderen. Gleichzeitig brachen die Energieschirme der *Skylark III* zusammen, und das Schiff zeichnete sich einen Moment lang sehr deutlich ab — ehe es zu einem riesigen hellstrahlenden Ball explodierte.

In diesem letzten klaren Augenblick jedoch hatte Rovols unvorstellbarer Geist jeden sichtbaren Aspekt des großen Raumschiffs fotografiert. Da sich die Szene am Rande des Projektor-Wirkungsbereichs abspielte, waren die Einzelheiten natürlich nicht allzu klar; doch gewisse Dinge wurden deutlich. Die Menschen waren nicht mehr an Bord; das kleine Beiboot, die *Skylark II*, befand sich nicht mehr in dem runden Hangar, und es gab deutliche Anzeichen für ein absichtliches Verlassen des Schiffs.

»Zwar«, fuhr Rovol laut fort, als er den Kopfhörer absetzte, »haben wir das Weltall in der Gegend eingehend abgesucht, doch wir konnten überhaupt nichts finden. Aus meinen Beobachtungen ergibt sich eindeutig, daß Seaton von Intelligenzen angegriffen wurde, die die Kräfte sechster Ordnung beherrschen; daß er aber auch eine Möglichkeit der Abwehr fand, daß sein Uranvorrat für die angreifenden Kräfte jedoch nicht ausreichte und daß er als letzten Fluchtweg die *Skylark II* in den unbekannten Bereich der vierten Dimension rotiert hat.«

DuQuesne war im ersten Augenblick überrascht, fast starr vor Staunen, doch er erholte sich schnell wieder.

»Nun, was haben Sie unternommen?«

»Wir haben alle Schritte eingeleitet, die uns technisch möglich sind«, erwiderte Rovol ruhig. »Wir haben Kräfte ausgeschickt, die alle auftretenden Phänomene aufgespürt und aufgezeichnet haben. Gewiß, einen großen Teil der Daten haben wir nicht einfangen können, da die Primärimpulse von einer Ebene ausgehen, die sich unseren derzeitigen Erkenntnissen entzieht, aber die Tatsache, daß wir hier etwas Unbekanntes vor uns haben, hat unser Interesse an dem Problem nur verstärkt. Wir werden das Problem lösen. Nach der Lösung wissen wir, welche Gegenmaßnahmen eingeleitet werden müssen, und wir werden sie einleiten.«

»Haben Sie eine Vorstellung, wie lange es dauern wird, das Problem zu lösen?«

»Nicht im geringsten. Vielleicht eine Lebensspanne, vielleicht viele — wer kann das wissen? Aber seien Sie unbesorgt, eine Lösung wird auf jeden Fall gefunden. Wir werden der Sache auf eine Weise nachgehen, die dem Interesse der Menschheit dient.«

»Aber gütiger Gott!« rief DuQuesne. »Was wird inzwischen aus Seaton und Crane?« Mit diesen Worten äußerte er jetzt seine wahren Gedanken. Bei seiner ersten Begegnung mit den Norlaminern vermochte er noch nicht die gelassene, zeitlose Einstellung zu verstehen, die hier herrschte, geschweige denn die scheinbar langsame, aber unbeirrbare Methodik, mit der hier jede vorgegebene Forschungsaufgabe geduldig bis zur Lösung verfolgt wurde.

»Wenn es auf der Sphäre eingraviert ist, daß sie weiterwandern, dann werden sie ihr Schicksal gelassen hinnehmen können, denn es war nicht leichtfertig gesprochen, als das vereinte Intellekt Norlamins Seaton und Crane versicherte, ihr Tod würde nicht vergeblich sein. Ihr Jünglinge einer ungewöhnlich jugendlichen und lebhaften Rasse könnt den Tod eines Mannes wie Seaton sicher nicht von unserem reifen Standpunkt aus betrachten.«

»Das will ich gern dem ganzen Universum verkünden!« rief DuQuesne heftig. »Wenn ich zur Erde zurückkehre — *falls* ich zurückkehre —, will ich wenigstens einen Versuch der Rettung unternommen haben!«

»Aus Ihnen spricht die Ungeduld der Jugend«, tadelte ihn der alte Mann gütig. »Ich habe es Ihnen schon gesagt — im Augenblick können wir für die Reisenden in der *Skylark II* nicht das geringste tun. Seien Sie gewarnt, mein ungeduldiger junger Freund; legen Sie sich nicht mit Kräften an, die Ihr Verständnis übersteigen.«

»Ich pfeife auf Ihre Warnung!« sagte DuQuesne. »Wir sausen los. Kommen Sie, Loring! Je eher wir starten, desto größer ist unsere Chance, etwas zu erreichen. Sie werden mir doch den genauen Kurs und die Position angeben, Rovol?«

»Wir werden sogar noch mehr tun, mein Sohn«, erwiderte der Patriarch, während ein Schatten über sein Gesicht glitt. »Sie können mit Ihrem Leben tun, was Sie wollen. Sie haben sich entschieden, Ihre Freunde zu suchen, ohne sich um die Risiken zu kümmern. Doch ehe ich Ihnen sage, was ich vorhabe, möchte ich noch einmal betonen, daß der Mut, der die sinnlose Opferung eines Lebens vorschreibt, keine Tapferkeit ist, sondern Dummheit.

Seitdem wir ausreichend Energie haben, sind mehrere von unseren jungen Leuten damit beschäftigt gewesen, die vierte Dimension zu studieren. Sie haben viele Gegenstände in diesen Bereich rotieren lassen, konnten jedoch keinen davon zurückholen. Anstatt abzuwarten, bis sie die grundlegenden Gleichungen abgeleitet hatten, die solchen Erscheinungen zugrunde liegen, katapultierten sie sich voreilig selbst in diese Dimension, in dem vergeblichen Versuch, den Weg zur Erkenntnis abzukürzen. Kein einziger von diesen Dummköpfen ist zurückgekehrt.

Ich möchte Ihnen in aller Dringlichkeit zu bedenken geben, daß der Schritt, den Sie planen, der Schritt in die unbekannte Dimension der Vibrationen sechster Ordnung, im Augenblick mit an Sicherheit grenzender Wahrscheinlichkeit unmöglich ist. Wollen Sie ihn trotzdem tun?«

»O ja. Sie sollten lieber Ihren Atem sparen.«

»Gut; dann soll es sein. Offen gesagt hatte ich keine Hoffnung, Sie durch Vernunftgründe von Ihrem Plan abzubringen. Doch ehe Sie losfliegen, werden wir Sie mit allen Hilfsmitteln ausstatten, die wir zur Verfügung haben, um Ihre winzige Erfolgschance vielleicht zu vergrößern. Wir werden ein Duplikat von Seatons *Skylark III* für Sie bauen, mit allen Geräten ausgestattet, die unserer Wissenschaft bekannt sind, und wir werden Sie vor dem Start in dem Gebrauch dieser Geräte unterrichten.«

»Aber der Zeitfaktor ...«, begann DuQuesne.

»Ist nur eine Sache von Stunden«, sagte Rovol. »Gewiß, wir haben ziemlich lange gebraucht, um die *Skylark III* zu bauen, aber bei dem Schiff handelte es sich auch um einen Prototyp. Jede Kraft, die bei dem Bau eingesetzt wurde, ist aufgezeichnet worden, und um das Schiff in jedem Detail nachzubauen, brauche ich nur dieses Band in den Integrator meiner Hauptkontrollen einzugeben. Der eigentliche Bau findet natürlich im Versuchsgelände statt, aber Sie können auf diesem Visischirm dabei zuschauen. Ich muß jetzt einige Messungen anstellen. Ich bin rechtzeitig zurück, um Sie im Umgang mit dem Schiff zu unterweisen.«

Verblüfft starrten die beiden Männer auf den Visischirm. Sie waren so fasziniert von dem Anblick, der sich ihnen bot, daß sie das Verschwinden des alten Wissenschaftlers kaum bemerkten. Vor ihren Augen war bereits ein gewaltiges Gebilde aus Streben und Stützverbindungen entstanden, das sich zwei Meilen weit erstreckte. Obwohl das Schiff für seine Länge recht schmal wirkte, ließen die vierhundertundfünfzig Meter Durchmesser die vielen fremdartigen Gebilde in der Nähe zwergenhaft klein erscheinen. Unter den Blicken DuQuesnes und Lorings nahm das Raumschiff mit unglaublicher Schnelligkeit Gestalt an. Gewaltige Streben aus purpurnem Metall erschienen wie durch Zauberhand an Ort und Stelle; unzählige dicke Inosonhäute wurden festgeschweißt, ohne daß sich eine einzige Hand regte, ohne daß ein Gehirn einen Gedanken daran verschwendete, ohne daß sichtbare Kräfte ins Spiel gebracht wurden.

»Jetzt können Sie's sagen, Doll — wir haben hier keinen Spionstrahl zu befürchten. Was für ein Glücksfall — was für ein Glücksfall!« rief DuQuesne. »Das alte Fossil hat unsere Geschichte geschluckt wie nichts!«

»Vielleicht ist das in mancher Hinsicht gar nicht so gut. Er wird uns beobachten, um uns zu helfen, wenn wir in eine Klemme geraten, und mit seinem schrecklichen Teleskop, oder was immer es ist, hat er die Erde dicht vor Augen.«

»Das ist ganz einfach!« sagte der Wissenschaftler lächelnd. »Wir schlagen Seatons Kurs ein, nur fliegen wir weiter — außer Reichweite dieses Projektors. Wenn wir dann den Kontakt verloren haben, fliegen wir um die Galaxis herum zur Erde zurück und halten uns an unseren Plan. Kinderleicht! Der einfältige alte Knabe reicht mir die Dinge, die ich haben will, auf dem silbernen Tablett!«

Kapitel 8

Sechs gewaltige rotierende elektrische Ströme wirkten gleichzeitig auf die Kugelhülle der *Skylark II* ein und brachten sie zum Verschwinden. Kein Ausgang war geöffnet worden, und die Wände blieben solide, doch wo eben noch die zwölf Meter durchmessende Arenakkugel in ihrer Halterung geruht hatte, befand sich nun nichts mehr. Von sechs sich ausgleichenden und unvorstellbaren Kräften gepackt, durch sechs Paare von Winkelkräften immenser Größe verdreht, hatte die starke Arenakhülle des Schiffes gehalten und war dem Weg des geringsten Widerstandes gefolgt — dem einzigen Weg, der ihr angesichts der unwiderstehlichen Kräfte noch blieb; das Schiff war aus dem uns bekannten All in die unmögliche Realität jenes Hyperraums gesprungen, den Seatons mathematisches Wissen als vage Möglichkeit erahnt hatte.

Als die Kräfte auf sein Schiff einzuwirken begannen, fühlte sich Seaton eingeengt. Er wurde in allen drei Dimensionen unwiderstehlich zusammengepreßt, und in denselben Dimensionen wurde er zugleich ebenso unwiderstehlich rotiert — er wurde auf unerklärliche, unheimliche Weise verdreht, so daß er sich nicht von seinem Platz entfernen, dort aber auch nicht verweilen konnte. Unendliche Stunden lang verharrte er in diesem Zwischenzustand, obwohl er wußte, daß die Energien nur Millionstelsekunden brauchten, um auf den vollen Wert zu kommen.

Und doch wartete er qualvoll, während sich die Spannung scheinbar unmerklich verstärkte, bis schließlich das Schiff und sein gesamter Inhalt aus dem normalen Raum gedrückt wurden — ähnlich wie ein Orangekern zwischen zwei zusammengepreßten Fingern hervorgleitet.

Im gleichen Augenblick spürte Seaton, wie eine schmerzlose, doch überaus schreckliche Verwandlung seines gesamten Körpers begann — eine Umgestaltung, eine zuckende Verzerrung, eine widerliche und eigentlich unmögliche Verdrängung seiner Körpersubstanz, als sich jedes Molekül, jedes Atom, jedes Partikel seiner physischen Struktur in die unbekannte neue Dimension ausweiten mußte.

Er vermochte die Augen nicht zu bewegen, doch sah er jede Einzelheit des grotesk veränderten Raumschiffs. Seine irdische Mentalität verstand nichts von dem, was er sah, und doch kam seinem verwandelten Gehirn alles ganz normal vor. So war es möglich, daß die vierdimensionale Wesenheit, die Richard Seaton war, Dorothy erkannte und bewunderte, obwohl ihr normalerweise fester Körper nur noch eine dreidimensionale Oberfläche war und nur Bestand hatte in der logisch unmöglichen Dimension, die sein jetzt vierdimensionaler Geist als etwas Selbstverständliches hinnahm, die sein inneres Wesen aber weder wahrnehmen noch annähernd begreifen konnte.

Obwohl er keinen Muskel rühren konnte, sprang er irgendwie auf seine Frau zu. Zunge und Kiefer waren unbeweglich, doch sprach er beruhigend auf sie ein. Er umarmte ihre zitternde Gestalt.

»Ruhig, Mädchen, es ist alles in Ordnung — alles ist bestens. Beruhige dich, mein Liebes! Du brauchst dich wirklich nicht aufzuregen! Hör auf, Rotschopf!«

»Aber Dick! Das ist alles so ... schrecklich!« Dorothy hatte am Rande der Hysterie geschwebt, doch Seatons Worte schenkten ihr wieder Mut. »In mancher Hinsicht kommt mir alles in Ordnung vor, aber es ist so ... so ... ach, ich weiß nicht ...«

»Halt!« befahl er. »Du läßt dich schon wieder gehen! Auch ich habe so etwas nicht erwartet, aber wenn man darüber nachdenkt, muß es einem ganz logisch erscheinen, daß die Verhältnisse hier so sind. Unser Körper und unser Gehirn ist zwar anscheinend vierdimensional geworden, doch unser Intellekt ist nach wie vor dreidimensional, was uns das Leben sehr erschwert. Wir vermögen Gegenstände zu erkennen. Doch wir können ihre äußeren Formen nicht begreifen oder sie auch nur in Worten oder Gedanken ausdrücken. Das ist seltsam und entnervend, besonders für euch Mädchen, aber ganz normal — verstehst du?«

»Also, na ja … vielleicht. Ich hatte im ersten Augenblick Angst, daß ich den Verstand verloren hätte, aber wenn du denselben Eindruck hast, ist ja alles in Ordnung. Allerdings hast du gesagt, wir würden nur eine Millionstelsekunde lang in der vierten Dimension bleiben — und wir sind jetzt schon mindestens eine Woche hier!«

»Falsch, Dottie — wenigstens zum Teil. Die Zeit läuft hier anscheinend schneller ab, so daß wir den Eindruck haben, schon ziemlich lange in der vierten Dimension gewesen zu sein; doch soweit es unsere eigene Zeit betrifft, sind wir kaum länger als eine Millionstelsekunde hier. Siehst du den Plungerschalter dort? Der bewegt sich noch immer nach innen — er hat noch kaum Kontakt. Die Zeit ist relativ, wie du weißt, und bewegt sich hier so schnell, daß der Plungerschalter, dessen Bewegung das Auge normalerweise kaum wahrnimmt, stillzustehen scheint.«

»Aber es *muß* länger gedauert haben, Dick! Überleg doch, wie lange wir uns schon unterhalten! Ich rede ziemlich schnell, aber doch nicht so schnell!«

»Du redest gar nicht — hast du das noch nicht gemerkt? Wir denken und empfangen unsere Gedanken als Worte, das ist alles. Du glaubst mir nicht? Gut — hier ist deine Zunge. Oder nehmen wir dein Herz — das seltsam aussehende Ding hier. Es schlägt nicht — das heißt, in diesem Universum braucht es wahrscheinlich Wochen oder vielleicht auch Monate, um einen Schlag zu tun. Faß es mal an — fühl selbst!«

»*Anfassen?* Mein eigenes Herz? Das steckt doch ganz tief in mir, hinter den Rippen — das geht doch gar nicht!«

»O doch! Du redest wieder mit dem Intellekt, nicht mit deinem Gehirn. Vergiß nicht, daß du jetzt vierdimensional gebaut bist. Was früher dein Körper war, ist hier nur die dreidimensionale Oberfläche eines Hyperkörpers. Du kannst dein Herz oder deinen Magen in die Hand nehmen — das ist nicht schwieriger als ein Griff zur Nase in der normalen Dimension.«

»Also, ich tu's trotzdem nicht — nicht für eine Million Dollar!«

»Also gut. Schau her, wie ich mein Herz anfasse. Siehst du, es rührt sich absolut nicht, ebensowenig wie meine Zunge. Und da ist noch etwas, das ich nie zu sehen erwartet hätte — mein Blinddarm. Nur gut, daß er noch gut in Schuß ist, sonst nähme ich eine Schere und schnitte ihn ab, solange das ohne ...«

»Dick!« rief Dorothy. »Um Himmels willen ...«

»Beruhige dich, Dottie, beruhige dich. Ich will dich ja nur mit diesem Durcheinander vertraut machen. Laß mich mal etwas anderes versuchen. Hier, du weißt, was das ist — eine neue Tabaksdose, der Deckel ist fest zugeschraubt. In der normalen Dimension gibt es keine Möglichkeit, an den Inhalt heranzukommen, ohne das Metall zu durchstoßen — du hast schon viele Dosen geöffnet. Aber in dieser Welt lange ich einfach am Metall des Behälters *vorbei*, siehst du, und stopfe das Zeug in meine Pfeife, so. Die Dose ist noch immer fest geschlossen, es sind keine Löcher darin, aber der Tabak ist draußen. In unserem dreidimensionalen Raum wäre das unerklärlich und hier für uns eigentlich nicht begreifbar, doch physikalisch ganz einfach und natürlich, wenn man sich daran gewöhnt hat. Vielleicht hilft dir das weiter.«

»Vielleicht ... na, ich werde mich jedenfalls nicht mehr aufregen, Dick. Trotzdem ist mir das alles viel zu unheimlich. Warum ziehst du nicht einfach den Schalter zurück und bremst uns?«

»Das würde zu gar nichts führen — würde uns jedenfalls nicht abbremsen, da wir schon den Impuls empfangen haben und uns nur noch mit dem Eigenmoment bewegen. Wenn das aufgebraucht ist — in einem Sekundenbruchteil unserer Zeit —, kehren wir ruckartig in unser normales Weltall zurück — doch bis dahin können wir nichts unternehmen.«

»Aber wieso bewegen wir uns so schnell?« fragte Margaret, die sich schützend an das Monstrum kuschelte, bei dem es sich um Martin Crane handeln mußte. »Was ist mit der Trägheit? Wir müßten uns doch alle Knochen im Leib brechen!«

»Einen dreidimensionalen Körper kann man nicht so schnell bewegen — wie wir feststellen mußten, als die Energie zu wirken begann«, erwiderte Seaton. »Aber ich glaube nicht, daß wir noch aus normaler Materie bestehen, und anscheinend gelten unsere dreidimensionalen Naturgesetze hier im Hyperraum nicht mehr. Trägheit basiert natürlich auf der Zeit, und so gesehen könnte unsere Bewegung hier vielleicht doch stimmen. Auch die technischen Gegebenheiten scheinen anders zu sein, und obwohl wir solide erscheinen, sind wir auf keinen Fall Materie im dreidimensionalen Sinn des Wortes. Aber die ganze Sache geht natürlich weit über meinen Horizont — ich weiß im Grunde nicht mehr als ihr. Natürlich dachte ich — wenn ich überhaupt gedacht habe, was ich bezweifle —, daß wir in kürzester Zeit *durch* den Hyperraum fliegen würden, ohne ihn zu sehen oder zu empfinden, da ein dreidimensionaler Körper im vierdimensionalen Raum natürlich nicht als solcher existieren kann. Wieso sind wir nun so geworden, Martin? Ist dieses Weltall ko-existent mit dem unseren oder nicht?«

»Ich nehme es an.« Crane, der Methodische, hatte eingehend nachgedacht und jede Phase ihrer seltsamen

Situation durchleuchtet. »Koexistent, doch in all seinen Merkmalen und Eigenschaften anders. Da man sagen könnte, daß wir im Augenblick gleichzeitig zwei verschiedene Zeitgeschwindigkeiten erleben, haben wir nicht die geringste Ahnung, wie groß unsere Geschwindigkeit in bezug auf beide Koordinatensysteme ist. Dafür dürfte aber klar sein, was mit uns geschehen ist. Da ein dreidimensionaler Gegenstand im Hyperraum nicht existieren kann, kann er natürlich nicht *durch* den Hyperraum geschleudert oder gedrängt werden.

Um in diesen Kosmos einzutreten, mußte unser Schiff mitsamt seinem Inhalt die Möglichkeit gewinnen, sich in eine andere Dimension auszuweiten. Deine Kräfte, die uns eigentlich hierherrotieren sollten, zwangen uns in Wirklichkeit, diese zusätzliche Dimension anzunehmen. Dieser Vorgang versetzte uns automatisch aus dem Raum, in dem wir nicht mehr existieren konnten, in den einzigen Raum, in dem wir noch existieren können. Wenn diese Kraft nicht mehr einwirkt, verschwindet unsere Erweiterung in die vierte Dimension, und wir kehren automatisch in unseren gewohnten dreidimensionalen Raum zurück — doch wahrscheinlich nicht an den Ausgangspunkt. Siehst du die Sache auch so?«

»Du hast es viel besser und klarer ausgedrückt, als ich es je könnte — und du hast absolut recht. Vielen Dank, alter Grübler! Und ich möchte doch wirklich hoffen, daß wir nicht an unserem Ausgangspunkt landen — wir sind ja überhaupt nur losgeflogen, um von dort zu verschwinden — je weiter, desto besser.« Seaton lachte. »Wir dürfen nur nicht so weit springen, daß die Objektkompasse unsere Heimatgalaxis nicht mehr finden.«

»Das wäre natürlich eine Möglichkeit.« Crane nahm die scherzhafte Äußerung seines Freundes ernst. »Ja, wenn die beiden Zeitgeschwindigkeiten sehr unterschiedlich sind, könnte das zu einem Problem werden.

Doch es gibt da etwas, das ich im Augenblick für noch wichtiger halte. Ich bin darauf gekommen, als du die Prise Tabak nahmst, ohne die Dose zu öffnen. Wo immer wir bisher gewesen sind, sogar im intergalaktischen Weltraum, haben wir Lebewesen gefunden — einige freundlich, andere feindlich gesonnen. Es gibt eigentlich keinen Grund zu der Annahme, daß im Hyperraum kein intelligentes Leben existiert.«

»O Martin!« rief Margaret erschaudernd. »Leben! Hier?«

»Aber gewiß doch, mein Schatz«, erwiderte er ernst. »Dabei kommen wir auf das Gespräch, das wir vor langer Zeit geführt haben, während des ersten Flugs der alten *Skylark,* weißt du noch? Leben braucht für uns nicht verständlich zu sein, um zu existieren — im Vergleich zu dem, was wir nicht wissen oder niemals wissen oder verstehen können, sind unsere Kenntnisse lächerlich gering.«

Margaret antwortete nicht, und Crane wandte sich wieder an Seaton: »Es scheint mir durchaus denkbar, daß es vierdimensionales Leben gibt. Und wenn das stimmt, kann man die Möglichkeit einer Begegnung nicht ausschließen. Solche Wesen könnten natürlich so mühelos in dieses Schiff eindringen, wie deine Finger in die Tabaksdose geglitten sind. Ich will damit auf die Frage hinaus, ob wir nicht zu sehr im Nachteil sind. Müßten diese Wesen nicht vierdimensionale Schutzschirme oder Wände besitzen, von denen wir dreidimensionalen Intelligenzen keine Ahnung haben?«

»Bei den Salpetergeistern!« rief Seaton. »Daran hätte ich überhaupt nicht gedacht, Martin! Ich wüßte allerdings nicht, wie das möglich sein sollte — und doch müßte es eine Methode für diese Wesen geben, zum Beispiel ihre Wertsachen einzuschließen. Mein Freund, mit der Sache werden wir uns noch beschäftigen müssen — und damit sollten wir lieber gleich beginnen. Komm — machen wir uns an die Arbeit.«

In der nächsten Zeit, die den beiden Wissenschaftlern wie Stunden vorkam, widmeten sie sich mit vereinter Kraft dem Problem einer adäquaten vierdimensionalen Verteidigung — doch dabei stießen sie immer wieder auf eine unüberwindliche Mauer. Ihre vierdimensionalen Gehirne in den jetzt vierdimensionalen Körpern verrieten ihnen, daß solche extradimensionalen Sicherungen tatsächlich existierten, daß sie in der für Menschen unverständlichen Realität dieser Dimension nicht nur möglich, sondern sogar notwendig waren — doch die immaterielle und noch nicht angepaßte Intelligenz der Männer war absolut unfähig, ihre dreidimensionale Vorstellungswelt zu verlassen. Die Männer kamen der Lösung also um keinen Schritt näher.

Verwirrt trieben sie durch das unerforschte Reich des Hyperraums. Von der Zeit wußten sie nur, daß sie hoffnungslos verzerrt war; vom Weltraum wußten sie, daß er furchterregend unkenntlich schien, von der Materie, daß sie den gewohnten Gesetzen nicht mehr gehorchte. Und sie trieben dahin. Immer weiter. Sinnlos.

Zeitlos ... ziellos ... endlos ...

Kapitel 9

Der Start des zweiten norlaminischen Riesenraumschiffs hatte keine Ähnlichkeit mit dem der *Skylark III.* Als Seaton den Planeten verließ, um das Schiff des fliehenden Ravindau zu verfolgen, hatte ganz Norlamin daran Anteil genommen. Aus allen Gegenden des Planeten waren die Geistesschaffenden gekommen, um dem Start beizuwohnen — die Bewohner des Landes der Jugend ebenso wie jene, die im Land des Alters ihren Lebensabend verbrachten.

Bei diesem Start jedoch war Rovol der einzige Zuschauer. DuQuesne hatte es eilig gehabt, seinen ›Freund‹ Seaton zu ›retten‹, und er hatte so vollkommen von Rovols Geist Besitz ergriffen, daß der Wissenschaftler für nichts anderes Zeit gehabt hatte, als dem irdischen Piraten all das Wissen zu übertragen, das er brauchen würde.

Von dem wirklichen Grund für die große Hast hatte Rovol keine Ahnung. DuQuesne wußte nur zu gut, daß seine Mission gescheitert war, sobald gewisse andere Norlaminer von dem vorgesehenen Flug erfuhren — besonders Drasnik, der Führer der Psychologie. Drasnik, der tiefschürfende Student des Geistes, würde sich nicht ohne gründliche geistige Nachprüfung mit DuQuesnes Geschichte zufriedengeben — eine Untersuchung, die der Mann von der Erde nicht ungeschoren überstehen konnte. Deshalb war Rovol der einzige Zuschauer beim Start.

»Es tut mir sehr leid, daß die Umstände einen würdigeren Abschied nicht zulassen«, sagte der Norlaminer, »aber ich kann Ihnen versichern, daß jeder von uns zur Verfügung steht, der zur Lösung Ihrer Probleme beitragen kann. Die unvorstellbare Kraft möge Sie erfolgreich lenken. Leben Sie wohl.«

»Leben Sie wohl, Rovol, mein Freund und Wohltäter. Lebe wohl, Norlamin«, erwiderte DuQuesne ernst. »Ich danke Ihnen aus ganzem Herzen.«

Er berührte einen Knopf, und in jeder der vielen Metallhüllen des riesigen Raumschiffes schloß sich lautlos eine gewaltige Tür.

Die Hand des irdischen Wissenschaftlers bewegte sich über die Kontrollen, und das riesige Raumfahrzeug richtete sich langsam auf, bis der spitze Bug fast senkrecht in den Himmel ragte. Schwerelos wie eine Feder erhob sich die unvorstellbare Masse des Riesenraumschiffs in die Höhe und nahm Geschwindigkeit auf. Immer schneller flog das Schiff dahin, verließ den Bereich der Atmosphäre, überschritt die Grenzen des Grünen Systems und richtete sich auf den Punkt im All aus, wo Seaton, seine Begleiter und seine beiden Raumschiffe verschwunden waren.

Mit hoher Geschwindigkeit raste das Schiff dahin; die Sterne, die zuerst in großer Entfernung voneinander gestanden hatten, rückten mit zunehmender Geschwindigkeit immer enger zusammen, mit einer Geschwindigkeit, die bald kaum noch zu berechnen war.

Der Raumkreuzer raste am System der Fenachroner vorbei, passierte die letzten Sternenansammlungen am Rand unserer Galaxis und stieß ohne zu zögern in die unermeßliche, ehrfurchtgebietende Tiefe des intergalaktischen Weltalls vor.

Hinter dem Schiff schrumpfte der gewaltige Sternenhaufen unseres Universums zu einer riesigen hellen Linse zusammen, dann zu einem hellen Nebel, schließlich zu einem kleinen, verwaschenen Lichtfleck.

In den letzten Tagen war die Kommunikation mit Rovol schwieriger geworden, da DuQuesne sich dem Projektionslimit näherte und Rovol Mühe hatte, seine Projektion im dahinrasenden Schiff zu halten. Um die Verbindung aufrechtzuerhalten, hatte Rovol eine Sendeprojektion ausschicken müssen, die als Relaisstation diente.

Als die Entfernung weiter wuchs, war DuQuesne seinem Beispiel gefolgt und hatte seinerseits eine Relaisprojektion ausgeschickt. Inzwischen ließen die schwankenden Impulse erkennen, daß auch die beiden Projektionen bald den Kontakt verlieren würden, und DuQuesne setzte seine letzte Meldung ab.

»Es ist sinnlos, die Verbindung weiter aufrechtzuerhalten. Ich bin schon auf Gegenbeschleunigung gegangen, mit Werten, die uns an dem Punkt auf Manövriergeschwindigkeit bringen, an dem die *Skylark II* zur Zeit unserer Ankunft stehen müßte, wenn sie von ihrer Trägheit weitergerissen worden wäre. Bitte, lauschen Sie weiter in diese Richtung, ich will versuchen, Sie zu erreichen, wenn ich etwas finde. Wenn es nicht klappt — leben Sie wohl!«

»Armleuchter!« sagte DuQuesne höhnisch, nachdem er seinen Sender ausgeschaltet hatte, und wandte sich an Loring. »Das war kinderleicht — aber wir sind jedenfalls gewappnet.«

»Das kann man wohl sagen!« meinte Loring begeistert. »Ein hübscher Trick, Chef — jetzt wird Rovol in dieser Richtung besonders scharf aufpassen. Natürlich mit Energien, und nicht persönlich, aber jedenfalls kommt er nicht auf den Gedanken, sich um die Erde zu kümmern — bis es zu spät ist.«

»Richtig, Doll. Wenn die Norlaminer wüßten, daß wir zur Erde zurück wollen, könnten sie uns auch jetzt noch aufhalten; aber wenn wir das Sonnensystem erreichen, ehe sie den Braten riechen, ist es zu spät für sie.«

Er rotierte das Schiff im Längswinkel von neunzig Grad herum und gab eine nach ›unten‹ gerichtete Beschleunigung ein, die das Schiff in eine riesige Kreisbahn führen sollte. Es würde sich der Galaxis von der entgegengesetzten Seite nähern.

In den nun folgenden monotonen Wochen und Monaten beschäftigte sich von den beiden Männern jeder auf seine Weise. Um die Steuerung des Schiffs brauchten sie sich nicht zu kümmern, ebensowenig mußten sie auf mögliche Gefahren achten, denn auf viele Milliarden Meilen war das All absolut leer.

Loring, der phantasie- und interesselos war, kümmerte sich um die wenigen Routinearbeiten, die für die Versorgung der beiden Männer nötig waren, und aß, schlief und rauchte. Den Rest der Zeit verbrachte er reglos auf einem Stuhl und tat überhaupt nichts, bis ihm DuQuesne den einen oder anderen Auftrag gab.

DuQuesne dagegen war dynamisch und ließ keinen Augenblick ungenutzt verstreichen. Sein neuerworbenes Wissen war so umfangreich, daß er sein Gehirn erforschen und die darin enthaltenen Kenntnisse ordnen mußte, um sie im Notfall jederzeit abrufen zu können.

Auch mußte er den Projektor fünfter Ordnung mit seinen unvorstellbar komplizierten Kontrollen studieren, bis ihm jede Möglichkeit der Integration, Permutation und Kombination vertraut war, bis er die Tasten und Knöpfe so gut beherrschte wie ein Meisterorganist sein Instrument.

So ragte bereits die Galaxis als gewaltige flammende Linse vor dem Schiff auf, ehe DuQuesne gewahr wurde, daß ihre lange Reise fast beendet war.

Für sein neues Gehirn und für den neuen Projektor fünfter Ordnung war es kein Problem, das Sonnensystem zu finden; und für das gewaltige Raumschiff war die Entfernung vom Rand der Galaxis zur Erde nur ein Katzensprung.

Das Schiff näherte sich der Erde, die wie ein sanftschimmernder grünlicher Mond aussah. Wolkenfetzen verdeckten da und dort die Erdoberfläche, die großen Eiswüsten machten aus den beiden Polkappen grellweiße Flächen — ein wunderschöner Anblick! Aber DuQuesne interessierte sich nicht für Schönheit. Er raste aus dem leeren All heran und bemerkte, daß Washington in der Morgenzone lag. Bald hing sein riesiges Schiff reglos und unsichtbar über der Stadt.

Als erstes legte er einen allmächtigen Ortungsschirm mit automatischer Auslösung um das gesamte Sonnensystem — bis über den äußersten Punkt der Pluto-Umlaufbahn hinaus. Der Schirm sprach nicht an. In dem gewaltigen Raumgebiet war keine fremde Strahlung feststellbar, und DuQuesne wandte sich zufrieden an seinen Gehilfen.

»Keine fremden Einwirkungen, Doll. Keine Schiffe, keine Projektionen, keine Strahlen — nichts«, sagte er. »Jetzt kann ich ernsthaft an die Arbeit gehen. Ich brauche Sie in der nächsten Zeit nicht. Nach der langen Reise haben Sie sicher Lust, sich ein bißchen herumzutreiben. Wie sieht's mit Geld aus?«

»O ja, Chef, mir wären ein paar freie Abende recht, wenn Sie nichts dagegen haben«, sagte Loring. »An Geld habe ich nur ein paar hundert bei mir, aber ich kann mir ja was in der Firma holen. Dort müßte sich ziemlich viel Lohn angesammelt haben.«

»Vergessen Sie das Büro. Ich weiß nicht, wie Brookings auf meine Wünsche reagieren wird, doch Sie arbeiten jetzt für *mich* und nicht mehr für die Firma. Ich habe genug Geld. Hier sind fünftausend — und Sie haben drei Wochen Zeit, um das Geld auf den Kopf zu hauen. Heute in drei Wochen sage ich Ihnen, was weiter passiert. Bis dahin können Sie tun, was Sie wollen. Wo soll ich Sie absetzen? Vielleicht ist das Dach des Perkins-Cafés um diese Zeit leer.«

»Ist mir recht. Vielen Dank, Chef.« Ohne sich davon zu überzeugen, ob DuQuesne tatsächlich an den Kontrollen saß, schritt Loring durch die zahlreichen Luftschleusen und sprang seelenruhig ins Nichts hinaus.

DuQuesne fing den stürzenden Mann mit einem Attraktorstrahl ab und setzte ihn sanft auf dem verlassenen Dach des Perkins-Cafés ab. Dieses berühmte Lokal diente der World Steel Corporation als Zentrale für ihre

Untergrundtätigkeiten. DuQuesne begab sich dann an die Konsole und ließ seine Projektion in das Allerheiligste der World Steel Corporation vordringen. Zunächst verdichtete er sein Projektionsbild nicht, sondern blieb unsichtbar und studierte Brookings, der nun Präsident des mächtigen Industriekonzerns war.

Der Magnat saß in einem bequemen Drehstuhl an seinem riesigen Tisch, Brennpunkt und Zentrum eines Labyrinths von Kontakten und Informationsströmen. Die World Steel Corporation war ein expandierender Multikonzern, dessen gieriger Schlund ständig neue Nahrung brauchte.

Brookings hatte nur ein Motto: ›Expansion!‹ Manchmal gelang ihm dies durch fairen Einsatz, was aber selten geschah; oft arbeitete er mit Bestechung, Korruption und Sabotage und scheute im Notfall auch vor Mord, Brandstiftung und anderen üblen Machenschaften nicht zurück — solange nur die World Steel Corporation *expandierte!*

Die einzige Sünde bestand darin, erwischt zu werden — aber auch dann waren die Folgen in der Regel minimal; denn gerade für solche Fälle unterhielt die World Steel Corporation Verbindungen zu den besten Juristen der Welt und brachte auch unterschwellige Einflüsse zum Tragen, die sogar angeblich unbestechliche Gerichte ins Wanken brachten.

Hin und wieder war der Sündenfall jedoch zu groß, dann war die Tat nicht zu vertuschen und das Gericht unantastbar. In diesem Fall verlor der Tausendfüßler ein unwichtiges Bein; aber die wirklich Verantwortlichen waren bisher nie erwischt worden.

In das Zentrum dieses Spinnennetzes schickte DuQuesne nun seine Projektion und lauschte. Eine ganze Woche lang blieb er Tag und Nacht in Brookings' Nähe. Er lauschte und spionierte, er studierte und plante, bis sein gewaltiges Gehirn nicht nur alle Einzelheiten der Dinge erfaßt hatte, die seit seiner Abreise geschehen waren, sondern auch genau festgelegt hatte, was er tun wollte. Eines Nachmittags schaltete er sein Audiogerät ein.

»Ich wußte natürlich, daß Sie mich übers Ohr hauen wollten, Brookings, aber ich hatte keine Ahnung, daß Sie sich so dämlich anstellen würden!«

Als er die spöttische Stimme des Wissenschaftlers hörte, schien der Industriemagnat in seinem Stuhl zusammenzusinken, und sein Gesicht wurde grau.

»DuQuesne!« keuchte er. »Wo — sind Sie?«

»Dicht neben Ihnen, seit einer Woche schon.« DuQuesne verdichtete sein Projektionsbild und grinste sarkastisch, als der Mann hinter dem Tisch zögernd nach einem Knopf griff. »Los, drücken Sie das Ding — wollen mal sehen, was passiert. Sie sind doch hoffentlich nicht so dumm, anzunehmen, daß ein Mann mit meinen Geistesgaben — selbst mit den Fähigkeiten, die ich bei meiner Abreise hatte —, bei einer Ratte wie Ihnen irgendwelche Risiken eingehen würde!«

Brookings sank zitternd in seinen Stuhl. »Was ist das hier? Sie sehen wie DuQuesne aus, aber ...«

»So ist es schon besser, Brookings. Versuchen Sie nichts, was Sie nicht zu Ende bringen können! Sie sind schon immer ein Feigling gewesen. Wenn es darum geht, schmutzige Arbeit aus der Ferne erledigen zu lassen, gehören Sie zu den Besten, aber sobald Ihnen die Dinge zu dicht auf die Pelle rücken, schrumpfen Sie wie ein Akkordeon zusammen.

Was mein Auftreten in Ihrem Büro angeht — technisch gesprochen handelt es sich dabei um eine Projektion. Ihr Wissen reicht nicht aus, um das Ding zu begreifen, selbst wenn ich es Ihnen erklären wollte. Es genügt, wenn Sie wissen, daß das Ding alle Vorteile eines persönlichen Auftretens bietet — und keinen der Nachteile. *Keinen* — denken Sie daran!

Jetzt zum Geschäft. Als ich abreiste, hatte ich Ihnen gesagt, Sie sollten sich zurückhalten — ich würde in weniger als fünf Jahren zurück sein und ausreichend Hilfsmittel mitbringen, um wirklich im großen Stil vorzugehen. Sie haben nicht mal fünf Tage gewartet, sondern haben sofort herumgewurstelt — mit dem Ergebnis, daß das Durcheinander noch größer geworden ist. Ich weiß alles — ich weiß, daß Sie sogar versuchen wollten, mich um mein aufgelaufenes Gehalt zu betrügen.«

»O nein, Doktor, da irren Sie sich aber, wirklich!« Brookings' Stimme hatte einen öligen Klang. Er gewann seine Selbstsicherheit zurück, und sein Geist versuchte den üblichen verschlungenen Pfaden zu folgen. »Wir haben wirklich versucht durchzuhalten, bis Sie zurückkamen — genau wie Sie gesagt hatten. Und Ihr Gehalt ist natürlich voll weitergezahlt worden — Sie können es jederzeit abheben.«

»Ich weiß — notfalls hole ich mir mein Geld auch ohne Sie. Doch ich interessiere mich nicht mehr für Geld. Am Geld hat mich sowieso nur die Macht interessiert, die man damit kaufen konnte und jetzt verfüge ich über eine Macht, die größer ist als die des Geldes. Ich habe gelernt, daß Wissen noch sehr viel wichtiger ist als Macht. Und um mein derzeitiges Wissen zu vergrößern — ja, um den jetzigen Wissensstand nur zu verteidigen —, brauche ich in Kürze Energien, welche die heutige Maximalleistung aller Generatoren auf der Erde um ein Millionenfaches übersteigen. Als ersten Schritt übernehme ich ab sofort die Kontrolle über die World Steel Corporation, damit ich die Dinge richtig anpacken kann.«

»Aber das können Sie doch nicht tun, Doktor!« wandte Brookings energisch ein. »Wir werden Ihnen natürlich alles geben, was Sie wollen, aber ...«

»Aber nichts!« unterbrach ihn DuQuesne. »Ich bitte Sie nicht, Brookings — ich gebe Ihnen einen *Befehl!*«

»Das glauben Sie!« Brookings, der sich nun doch zum Handeln veranlaßt sah, drückte heftig auf einen Knopf, während ihn DuQuesne verächtlich musterte.

Hinter dem Tisch sprangen einige Wandklappen auf, und Gewehrschüsse dröhnten durch das Büro. Schwere Geschosse fetzten durch die seltsame Substanz der Projektion und knallten in die gegenüberliegende Wand, ohne daß sich DuQuesnes verächtliches Grinsen auch nur veränderte. Mit ausgestreckten Händen trat er langsam vor. Brookings stieß einen spitzen Schrei aus und begann zu gurgeln, als sich kräftige Finger um seinen weichen Hals legten.

Vier Gewehrschützen waren auf Wache gewesen. Zwei warfen ihre Waffen fort und ergriffen in panischem Entsetzen die Flucht. Diese Wächter starben auf der Stelle. Die anderen beiden stürzten sich mit erhobenen Waffen auf DuQuesne. Doch die Kolben ihrer Gewehre prallten harmlos von dem Energiegebilde ab, spitze Messer drangen in die Erscheinung ein, hinterließen aber keine Wunde, und die Muskeln der beiden stämmigen Männer vermochten die unmenschlich kräftigen Finger der Projektion am Hals ihres Arbeitgebers um keinen Millimeter zu verrücken. Sie gaben ihre sinnlosen Rettungsversuche auf und starrten DuQuesne verblüfft an.

»Gute Arbeit, Jungs«, sagte dieser lobend. »Ihr habt Nerven — deshalb habe ich euch nicht umgebracht. Ihr könnt den Idioten weiter bewachen, wenn ich mit ihm fertig bin. Und was Sie angeht, Brookings«, fuhr er fort und lockerte seinen Griff, so daß sein Opfer wieder Luft schnappen konnte. »Ich habe Sie gewähren lassen, um Ihnen mal eine tüchtige Lektion zu erteilen. Ich hatte Sie darauf hingewiesen, daß meine Projektion *keinen* der Nachteile eines persönlichen Auftretens hat, aber anscheinend waren Sie nicht vernünftig genug, um diesen Gedanken aufzunehmen. Also — fügen Sie sich nun meinen Wünschen oder nicht?«

»Ja, ja — ich tue alles, was Sie sagen«, versprach Brookings.

»Also gut.« DuQuesne lenkte seine Projektion wieder vor den Schreibtisch. »Sie fragen sich, warum ich Sie nicht völlig erledigt habe — Sie wissen gut genug, daß mir so etwas nichts ausgemacht hätte. Ich will's Ihnen sagen. Ich habe Sie nicht getötet, weil ich Sie vielleicht noch brauche. Ich werde die World Steel Corporation zur eigentlichen Regierung der Erde machen, und der Präsident der Firma wird Weltdiktator sein. Mir selbst liegt dieser Posten nicht, denn ich werde viel zu sehr damit beschäftigt sein, meine Macht zu erweitern und auszubauen. Wie schon gesagt — Sie sind wahrscheinlich der beste Manager auf der Welt, doch wenn es um den Entwurf von umfassenden Plänen und Strategien geht, kommen Sie nicht weit. Ich gebe Ihnen den Job des Weltdiktators unter einer Bedingung — daß Sie die Welt so regieren, wie ich Ihnen sage!«

»Ah, eine wunderbare Gelegenheit, Doktor! Ich versichere Ihnen ...«

»Moment mal, Brookings! Ich kann in Ihrem Geist lesen wie in einem offenen Buch! Sie glauben immer noch, daß Sie mich hereinlegen können. Sie sollten sich ein für allemal klarmachen, daß das nicht geht. Ich werde Sie durch automatische Geräte bewachen lassen, die jeden Ihrer Befehle, jede Nachricht, die Sie empfangen oder ausschicken, und jeden Ihrer Gedanken aufzeichnen. Wenn ich Sie auch nur bei einem einzigen Trick erwische, komme ich zurück und beende die Arbeit, die ich eben angefangen habe. Wenn Sie sich fügen, können Sie die Erde lenken, wie Sie wollen — und sind nur meinen sehr allgemeinen Anweisungen unterworfen. Versuchen Sie mich aber hereinzulegen, sind Sie aus dem Spiel. Verstanden?«

»Durchaus.« Brookings agiler Geist bedachte die Möglichkeiten, die in DuQuesnes umfassendem Plan steckten. Seine Augen begannen zu glitzern, als er an seine Rolle in diesem Plan dachte, und er gewann die gewohnte Sicherheit zurück. »Als Weltdiktator wäre meine Position natürlich wichtiger und bedeutender als jede Position, die mir die World Steel Corporation in ihrer jetzigen Form bieten kann. Deshalb nehme ich Ihr Angebot ohne Einschränkungen an. Bitte geben Sie mir nun einen Anhaltspunkt für Ihre Pläne. Ich gebe zu, daß ich zuerst gewisse innere Vorbehalte hatte, aber Sie haben mich überzeugt, daß Sie Ihre Versprechungen wirklich wahrmachen können.«

»Das klingt schon besser. Ich habe umfassende Pläne ausgearbeitet, die den Umbau aller unserer Energiewerke — Seatons Anlagen eingeschlossen — auf die neue Energiegewinnungsmethode regeln. Außerdem sollen an jedem strategisch wichtigen Punkt auf der Erde neue Anlagen entstehen und sämtliche Werke zu einem System verschmolzen werden. Hier.« Ein gebundener Band voller Daten und zahlreicher Rißzeichnungen erschien in der Luft und fiel auf den Tisch. »Sobald ich fort bin, können Sie Ihre führenden Techniker zusammenrufen und an die Arbeit schicken.«

»Ich sehe da gewisse Schwierigkeiten«, bemerkte Brookings, nachdem er mit geübtem Auge die wichtigsten Aspekte des Projekts erfaßt und die Zeichnungen durchgeblättert hatte. »Wir haben bisher gegen Seatons Anlagen wegen ihrer enormen Energiereserven nicht viel unternehmen können, dabei scheint sein größtes Werk die Schlüsselstation unseres neuen Systems zu sein. Auch gibt es einfach nicht genug Männer für all die Arbeit. Gewiß, wir haben schlechte Zeiten, aber selbst wenn wir jeden Arbeitslosen heranholen, kommen wir immer noch nicht zurecht. Was ist überhaupt aus Seaton geworden? Er hat sich anscheinend seit einiger Zeit nicht mehr sehen lassen.«

»Sie brauchen sich um Seatons Energieanlagen keine Sorgen zu machen — die schaffe ich ran. Und Seaton selbst wurde in die vierte Dimension gejagt. Er ist bisher noch nicht zurückgekehrt und wird wahrscheinlich auch nicht wieder auftauchen. Das werde ich seinen Leuten erklären, wenn ich den Haufen übernehme. Was die Arbeitskräfte angeht, so setzen wir das gesamte Personal aller Armeen und Marinestreitkräfte der Welt ein. Vielleicht glauben Sie, daß das immer noch nicht ausreicht — aber keine Sorge. Wenn Sie sich die Pläne im einzelnen ansehen, erkennen Sie, daß sich durch die richtige Anwendung von Kraftstrahlen genug Personal einsparen läßt.«

»Wie gedenken Sie die Armeen und Marinestreitkräfte der Welt zu gewinnen?«

»Es würde zu lange dauern, Ihnen das im einzelnen zu erklären. Schalten Sie Ihr Radio ein und hören Sie zu — dann wissen Sie alles. Und da Sie die Vorgeschichte kennen, werden Sie manches zwischen den Zeilen lesen können, das die anderen nicht kapieren. Auch wird mein nächster Schritt Ihre letzten Zweifel zerstreuen, ob ich wirklich tun kann, was ich versprochen habe.«

Die Projektion verschwand, und nach wenigen Minuten dröhnte aus jedem Radiolautsprecher auf der Welt eine laute Stimme. DuQuesne sendete gleichzeitig auf jedem Kanal von fünf bis fünftausend Metern und benutzte dabei einen dermaßen starken Sendeimpuls, daß sogar Zwei-Millionen-Watt-Stationen schon in ihrem Sendemast überlagert wurden.

»Achtung, Völker der Erde!« dröhnte es aus den Lautsprechern. »Ich spreche für die World Steel Corporation. Von diesem Augenblick an werden die Regierungen aller Nationen auf der Erde von der World Steel Corporation beraten und gelenkt. Seit langem suche ich nach einer Möglichkeit, die Dummheiten der jetzigen Nationalregierungen zu überwinden. Ich habe Methoden studiert, den Krieg ein für allemal abzuschaffen. Ich habe alle denkbaren Wege studiert, Ihre jetzigen Wirtschaftssysteme zu korrigieren, die Ihnen nur ständig wiederkehrende, unberechenbare Zyklen von Wohlstand und Elend gebracht haben.

Die meisten von Ihnen sind seit vielen Jahren der

Meinung, daß etwas unternommen werden müßte. Sie sind allerdings nicht nur unorganisiert, Sie sind außerdem rassisch entzweit und sind daher anfällig für jeden Demagogen, der das Heranrücken eines neuen Zeitalters verkündet. So haben Sie nichts unternehmen können, um die Zustände zu verbessern.

Es war nicht schwierig, den Schlüssel zum Wohlergehen der Menschheit zu finden. Doch es war schon schwieriger, diese Lösung durchzusetzen. Nun habe ich einen Weg gefunden. Meine Macht reicht aus, um eine weltweite Entwaffnung und eine produktive Verwendung aller Männer durchzusetzen, die im Augenblick Waffen tragen, dazu auch aller Menschen, die zur Zeit ohne Beschäftigung sind — mit kürzerer Arbeitszeit und besseren Löhnen. Ich habe auch die sichere Möglichkeit, Verbrecher aller Art aufzuspüren, und habe sowohl die Macht als auch den Willen, mit Gewohnheitsverbrechern summarisch abzurechnen.

Die Revolution, die ich durchführe, wird nur den Parasiten schaden, die sich an den anderen bereichern. Nationalgrenzen und Zollvorschriften bleiben in Kraft, Regierungen werden nur übergangen, wenn sie den Fortschritt der Zivilisation hemmen. Kriege werden jedoch nicht toleriert. Ich werde sie verhindern — nicht, indem ich die Soldaten umbringe, die die Kämpfe durchführen würden, sondern indem ich jede Person auslösche, die Zwietracht säen will. Ränkeschmiede dieser Art werde ich gnadenlos töten, ehe ihre Pläne ausgereift sind.

Handel und Industrie werden gefördert. Die Wirtschaft auf der ganzen Welt wird florieren. Ich bitte Sie nicht, mir zu glauben — ich gebe Ihnen nur die Tatsachen an. Warten Sie ab — meine Worte werden sich in knapp dreißig Tagen bewahrheiten.

Ich will jetzt meine Macht demonstrieren, indem ich die Marine der Vereinigten Staaten aus dem Verkehr ziehe, ohne auch nur ein Menschenleben zu fordern.

Zwischendurch: [redacted] DuQuesne braucht für sein Vorhaben gewaltige Energien – denn sein Ziel ist die Weltherrschaft… [redacted] Wir denken in menschlicheren Maßstäben – und so benötigen wir wohl kaum Seatons Anlagen. Zur Aufbesserung unserer Energiereserven brauchen wir zwischendurch nur die… [redacted]

Ich schwebe dicht über Washington. Ich fordere die 70. Bomberschwadron auf, die bereits gestartet ist, ihre schwersten Bomben auf mich abzuwerfen. Dazu steuere ich mein Schiff über den Potomac, so daß die Explosionen keinen Schaden anrichten können, und werde mich nicht wehren. Ich könnte die Schwadron mühelos auslöschen, aber ich gedenke keine mutigen Männer zu töten, die nur blind den Befehlen eines überholten Systems gehorchen.«

Das Raumschiff, das sich von Chevy Chase bis Anacostia erstreckte, schwebte nun über den Fluß, angeflogen von den relativ kleinen Bombern.

Nach kurzer Zeit wurde die Gegend durch die Explosion der schwersten Projektile der Welt erschüttert, während DuQuesnes klare, kühle Stimme weitersprach.

»Die Bomber haben sich größte Mühe gegeben«, sagte er, »aber sie haben nicht einmal die Außenwandung meines Schiffs ankratzen können. Ich will Ihnen jetzt beweisen, wozu ich fähig bin, sollte ich mich jemals zu einem solchen Schritt entschließen. Vor dem Kap ankert ein verlassenes Schlachtschiff, das in Manövern versenkt werden sollte. Ich richte eine Kraft darauf — und schon ist es verschwunden, es hat sich in Sekundenschnelle aufgelöst!

Ich bin jetzt über Sandy Hook. Die Anlagen hier werde ich nicht vernichten, da das nicht ohne Verlust von Menschenleben möglich wäre. Deshalb ziehe ich sie einfach aus dem Boden und deponiere sie sanft auf den Schlammbänken des Mississippi bei St. Louis. Jetzt schicke ich eine Kraft zu jedem bewaffneten Schiff der US-Marine aus, wo immer es sich auch befinden mag.

Mit einer Geschwindigkeit, die der Gesundheit der Besatzungen nicht schadet, transportiere ich diese Schiffe durch die Luft nach Salt Lake City. Morgen früh wird jede Einheit der amerikanischen Marine mitten im Binnenland auf dem Großen Salzsee schwimmen.

Wenn Sie meinen Worten nicht glauben — lesen Sie Ihre Zeitung!

Morgen schalte ich die Marinestreitkräfte Großbritanniens, Frankreichs, Italiens und der anderen Seenationen auf ähnliche Weise aus. Dann kümmere ich mich um die Landstreitkräfte und ihre Anlagen.

Unabhängig davon habe ich bereits Schritte unternommen, um gewisse bekannte Gangster auszuschalten, die seit einiger Zeit ganz offen eine Schreckensherrschaft ausüben. Aus diesem Kreis sind bereits mehrere Männer gestorben, und zehn weitere werden den heutigen Abend nicht überleben. Ihr Heim wird künftig vor Kidnappern sicher sein; Sie brauchen keine Erpresser oder Protektionsbanden mehr zu fürchten.

Zuletzt möchte ich Ihnen sagen, daß die oft versprochene neue Ära nun endlich angebrochen ist. Das sage ich nicht mit Worten, sondern mit Taten. Leben Sie wohl, bis morgen.«

DuQuesne schickte seine Projektion in Brookings' Büro. »Nun, Brookings, das wäre der Anfang. Sie wissen jetzt, was ich plane und daß ich die Macht dazu habe.«

»Ja, kann man wohl sagen. Und Sie haben genau den richtigen Ton gefunden, um uns die Unterstützung vieler Leute zu sichern, die normalerweise erbittert gegen uns wären. Aber das Gerede vom starken Mann, der mit Gangstern und Banditen gründlich aufräumt, klang aus Ihrem Mund — entschuldigen Sie — doch etwas komisch«, lachte Brookings. »Ausgerechnet *Sie!*«

»Warum? Dieses Stadium haben wir jetzt hinter uns. Obwohl die öffentliche Meinung für unseren Erfolg nicht ausschlaggebend ist, stellt sie doch eine große Macht dar. Kein Machtprogramm, so vorteilhaft es für das Volk auch sein mag, stößt auf einhellige Zustimmung — doch der Weg, den ich vorgezeichnet habe, wird zumindest die Opposition spalten.«

DuQuesne unterbrach die Verbindung und lehnte

sich entspannt vor den Kontrollen zurück, und seine schwarzen Augen starrten befriedigt ins Leere. Die Erde gehörte ihm; er konnte damit tun, was er wollte; und er wollte sie so ausrüsten, daß ihm das Universum nichts mehr anhaben konnte! Herr der Erde! Sein höchster Ehrgeiz war befriedigt. Oder etwa nicht? Die Erde war schließlich sehr klein — ein bloßes Staubkorn im All. Warum nicht Herr der ganzen Galaxis werden? Dabei durfte er Norlamin nicht vergessen ...

Norlamin!

Den Norlaminern würde der Gedanke nicht gefallen. Er mußte sie ›beruhigen‹.

Sobald er die Erde im Griff hatte, wollte er sehen, was sich gegen Norlamin unternehmen ließ.

Kapitel 10

Dick!« kreischte Dorothy und eilte an Seatons Seite. Er gab seine sinnlosen Überlegungen auf, wandte sich um und stand zwei unbeschreiblichen, vage erkennbaren Wesen gegenüber, die mühelos in den Kontrollraum der *Skylark* eingedrungen waren.

Groß waren diese Wesen und hatten eine matte schwarze Haut. Jedes Wesen besaß vier große helle Linsen, bei denen es sich anscheinend um Augen handelte. »Dick! Was sind das für Geschöpfe?«

»Wahrscheinlich Lebewesen — das Leben, das Martin hier zu finden erwartete«, entgegnete Seaton. »Wollen mal sehen, ob ich den Burschen einen Gedanken übermitteln kann.«

Er starrte direkt in die ausdruckslosen Augenlinsen und schickte freundliche Gedanken aus — doch ohne Reaktion. Dann schaltete er das Lerngerät ein und setzte eine Kopfhaube auf, während er einem seiner unheimlichen Besucher eine zweite Kopfhaube hinhielt und ihm durch Zeichen zu verstehen gab, daß das Gerät hinter den fremdartigen Augen anzubringen war. Doch nichts geschah, und Seaton riß sich die nutzlose Kopfhaube herunter.

»Hätte gleich wissen müssen, daß es nicht klappt!« sagte er. »Elektrizität ist hier viel zu langsam — die Röhren wären wahrscheinlich erst in zehn Jahren Hyperzeit heiß geworden. Außerdem hätte das Gerät wahrscheinlich sowieso nichts genützt — der Geist dieser Wesen ist natürlich vierdimensional, was bei uns auf keinen Fall zutrifft. Vielleicht gibt es irgendwo einen Berührungspunkt — oder eine Berührungsebene — zwischen ihrem Geist und dem unseren, aber das möchte ich eigentlich bezweifeln. Allerdings verhalten sie sich auch nicht feindselig; wir werden sie einfach eine Zeitlang beobachten und sehen, was sie machen.«

Die Eindringlinge verhielten sich zwar nicht feindselig, doch besonders positiv schienen sie auch nicht eingestellt zu sein. Wenn sie überhaupt von Gefühlen geleitet wurden, dann nur von dem der Neugier.

Sie schwebten hierhin und dorthin, führten ihre Augen an diesen oder jenen Gegenstand heran und schwebten schließlich an der Arenakhülle des kugelförmigen Raumschiffs *vorbei* ins Nichts.

Hastig drehte sich Seaton zu seiner Frau um, denn er rechnete damit, daß sie wieder seinen Beistand brauchte. Doch zu seiner Überraschung war Dorothy ganz ruhig.

»Seltsame Wesen, nicht wahr?« fragte sie interessiert. »Sie sahen wie stark vergrößerte Schachfiguren mit vier Händen aus oder wie komische Seepferdchen aus einem Aquarium, nur größer. Und ihre Propeller am Schwanzende — waren die angewachsen oder künstlich?«

»Was? Wovon redest du? Solche Einzelheiten habe ich überhaupt nicht bemerkt!« rief Seaton.

»Ich eigentlich auch nicht«, erklärte Dorothy. »Mir ging erst ein Licht auf, als ich herausfand, wie man diese Wesen ansehen muß. Ich weiß nicht, ob meine Methode sehr wissenschaftlich ist — ich verstehe sowieso nichts von dem vierdimensionalen mathematischen Gerede. Aber wenn ich irgend etwas sehen will, tue ich so, als gäbe es die vierte Dimension gar nicht. Ich schaue einfach auf den Aspekt, den du die dreidimensionale Oberfläche nennst, und dann kommt mir alles ganz in Ordnung vor. Wenn ich dich zum Beispiel so anschaue, siehst du wie mein gewohnter Dick aus — und nicht etwa wie der vierdimensionale Alptraum eines Kubisten.«

»Du hast die Lösung, Dorothy!« Noch während sie sprach, hatte sich Crane vierdimensionale Gegenstände als dreidimensional vorgestellt. »Das ist wahrscheinlich die einzige Methode, solche Hyperwesen überhaupt wahrzunehmen!«

»Es funktioniert tatsächlich!« rief Seaton schließlich. »Glückwunsch, Dottie; du hast der Wissenschaft einen wertvollen Dienst erwiesen — aber Moment mal! Was ist denn jetzt los? Wir bewegen uns ja!«

Die *Skylark,* die frei im All geschwebt hatte — eine Bewegung, die die Sinne der Reisenden schon längst nicht mehr als Fallen interpretierten —, wurde plötzlich beschleunigt. Es war nur eine geringe Beschleunigung, die gerade ausreichte, um den Boden des Kontrollraums als ›unten‹ erscheinen zu lassen —, doch jede Beschleunigung bot unter den gegebenen Umständen Grund zur Sorge.

»Die Erscheinung hat nichts mit Schwerkraft zu tun — das hätten wir schon vorher gespürt —, wie sieht die Lösung aus, Martin, weißt du etwas?« Seaton wandte sich an seinen Freund. »Vielleicht haben uns die Wesen mit einem Traktorstrahl gepackt und bringen uns irgendwohin.«

»Hat jedenfalls den Anschein. Ob die Visischirme noch funktionieren?« Crane trat an den ersten Visischirm und bewegte ihn in alle Richtungen. In der endlosen, allesverschlingenden, fast greifbaren Schwärze des Alls war nichts auszumachen.

»Die Dinger können hier kaum funktionieren«, sagte Seaton. »Schau dir unsere Zeit an — unsere Beschleunigung muß ja unglaublich viel schneller sein als Lichtgeschwindigkeit, um bei dem langsamen Zeitfluß diese Bewegung überhaupt wahrzunehmen. Ich bezweifle, daß wir etwas sehen könnten, selbst wenn wir einen Projektor sechster Ordnung hätten.«

»Aber was ist dann mit dem Licht hier drinnen?« fragte Margaret. »Die Lampen brennen, und wir können sehen.«

»Keine Ahnung, Peggie«, erwiderte Seaton. »Dies alles geht weit über meinen Horizont. Vielleicht liegt es daran, daß sich diese Lichter mit uns bewegen — nein, geht nicht. Wahrscheinlich sehen wir gar nichts — sondern nehmen irgendwie anders wahr. Das muß wohl die Lösung sein — es ist gewiß, daß die Lichtwellen dieser Lampen fast völlig stationär sind, soweit es uns angeht.«

»Oh, da ist etwas!« rief Dorothy. Sie war am Visischirm geblieben und hatte in die undurchdringliche Dunkelheit gestarrt. »Seht ihr, schon ist es weitergeblitzt! Wir stürzen auf irgendeine Fläche zu! Hat keine Ähnlichkeit mit einem normalen Planeten — absolut flach und anscheinend endlos.«

Die anderen eilten an die Visischirme und ›erblickten‹ anstelle der eben noch wahrgenommenen Schwärze eine unendliche Fläche — ein absolut flaches Hyperland. Sie waren noch so weit entfernt, daß die Planetenkrümmung hätte sichtbar sein müssen — doch es gab keine.

Es war ein flaches Land, eine geometrische Ebene, völlig sonnenlos, doch anscheinend selbstleuchtend. Das Areal strahlte ein weiches, leicht diffuses violettes Licht aus. Jetzt ›sahen‹ die Menschen auch das Fahrzeug, das sie schleppte. Es war ein rautenförmiges Gebilde, das im seltsam fahlen ›Licht‹ des Hyperplaneten hell erstrahlte und sich offenbar mit Höchstkraft mühte, die gewaltige Masse der *Skylark II* aus dem Einflußbereich des minimalen Schwerkraftfeldes herauszuhalten.

»Wahrscheinlich sehen wir in einer Art Hyperlicht«, überlegte Seaton. »Vielleicht handelt es sich um Licht der sechsten oder siebenten Ordnung, sonst müßten wir ...«

»Vergiß das Licht!« unterbrach ihn Dorothy. »Wir stürzen ab und treffen wahrscheinlich hart auf. Kannst du nichts unternehmen?«

»Leider nicht, mein Schatz.« Er grinste sie an. »Aber

ich werd's versuchen. Nein, sinnlos. Alle Stromkreise sind tot. Keine Energie, keine Steuerung, nichts funktioniert — das ändert sich erst wieder, wenn wir in unser Universum zurückkehren können. Aber mach dir wegen eines Absturzes keine Sorgen. Selbst wenn die Fläche stark genug ist, um uns abzubremsen, was ich nicht annehme, scheint doch hier draußen — einschließlich der Schwerkraft — alles so schwach zu sein, daß es uns nichts schaden kann.«

Kaum hatte er diese Worte gesprochen, als die *Skylark* auftraf — sie schwebte sanft gegen die Bodenfläche. Denn so gering war die Schwerkraft, gegen die außerdem noch das Schleppfahrzeug arbeitete, daß die Arenakhülle der *Skylark* nicht einmal ins Stocken geriet, als sie auf die scheinbar feste Oberfläche des Planeten stieß — falls es sich wirklich um einen Planeten handelte. Felsgestein wirbelte nach allen Seiten davon, und die *Skylark* sank immer tiefer. Das Schiff stoppte erst, als seine Masse einen senkrechten Brunnenschacht in den Boden getrieben hatte, der über hundert Meter tief war.

Obwohl das osnomische Metall durch die Erweiterung in die vierte Dimension sehr verdünnt wurde, war es doch noch so viel dichter als die unbekannte Substanz des Hyperplaneten, daß das Schiff in den Planeten eindrang wie eine Pistolenkugel in schwammiges Holz.

»Das wär's also!« rief Seaton. »Die Hypermaterie scheint dünn, durchlässig und sehr schwach zu sein. Wir wollen uns zunächst ein Weilchen ruhig verhalten. Ehe uns die Burschen ausgegraben haben — falls sie's versuchen, was ich annehme —, sind wir wieder fort.«

Doch wieder irrte sich der Abenteurer von der Erde. Die Hyperwesen waren zwar schwach und durchsichtig, doch ihre Neugier war noch größer geworden. Krangerüste wurden errichtet und Schlingen herabgelassen, doch noch ehe man damit begann, die *Skylark* an die Planetenoberfläche zu hieven, schwebten zwei seltsame Bewohner der Hyperwelt durch die Atmosphäre des vierdimensionalen Schachts herab, an dessen Ende das Erdenschiff lag. Sie schwebten an der Arenakwandung des Kreuzers *vorbei* in den Kontrollraum.

»Aber ich verstehe das alles nicht, Dick!« hatte Crane gesagt. »Nehmen wir einmal an, ein dreidimensionaler Gegenstand extstiert im vierdimensionalen Raum, dann könnte ein vierdimensionales Wesen natürlich nach Belieben eindringen — so wie deine Finger in die Tabaksdose gegriffen haben. Aber da alle Gegenstände hier logischerweise vierdimensional sind, müßte allein dieser Zustand einen solchen Vorgang verhindern. Da du aber den Inhalt der Dose *tatsächlich* entnommen hast, ohne die Dose zu öffnen, und da unsere fremden Besucher *tatsächlich* hier hereingeschneit sind, kann ich nur annehmen, daß wir im Grunde noch immer dreidimensional sind, obwohl wir vorübergehend gezwungen sind, einen vierdimensionalen Raum einzunehmen.«

»Martin, das ist ein neuer Gedanke! Du bist doch immer noch der Meisterdenker von einst. Damit ist manches erklärt, was mir in den letzten Stunden Sorgen gemacht hat. Und ich glaube sogar, ich habe eine Erklärung dafür — in Form eines Vergleichs. Stell dir einen zweidimensionalen Mann vor — einen Zentimeter breit und zehn oder zwölf Zentimeter lang; der typische Flachländer der klassischen Dimensionserklärung. Dort liegt er nun in einer Ebene und ist zufrieden und glücklich. Plötzlich packt ihn eine Kraft an einem Ende und rollt ihn zu einer Spirale oder zylindrisch zusammen. Er hat keine Ahnung, was er davon halten soll, aber genaugenommen wäre er ein zweidimensionaler Mensch, der einen dreidimensionalen Raum einnimmt.

Nun wollen wir außerdem annehmen, daß wir ihn sehen können, was natürlich kaum vorstellbar, aber notwendig ist, damit unser Vergleich hinhaut. Auch wir wüßten nicht, was wir von dem Burschen halten sollten, nicht wahr? Und entspricht das nicht in etwa dem, was wir jetzt gerade durchmachen? Wir würden so ein Wesen für eine Kuriosität halten und würden mehr darüber erfahren wollen, nicht wahr? Damit ist meines Erachtens alles erklärt — unsere Empfindungen und das Verhalten der Seepferdchen hui! Da sind sie schon wieder. Willkommen in unserer Stadt, Fremde!«

Aber die Eindringlinge reagierten nicht. Sie verstanden die Erdenmenschen nicht.

Ihr vierdimensionaler Geist, der seine Erfahrungswerte ausschließlich aus dem Hyperraum bezog, vermochte natürlich keine Gedanken zu empfangen oder zu verstehen, die von den dreidimensionalen Erdbewohnern ausgingen.

Die Menschen, die sich nun Dorothys dreidimensionale Sehmethode zunutze machten, erkannten, daß die Hyperwesen tatsächlich eine gewisse Ähnlichkeit mit Seepferdchen hatten, jeweils mit Propellerschwanz und vier langen, wendigen Armen, die in zahlreichen beweglichen Fingern endeten.

Jede dieser Hände hielt einen langen Dreizack, eine seltsame vierdimensionale Hyperzange, deren isolierte Spitzen anscheinend Elektroden waren. Leitungen für ein Hyperäquivalent unserer irdischen Elektrizität.

Mit ausdruckslosen ›Gesichtern‹ schwebten die beiden Besucher durch den Kontrollraum, während Seaton und Crane freundschaftliche Gedanken ausstrahlten und ihre Einstellung durch Zeichen klarzumachen versuchten.

»Paß auf, Martin, sie kommen auf uns zu! Ich will hier keine Feindseligkeiten beginnen — aber diese Gabeln gefallen mir nicht besonders, und wenn sie damit herumzufuchteln beginnen, sollten wir ihnen lieber die Hälse umdrehen!«

Aber zunächst sollte es dazu nicht kommen. Die Hyperwesen besaßen zwar kaum Kräfte, und ihre Körper waren nur um weniges dichter als die Luft, durch die sie mühelos schwebten — doch sie bedurften der Körperkräfte nicht — noch nicht.

Es sollte noch einige Zeit vergehen, bis sie die unerhörten Eigenschaften des für sie unverständlichen irdischen Körperbaus zu ahnen begannen.

Vier Dreizacke stachen zu, bewegten sich auf rätselhafte Weise an Kleidung, Haut und Rippen *vorbei* und setzten sich schmerzhaft im Nervenzentrum des Körpers fest. Seaton versuchte zum Angriff überzugehen, doch seine Schnelligkeit nützte ihm nichts mehr; ehe er sich bewegen konnte, lief eine Woge unerträglichen Schmerzes durch seinen Körper, die erst aufhörte, als er sich entspannte und seinen sinnlosen Versuch aufgab. Shiro, der mit erhobenem Fleischermesser aus der Kombüse stürmte, wurde ähnlich aufgespießt und unschädlich gemacht.

Im nächsten Augenblick erschien eine Hebeplattform, und Seaton und Margaret wurden gezwungen, sie zu betreten. Sie hatten keine andere Wahl; sobald sie die Muskeln anspannten, um sich dem Willen der Hyperwesen zu widersetzen, flutete ein so unerträglicher Schmerz durch ihren Körper, daß sie sofort nachgeben mußten.

»Bleibt ruhig — Dorothy, Martin«, sagte Seaton hastig, als sich die Plattform naeh oben bewegte. »Tut, was diese Wesen sagen — es ist sinnlos, sich Schmerzen einzuhandeln. Wartet, bis Peggie und ich zurückkommen. Wir kommen auf jeden Fall zurück, das könnt ihr mir glauben! Irgendwann muß man uns ja diese Haken abnehmen, und wenn das geschieht, müssen sich diese Burschen anschnallen!«

Kapitel 11

Wutschnaubend, aber hilflos stand Seaton neben der Frau seines Freundes auf der langsam ansteigenden Plattform, während Crane, Dorothy und Shiro im Kontrollraum der *Skylark* zurückblieben. Sie alle waren hilflos, keiner vermochte eine Bewegung zu machen, die nicht dem Willen der grotesken Kreaturen entsprach. Die Hyperwesen waren schwach, doch bei der geringsten Gegenwehr schoß aus den isolierten Spitzen der Hyperdreizacke ein dermaßen unerträglicher Schmerz, daß jeder Gedanke an Widerstand sofort ausgelöscht wurde.

Sogar Seaton, der der geborene Kämpfer war und den der Gedanke an die Trennung von seiner Dorothy entsetzte — sogar Seaton hatte nur drei Schocks ertragen können. Die unvorstellbaren Schmerzen des dritten Schlags, der besonders heftig und andauernd gewesen war, hatten ihm die letzte Kraft geraubt. Er war noch immer wütend, noch immer beschämt. Sein Kampfgeist war ungebrochen, doch er war körperlich nicht in der Lage, seinen geplagten Körper zu neuem Widerstand anzustacheln.

So trug der improvisierte Fahrstuhl der Hyperwesen zwei sehr fügsame Gefangene an der kugelförmigen Arenakhülle der *Skylark II vorbei* und durch den gewaltigen Schacht. Die Wände dieses Schachts waren glatt wie geschmolzenes und wieder erstarrtes Gestein, als wäre die seltsam dünne Materie des Hyperplaneten durch die Gewalt des Aufpralls tatsächlich zerschmolzen worden, obwohl den Erdbewohnern der Sturz sehr langsam und sanft vorgekommen war.

Es wurde auch deutlich, daß die Hyperwesen Mühe hatten, das für sie erhebliche Gewicht der beiden Menschen zu bewältigen. Die Plattform hob sich ein Stück und geriet ins Stocken. Und wieder ging es ein Stück hinauf, und wieder kam eine Pause. Als sie schließlich den Rand des Schachts erreichten, mußte Seaton trotz seines Zustandes grinsen, als er sah, daß sie von einem Kran angehoben wurde, dessen überlastete Maschine nur jeweils anderthalb Meter schaffte, obwohl sie von einem ganzen Heer von Mechanikern versorgt wurde. Prustend und schnaufend lief sie immer langsamer, bis ihr die Last abgenommen wurde und sie im Leerlauf wieder genug Schwung gewinnen konnte, um Seaton und Margaret ein weiteres Stück hochzuziehen.

Überall am Rand des Schachts wurden weitere Maschinen in Stellung gebracht. Streben ragten empor. Gewaltige Ketten wurden eingehängt, zusätzliche Motoren zusammengeschaltet. Kein Zweifel — die *Skylark* sollte gehoben werden, eine Aufgabe, die die Hyperwesen vor nicht geringe technische Probleme stellte.

»Peg, die *Skylark* wird noch hier sein, wenn wir zurückkommen«, sagte Seaton. »Wenn sie schon in den Leerlauf gehen müssen, um nur uns beide zu heben, wird ihnen die *Skylark* schönes Kopfzerbrechen bereiten. Die haben nicht die geringste Ahnung, worauf sie sich da einlassen!«

»Du redest, als wärst du ganz sicher, daß wir zurückkehren«, sagte Margaret düster. »Ich wünschte, ich wäre mir meiner Sache auch so sicher.«

»Ich bin fest davon überzeugt«, sagte Seaton. »Ich habe mir alles überlegt. Niemand kann ewig wachsam sein, und sobald ich mich von dem letzten Anfall erholt habe, bin ich hoffentlich schnell genug, um meine Chance zu nutzen, wenn sie kommt.«

»Aber wenn man dir nun keine Chance gibt?«

»Irgendwann kommt meine Chance. Mir macht nur Sorgen, daß ich nicht weiß, wann wir in unser dreidimensionales All zurückkehren. Da die Ätherwellen hier aber praktisch reglos zu sein scheinen, haben wir vielleicht noch viel Zeit, relativ gesehen, um zur *Skylark* zurückzukehren, ehe sie verschwinden. Ah! Ich hatte mich schon gefragt, ob wir zu unserem unbekannten Ziel laufen müßten, aber wie ich sehe, werden wir transportiert — da kommt etwas, das wie ein Flugboot aussieht. Vielleicht können wir jetzt schon ausbrechen.«

Aber die Hyperwesen ließen in ihrer Wachsamkeit nicht nach, als das gewaltige, vage sichtbare Fluggerät neben dem Fahrstuhl in der Luft erschien. Ein Luk öffnete sich, eine kurze Gangway schoß heraus, und gedrängt von den Dreizacken kletterten die beiden Menschen an Bord. Die Mannschaft geriet etwas durcheinander, als das gewaltige Volumen des Schiffs unter dem Gewicht der beiden Gefangenen zu sinken begann, doch es gab keine Fluchtchance — die Dreizacke blieben an Ort und Stelle. Schließlich gelang es den verblüfften Offizieren, ihre Maschinen soweit anzutreiben, daß die unerhörte Last in die Atmosphäre des Hyperplaneten steigen konnte.

»Sieh dich gut um, Peggie, damit wir hierher zurückfinden«, sagte Seaton und deutete durch die fast transparente Wand des Schiffs. »Siehst du die drei Hügel da drüben, die einzigen Erhebungen, die es offenbar in dieser Gegend gibt? Unser Kurs weicht etwa zwölf bis fünfzehn Grad von der Linie zwischen den beiden rechten Kuppen ab — und da unten ist etwas, das nach einem Fluß aussieht. Die Biegung scheint gerade auf der Linie zu liegen, siehst du etwas, woran wir sie wiedererkennen können?«

»Ja, da ist eine seltsame Insel, fast herzförmig, mit einer roten Felsspitze — siehst du sie?«

»Ja — das müßten wir wiedererkennen können. Flußbiegung, Herzinsel, roter Obelisk am Ende stromaufwärts. Und jetzt weiter? Oh, wir wenden — wir fliegen stromaufwärts! Ausgezeichnet! Jetzt müssen wir als nächstes festhalten, wann und wo wir diesen Fluß oder See verlassen.«

Doch sie folgten dem Lauf des Wassers. Über Hunderte von Meilen verlief der Fluß absolut geradlinig, stundenlang raste das Luftschiff der Hyperwesen in geringer Höhe über das schimmernde Wasser. Immer schneller flog das Hyperschiff, bis es zu einem pfeifenden, kreischenden Projektil geworden war, das sich mit fürchterlicher, aber beständiger Geschwindigkeit durch die protestierende Luft bohrte.

Aber während das Gebilde unter dem Schiff offenbar das vierdimensionale Gegenstück zu einem irdischen Kanal war, hatten weder das Wasser noch dic Land schaft vertraute Züge. Es waren keine Sonne und auch kein Mond sichtbar, geschweige denn der kleinste Stern. Anstelle des Sternenhimmels erstreckte sich eine absolut schwarze Leere über der Welt, eine Schwärze, die in ihrer unerbittlichen Tiefe angsteinflößend war. Die Erdenmenschen hätten sich für blind gehalten, wenn da nicht die fürchterliche Vegetation gewesen wäre, die in einem unheimlichen bläulich-violetten Licht erglühte und sich flach und ohne Ende in jede Richtung erstreckte.

»Was ist das nur, Dick?« fragte Margaret erschaudernd. »Das ist ja schrecklich und beunruhigend! Etwas, das man sieht, muß man eigentlich auch beschreiben können. Aber das hier ...« Ihre Stimme erstarb.

»Im dreidimensionalen Raum hast du recht, aber nicht hier«, beruhigte sie Seaton. »Denk daran, daß unsere Gehirne, die nun wirklich pseudo-vierdimensional sind, diese Dinge so zu sehen vermögen, wie sie wirklich sind; daß aber unsere Wesenheit, unsere Intelligenz, wie immer man es nennen will, nach wie vor dreidimensional ist und diese Erscheinungen weder erfassen noch beschreiben kann. Wir vermögen sie nur annähernd wahrzunehmen, indem wir sie auf unsere dreidimensionalen Vorstellungen übertragen, und das ist kein besonders gutes Hilfsmittel. Was den Horizont angeht — oder das Fehlen eines Horizonts —, so heißt das wohl einfach, daß dieser Planet so groß ist, daß er flach wirkt. Vielleicht ist er in der vierten Dimension tatsächlich flach — ich weiß es nicht!«

Beide schwiegen und starrten auf das unheimliche Land hinab, das sie mit unglaublicher Geschwindigkeit passierten. Als kreischendes Geschoß sauste das Luftboot über den geraden Wasserlauf dahin, und links und rechts breitete sich, so weit das Auge reichte, eine ungebrochene Ebene der gespenstisch fahlen Hypervegetation aus. Und zwischen den Stämmen und Stengeln des dichten Wuchses bewegten sich monströse Lebensformen.

Seaton strengte seine Augen an und versuchte die Wesen deutlicher auszumachen, doch aufgrund der Geschwindigkeit des Schiffs und der schnellen Bewegungen der Tiere, aufgrund der schlechten Beleuchtung und der Schwierigkeit, die unbegreiflichen vierdimensionalen Gestalten in ihre dreidimensionalen Entsprechungen umzuformen, war er nicht in der Lage, Größe oder Aussehen der Wesen auch nur annähernd zu bestimmen. Dabei konnte es durchaus sein, daß er diesen Kreaturen eines Tages unbewaffnet und wehrlos gegenüberstehen würde.

»Kannst du etwas von den Wesen erkennen, Peg?« fragte Seaton. »Siehst du, dort ist gerade eins aus dem Fluß geklettert und verschwindet in dem Haufen bambusähnlicher Pflanzen. Hast du Einzelheiten erkennen können?«

»Nein. Bei dem schlechten Licht sehe ich sowieso kaum etwas — außerdem bin ich viel zu aufgeregt. Was ist damit?«

»Wir müssen auf diesem Weg zurückkehren — vielleicht sogar zu Fuß. Ich will natürlich versuchen, ein Schiff zu ergattern, aber die Chancen, daß wir eins kriegen und dann auch bedienen können, stehen ziemlich schlecht. Und wenn wir zu Fuß sind, sollten wir möglichst wissen, womit wir es zu tun haben. Oh, wir

verlangsamen die Fahrt — ich habe mich schon gefragt, was das Ding vor uns ist. Sieht wie eine Kreuzung zwischen der Cheopspyramide und dem alten Schloß bei Bingen am Rhein aus, aber es wird wohl eine Stadt sein — möglicherweise unser Reiseziel.«

»Strömt das Wasser tatsächlich aus der Mauer *heraus*, oder täusche ich mich?« fragte das Mädchen.

»Sieht wirklich so aus — deine Augen scheinen gut zu funktionieren. Aber warum auch nicht? Es gibt da einen großen Torbogen — vielleicht wird das Wasser zur Energiegewinnung benutzt, und dies ist nur ein Abfluß ...«

»Oh, wir fliegen hinein!« rief Margaret und umfaßte Seatons Arm.

»Sieht so aus — aber die Burschen verstehen sicher ihr Handwerk.« Er drückte ihr beruhigend die Hand. »Peggie, was immer geschehen mag, halt dich in meiner Nähe, so lange es irgend geht!«

Die ›Stadt‹, der sie sich näherten, hatte eine gewisse Ähnlichkeit mit einer gewaltigen Pyramide, deren Bauelemente aus gewaltigen Gebäuden bestanden. Diese Häuser türmten sich stufenweise angeordnet über- und hintereinander und erreichten eine unglaubliche Höhe. In der Außenwand der untersten Häuserreihe gähnte eine gewaltige Öffnung, über der sich ein Steinbogen spannte. Diesem herrlich überbrückten Aquädukt entsprang der Fluß, dem das Flugboot gefolgt war. Und diese dunkle Öffnung war das Ziel des Hyperschiffs.

Zur Überraschung der Erdbewohner war der große Tunnel des Aquädukts nicht dunkel. Wände und gewölbte Decke erglühten in dem fahlen bläulich-violetten Ultralicht, das für alle Hyperobjekte typisch zu sein schien. Das Flugboot bewegte sich vorsichtig durch den unheimlichen Schimmer. Als sie den Tunnel erreicht hatten, verschwand der Eingang, der plötzlich von dem vierdimensionalen schwarzblauen Hintergrund nicht mehr zu unterscheiden war.

Scheinbar unendlich erstreckte sich der Tunnel vor und hinter ihnen. Wände und Wasserfläche waren absolut glatt und leuchteten so gleichmäßig, daß das Auge keinen festen Punkt fand, an dem es die Geschwindigkeit des Flugzeugs hätte messen können. Ja, man wußte nicht einmal, ob sich das Schiff überhaupt noch bewegte. Niemand spürte eine Erschütterung, und das Zeitgefühl war den Erdenmenschen längst verlorengegangen. Seaton und Margaret mochten in dem gewaltigen schwarzen Kasten Zentimeter oder auch Meilen zurücklegen; sie mochten Sekunden oder Wochen der Hyperzeit unterwegs gewesen sein — sie wußten es nicht. Mit einem leichten Rucken rastete das Hyperschiff schließlich in einer metallischen Halterung ein, die irgendwie unter dem Kiel erschienen war. Türen glitten auf, und das Wesen, das die Dreizacke hielt und das während der Reise keinen Muskel gerührt hatte, bedeutete den Erdenmenschen, daß sie ihm vorangehen und das Flugzeug verlassen sollten. Sie gehorchten ohne Protest — ihnen blieb gar nichts anderes übrig.

Sie wurden durch ein Labyrinth aus Korridoren und Passagen geführt. Die Gänge waren kahl und leer und erstrahlten in dem bekannten unheimlichen blauen Licht; jeder Korridor war mit einem Material ausgelegt, das den Hyperwesen offenbar steinhart erschien, das aber unter den Füßen der schweren Terrestrier wie zäher Morast nachgab. Seaton, der inzwischen wieder bei Kräften war, hielt sich dennoch zurück. Er hatte nicht die Absicht, sich den Kontrollimpulsen des Dreizacks zu widersetzen, doch er versuchte, den Befehlen des Fremden zuvorzukommen.

Dabei kam er auf den Gedanken, daß sein Aufseher durch die elektrische Dreizackverbindung womöglich in seinem Gehirn lesen konnte, und richtete seine Gedanken deutlich so aus, daß sie eine rückhaltlose, totale Unterwerfung erkennen ließen. Doch sein inneres Bewußtsein war nie zuvor aktiver gewesen, und dabei kamen ihm die ungeheuren Fähigkeiten der Norlaminer sehr zugute. Denn jede Tür, jede Korridorbiegung und jede Kreuzung des Labyrinths prägte er sich unauslöschlich ein — wie lang und kompliziert der Weg auch sein mochte, er würde den Fluß wiederfinden.

Und obwohl er äußerlich apathisch und fügsam schien, arbeitete sein Gehirn fieberhaft an Fluchtplänen. Er war bereit, seine Muskeln zur Höchstleistung anzutreiben, sollte der Herr über den allmächtigen Dreizack auch nur einen Sekundenbruchteil lang in seiner Aufmerksamkeit nachlassen.

Doch der Fremde war und blieb wachsam. Die Intelligenz des Hyperwesens schien sich in den schimmernden Spitzen des Dreizacks zu konzentrieren und wurde keinen Augenblick wankend, selbst als ein Fahrstuhl, der ihn und seine Gefangenen transportieren sollte, zu streiken begann.

Eine stumme Beratung begann, dann mußten Seaton und Margaret eine endlose Spiralrampe hinaufschreiten. Stundenlang schienen sie unterwegs zu sein, und ihre Füße sanken bis zu den Knöcheln in das weiche Material des Stein- und Metallbodens ein, während der wachsame Aufseher mühelos in der Luft hinter ihnen schwebte und sich von seinem schnell rotierenden Schwanz antreiben ließ.

Endlich flachte die Rampe ab und wurde zu einem Korridor. Unmittelbar vor ihnen zwei Gänge — Abzweigung halb rechts, Abbiegung links, erster Gang links — dritter rechts — zweite Tür auf der rechten Seite. Sie blieben stehen. Die Tür ging auf. Sie traten in einen großen büroähnlichen Raum, in dem sich die seltsamen seepferdchenähnlichen Hyperwesen der vierdimensionalen Zivilisation drängten. Die Einrichtung war unbeschreiblich und unbegreiflich, doch es schien sich um Tische und Geräte zu handeln und um zahllose Reihen regalähnlicher Behälter, in denen irgend etwas gelagert werden konnte.

Am auffälligsten waren jedoch die riesigen starren Augen der Kreaturen, die sich heranschoben und die hilflosen Körper der Fremden von der Erde bedrängten. Ihre Augen wirkten matt und ausdruckslos auf die Erdenmenschen; doch für ihre Besitzer waren sie nicht nur Sehorgane, sondern dienten auch zur Übermittlung einer schnellen Signalsprache.

So kam es, daß zahlreiche ›optische‹ Gespräche durch den Raum schwirrten, ohne daß Margaret oder Seaton etwas davon wahrnahmen. Der Mann von der Erde versuchte sich seinerseits mit den Fremden in Verbindung zu setzen — durch Stimme und Gedanken und pantomimische Bewegungen — doch vergeblich.

Dann wurden seltsame Geräte mit zahlreichen Linsen in den Raum gerollt und vor den hilflosen Gefangenen abgestellt. Linsen starrten die Besucher an, bunte Strahlen erforschten sie, Panimeter, Pantographen und Meßkontakte suchten jeden Körperteil ab; während sich die beiden Erdenmenschen frustriert ansahen. Seaton wußte natürlich, worauf der Mangel an Verständigung zurückzuführen war, und da er die grundsätzliche Unvereinbarkeit der Dimensionen kannte, hatte er eigentlich keine Hoffnung, daß sich noch ein Kontakt aufnehmen ließ, obwohl die Hyperwesen technisch-wissenschaftlich sehr fortgeschritten waren.

Die Eingeborenen dagegen hatten keine Ahnung von der Existenz einer dreidimensionalen Welt. Als ihnen klar wurde, daß es keine Berührungspunkte mit ihren Besuchern gab — daß die kompakten Fremden auf keine Anrede und kein Signal reagierten — schrieben sie diesen Mangel an Reaktion folgerichtig einem Fehlen höherer Intelligenz zu.

Der Oberste Ratsherr, der die Untersuchung geleitet hatte, schaltete die Energien seines Geräts ab, richtete seinen blitzenden Blick auf die Augen des Gefangenenwächters und befahl ihm, die beiden Exemplare fortzubringen.

»… und sorgen Sie dafür, daß sie gut bewacht werden«, schloß das befehlgebende Auge. »Die Freunde der Wissenschaft werden diese Wesen noch detaillierter studieren, als wir es hier vermögen.«

»Jawohl, Sir, wie Sie befehlen«, erwiderte der Wächter. Mit Hilfe des Dreizacks führte er seine Gefangenen durch eine hohe Tür in ein weiteres Korridorlabyrinth.

Seaton lachte laut auf, als er sich Margarets Hand unter den Arm schob und dem fordernden Impuls des Dreizacks folgte.

»›Die sind ja völlig plemplem‹, sagt seine Königliche Hoheit. ›Führt sie ab!‹«

»Warum bist du plötzlich so aufgekratzt, Dick? Ich wüßte nicht, wieso sich unsere Lage geändert hat.«

»Du wärst überrascht.« Er grinste. »Es hat sich manches geändert. Ich habe festgestellt, daß die Burschen unsere Gedanken nicht studieren können, solange wir sie nicht in Muskeltätigkeit ausdrücken. Ich habe auf meine Denkprozesse aufgepaßt und habe auch nicht viel mit dir geredet, damit die Kreaturen nicht doch irgendwie an meine Gedanken herankommen konnten. Aber jetzt kann ich dir verraten, daß ich in Kürze einen Befreiungsversuch unternehmen will. Ich habe die Sache mit dem Dreizack so ziemlich gelöst. Dieser Kerl bringt uns jetzt vermutlich ins Gefängnis, und wenn er am Ziel ist, wird er hoffentlich einen Augenblick nicht aufpassen — und wenn das passiert, kann er sich auf etwas gefaßt machen!«

»Ins Gefängnis!« rief Margaret. »Aber wenn sie uns nun — wenn sie uns nicht … Ich hoffe doch, daß sie uns in dieselbe Zelle stecken!«

»Mach dir keine Sorgen. Wenn meine Ahnung stimmt, macht das nicht viel aus — dann hole ich dich zurück, ehe sie dich fortschaffen können. Die ganze Welt hier ist so dünn, daß sie fast nicht vorhanden ist — man könnte demnach eine ganze Armee dieser Wesen mit den Fäusten erledigen, und ich wäre in der

Lage, die Stadt mit den bloßen Händen auseinanderzunehmen.«

»Wie Samson? Hmm, du hast vielleicht recht.« Margaret lächelte.

»Wir werden es diesen propellerschwänzigen Seepferdchen schon zeigen!«

»Du gibst mir wieder Mut, Dick«, lachte Margaret, wurde aber schnell wieder ernst. »Oh, wir sind am Ziel — ich hoffe wirklich, daß man uns beisammenläßt.«

Sie blieben vor einem Metallgitter stehen, neben dem mit langsam kreisendem Propeller ein anderes Hyperwesen schwebte. Die Kreatur, die Seatons Wächter werden sollte, öffnete die Gittertür und verwickelte dabei den Aufseher der beiden Erdenmenschen in ein optisches Gespräch — ein Gespräch, das Seaton die Chance bot, auf die er gewartet hatte.

»Dies sind also die Besucher aus dem All, deren Körper viel dichter sind als solides Metall«, bemerkte er neugierig. »Haben sie dir großen Ärger gemacht?«

»Überhaupt keinen. Ich habe den da nur einmal berührt, und der andere hier, den du bewachen sollst, fügte sich erst, nachdem wir auf die dritte Energiestufe geschaltet hatten. Trotzdem haben wir Befehl, sie keinen Moment aus den Augen zu lassen. Es sind dumme, stumpfsinnige Wesen, wie man bei ihrer Masse und ihrem Aussehen nicht anders erwarten kann. Sie haben bisher nicht die geringste Spur von Intelligenz bewiesen, doch ihre Körperkräfte sind anscheinend gewaltig. Sie könnten sicher großen Schaden anrichten, wenn man sie vom Dreizack loskommen ließe.«

»Also gut. Ich werde ihn ständig bewachen, bis ich abgelöst werde.« Der Wächter senkte seinen Dreizack und griff mit einem langen, tentakelhaften Arm nach dem eingekerbten Schaft der Energiezange, die tief in Seatons Körpergewebe ruhte.

Der Mann von der Erde hatte von dem Gespräch nichts mitbekommen, doch er war auf der Hut; seine

Muskeln waren bereit, das geringste Nachlassen im Griff seines Bewachers auszunutzen. So trat er in Aktion — in dem kurzen Augenblick, da die Bewachung von einer Hyperkreatur auf die andere überging.

Er drehte sich zur Seite, sprang herum und löste sich von den gefährlichen Spitzen des Hakens.

Blitzschnell zupackende Hände schlossen sich um den Schaft und schwangen die Waffe herum. Mit der Schnelligkeit seiner trainierten Muskeln und der vollen Kraft seines stämmigen rechten Arms ließ Seaton das Kontrollgerät auf den grotesken Kopf des Hyperwesens niedersausen.

Er hatte keine Gedanken an die materielle Beschaffenheit der Waffe oder seines Gegners verschwendet; er hatte sich einfach losgerissen und instinktiv zugeschlagen, in dem Bewußtsein, daß er jetzt oder nie handeln mußte, wenn er die Freiheit gewinnen wollte. Doch er schwang keinen irdischen Knüppel und auch keine osnomische Metallstange, auch besaß sein Gegner nicht die solide Körpersubstanz eines dreidimensionalen Menschen.

Beim Aufprall zersprang die improvisierte Waffe in tausend Stücke — doch der Schwung war so gewaltig, daß jedes Bruchstück weiterflog und sich erbarmungslos durch die zarte Körpersubstanz des Wächters bohrte. Dieser sank augenblicklich als formlose und zerschmetterte Masse blutigen Fleisches zu Boden. Seaton war nun ohne Waffe; in seiner Hand ruhte das abgebrochene Ende des Dreizacks, als er sich dem anderen fremden Wesen zuwandte, das noch immer langsam vorrückte, wobei es Margaret nicht losließ.

Seaton schleuderte den Stumpf; als der Wächter geschickt auswich, sprang er zu der Gittertür der Zelle. Er packte sie und zerrte kräftig daran. Die Scharniere lösten sich aus der Wand, und er ließ die ganze Tür herumschwingen. Durch den weichen Körper drangen die Metallstäbe, schnitten das Wesen in schrecklich anzuschauende Würfel und rasten weiter auf die gegenüberliegende Wand zu, die erheblich beschädigt wurde.

»Alles in Ordnung, Peggie?« fragte Seaton.

»Ich glaube schon — er hatte ja keine Chance!«

»Los, wir müssen weiter! Moment mal, wir sollten uns Schutzschilde besorgen, ehe wir losstürmen. Wir müssen verhindern, daß man uns wieder an einen Dreizack legt — solange wir die Burschen auf Abstand halten, können wir uns hier ziemlich unbehindert bewegen, aber wenn sie uns wieder zu packen bekommen, dürfte es böse werden.«

Schon hatte Seaton zwei massive Metalltüren aus ihren Halterungen gerissen. Eine Metallplatte reichte er seiner Begleiterin. »Hier, das mußt du vor dich halten, dann kann es losgehen.«

Doch schon war Alarm gegeben worden, und im Korridor, den sie passieren mußten, näherte sich eine Gruppe schwerbewaffneter Hyperwesen. Seaton wollte losstürmen, doch dann erkannte er, daß es unmöglich war, sich durch die Gruppe zu drängen, ohne wieder ›aufgespießt‹ zu werden. So näherte er sich der beschädigten Wand und brach einen riesigen Steinbrocken heraus. Während der obere Teil der Mauer und die nun ungesicherte Decke auf ihn herabsanken — die Schuttbrocken berührten seinen Körper und prallten wie weiche Kissen ab — schleuderte er den Stein durch den Gang in die Reihen der Angreifer.

Das Geschoß fetzte durch die Phalanx wie ein Panzer durch einen Infanterietrupp, dichtauf gefolgt von einem zweiten Stein. Seaton schleuderte einen Brocken nach dem anderen, so schnell er sich bücken und ausholen konnte, und der Angriff der Hyperwesen kam ins Stokken, und sie ergriffen die Flucht.

Für sie war Seaton kein Wesen aus Fleisch und Blut, das so etwas wie eine Kissenschlacht veranstaltete. In ihren Augen war er ein Ungeheuer, dessen Körpersubstanz härter und dichter war als das Metall, das in diesem Universum verwendet wurde. Ein Wesen, das von unvorstellbaren Energien angetrieben wurde, das eine Lawine aus Mauersteinen und Stahlträgern ungerührt über sich ergehen ließ. Ein Wesen, das diese Lawine eindämmte und die Bruchstücke mühelos durch die Luft schleuderte.

»Los, Peggie!« rief Seaton. »Der Weg ist frei — wir wollen diesen Seepferdchen zeigen, daß wir unser Handwerk verstehen!«

Vorsichtig bahnten sie sich einen Weg durch den Gang, in dem sich die Toten häuften. Sie verließen das Schlachtfeld und gingen den Weg zurück, den sie gekommen waren — zuerst vorsichtig und mißtrauisch, dann zuversichtlicher. Die Hyperwesen hatten offenbar keine Falle aufgebaut; sie schienen ihre unheimlichen Besucher loswerden zu wollen.

Seaton und Margaret sollten aber bald erfahren, daß die Bewohner dieser vierdimensionalen Stadt den Kampf noch nicht aufgegeben hatten. Plötzlich gab der Fußboden unter ihren Füßen nach, und sie stürzten — oder schwebten — nach unten. Margaret schrie auf, doch Seaton blieb ganz ruhig.

»Schon gut, Peggie«, beruhigte er sie. »Wir wollten sowieso in die unterste Etage der Stadt — und das erspart uns die Spiraltreppe. Allerdings dürfen wir beim Aufprall nicht so tief in den Boden sinken, daß wir nicht wieder freikommen. Ich schlage vor, daß du die Metallplatte nach unten hältst, damit du darauf fällst. Es tut bestimmt nicht weh und hilft uns sicher weiter.«

Sie sanken so langsam in die Tiefe, daß sie genug Zeit hatten, sich auf die Landung vorzubereiten; und da sowohl Seaton als auch Margaret mit dem freien Fall bestens vertraut waren, befanden sich die Metallschilde unter ihnen, als sie die unterste Etage der Zitadelle erreichten. Die Metallplatten wurden durch das Gewicht der fallenden Körper in den Boden gedrückt und dabei verbogen. Doch sie erfüllten ihren Zweck — sie verhinderten, daß die beiden Erdenmenschen übermäßig tief in den Boden der Hyperstadt einsanken. Als sie sich unverletzt aufrappelten und feststellten, daß sie sich in einem großen höhlenähnlichen Raum befanden, wurden sechs scheinwerferähnliche Projektoren eingeschaltet, die ein weiches, rosaweißes Licht verströmten.

Seaton sah sich verständnislos um, bis er eins der Hyperwesen entdeckte, das versehentlich in den Lichtstrahl geriet und in Sekundenschnelle zu winzigen Materiebrocken verbrannt wurde, die im Nu verschwunden waren.

»Hoho! Todesstrahlen!« rief er. »Nur gut, daß wir im Grunde dreidimensional sind, sonst hätten wir wahrscheinlich gar nicht gemerkt, was mit uns geschah. Wollen mal sehen — wo ist unser Fluß? O ja — diese Richtung. Ob wir die Metallschilde mitnehmen sollen? Ist wohl sinnlos, die Dinger sind ziemlich hinüber — wir verschaffen uns unterwegs neue, außerdem ein hübsches Gitter, das du als Hiebwaffe verwenden kannst.«

»Aber da drüben ist keine Tür!« rief Margaret.

»Na und? Wir brechen durch!«

Sein schwerer Stiefel knallte gegen die Wand, und ein Loch erschien im Mauerwerk. Zwei weitere Tritte genügten, schon waren sie durch und eilten durch Korridore, von denen Seaton wußte, daß sie zu dem unterirdischen Fluß führten. Jedesmal, wenn der Korridor von der vorgesehenen Richtung abwich, brach er rücksichtslos durch eine Wand.

Niemand stellte sich ihnen in den Weg. Die Hyperwesen waren einverstanden — ja, sie wünschten es sich sogar, daß ihre wildgewordenen Gefangenen entkamen. — So erreichten sie schließlich ungehindert den Fluß.

Das Flugboot, mit dem sie in die Hyperstadt gebracht worden waren, schien weitergeflogen zu sein, und Seaton suchte auch gar nicht erst danach. Er hatte die vierdimensionalen Kontrollen ohnehin nicht verstanden, obwohl er bei der Bedienung des Schiffs zugeschaut hatte. So legte er seiner Begleiterin einen Arm um die Schulter und sprang ohne zu zögern in den schnell dahinströmenden Fluß.

»Aber wir werden ertrinken, Dick!« rief Margaret. »Das Wasser ist doch zu dünn für uns. Wir müssen untergehen wie ein Stein!«

»Natürlich — aber was soll's?« erwiderte Seaton. »Wie oft hast du wirklich geatmet, seit wir den dreidimensionalen Raum verlassen haben?«

»Na, viele tausendmal, nehme ich an. Aber nun, wo du davon sprichst — ich weiß eigentlich gar nicht, ob ich atme oder nicht, dabei sind wir doch schon so lange hier ... Ach, ich kenne mich überhaupt nicht mehr aus!«

»Du atmest gar nicht«, sagte Seaton. »Wir haben natürlich trotz dieser Tatsache Energie verbraucht, und die einzige Erklärung dafür scheint mir zu sein, daß wir vierdimensionalen Sauerstoff benutzen, sonst wären wir längst erstickt. Da wir dreidimensional sind, müssen wir den natürlich nicht einatmen, damit die Körperzellen etwas davon haben — sie verschaffen ihn sich direkt. Dieser Umstand erklärt wahrscheinlich auch die Tatsache, daß ich schrecklich hungrig bin — aber damit muß ich warten, bis wir wieder in unser All zurückkehren.«

Wie Seaton vorhergesagt hatte, gab es keine Probleme, als sie auf dem Betonbett des Flusses dahinschritten. Dabei trug Seaton noch das verbogene Gitter bei sich, mit dem er im Korridor bei seinem Ausbruch so großen Schaden angerichtet hatte.

Als sie das Ende des Tunnels erreichten, raste mit aufgerissenem Maul ein haiähnliches Wesen herbei. Mit dem linken Arm schob Seaton Margaret hinter sich, während er mit der Rechten dem Ungeheuer das vierdimensionale Gitter entgegenschleuderte. Die improvisierte Waffe zerschmetterte die Kreatur zu einer formlosen Masse, die von der Strömung fortgetrieben wurde.

Seaton blickte zerknirscht hinterher. »Das war völlig unnötig, und es tut mir leid«, sagte er.

»Unnötig? Der Bursche wollte mich auffressen!« rief Margaret.

»Ja, das Wesen hoffte auf leichte Beute — aber ebensogut hätte ein irdischer Hai versuchen können, in den Stahlkiel eines Schlachtschiffs zu beißen«, erwiderte Seaton. »Da kommt der nächste. Ich lasse den Burschen mal an meinem Arm knabbern. Mal sehen, wie's ihm schmeckt.«

Das Ungeheuer stürzte sich auf sein Opfer, bis die spitze Schnauze fast den ausgestreckten Arm des Mannes berührte. Dann verhielt das Wesen, berührte vorsichtig den Arm und raste mit schnellem Zucken seiner Schwanzflosse davon.

»Siehst du, Peggie, das Tier weiß, daß wir schlecht verdaulich sind. Die Hypertiere werden uns nicht belästigen — wir müssen uns nur vor den Wesen mit den Dreizacken in acht nehmen. Hier ist die Stadtmauer. Jetzt müssen wir uns vorsehen — würde mich nicht wundern, wenn das sandige Flußbett schlecht zu begehen wäre. Vielleicht sollten wir auf kürzestem Weg ans Ufer steigen.«

Der Steinboden des hellerleuchteten Aquädukts wurde von dem natürlichen Sandgrund des offenen Flusses abgelöst. Über ihnen lag nun eine undurchdringliche samtmatte Schwärze — eine Dunkelheit, die durch das Leuchten der Vegetation an den Flußufern nur schwach erhellt wurde. Obwohl sie vorsichtig ausschritten, versanken sie bis zu den Hüften im Sand und vermochten sich nur mit größter Mühe zum nächsten Ufer durchzukämpfen.

Als sie schließlich das Ufer erreicht hatten, kamen sie ziemlich rasch voran. Mit schnellen Schritten marschierten sie flußabwärts und hatten schon viele Kilometer zurückgelegt, als plötzlich die gespenstische Strahlung der Vegetation abrupt aufhörte, als sei ein Schalter umgelegt worden. Absolute Schwärze umgab sie.

»Dick!« rief Margaret. »Wo bist du?«

»Hier neben dir, Peggie — bleib ruhig«, erwiderte er, und seine Finger umschlossen beruhigend ihren Arm. »Das Licht geht wahrscheinlich irgendwann wieder an. Vielleicht ist das hier die Nachtperiode. Wir können aber ohne Licht nicht viel unternehmen. In dieser Schwärze könnten wir die *Skylark* nicht finden, und selbst wenn wir uns am Fluß weitertasten, würden wir die Insel verfehlen, bei der wir abbiegen müssen. Komm, ich spüre hier einen hübschen weichen Stein. Ich setze mich hin und lehne mich mit dem Rücken dagegen, dann kannst du deinen Kopf in meinen Schoß legen und ein Stündchen schlafen.«

»Dick, du bist ein Schatz! Wie gelassen du das alles hinnimmst!« Margarets Stimme brach. »Ich weiß, woran du denkst. Ich hoffe auch, daß ihnen nichts geschehen ist.« Sie wußte natürlich, daß Seatons Gedanken bei Dorothy in der *Skylark* weilten.

»Ich bin sicher, es ist alles in Ordnung, Peggie. Die Hyperwesen wollen die drei wahrscheinlich in der *Skylark* lassen, bis sie gehoben ist. Hätte ich gleich zu Anfang soviel gewußt wie jetzt, wäre es nie soweit gekommen — aber daran können wir jetzt nichts mehr ändern. Ich wünschte nur, ich könnte etwas unternehmen, denn wenn wir nicht bald in die *Skylark II* zurückkehren, könnte es passieren, daß wir in unsere Dimension zurückgerissen werden und im leeren Weltall landen. Aber muß das unbedingt so sein? Die Zeitkoordinaten würden sich natürlich auch verändern, und diese Änderung könnte erforderlich machen, daß wir im Augenblick des Übertritts wieder an unserem ursprünglichen Platz in der *Skylark* sind, gleichgültig, wo wir uns in diesem Hyperraum-Hyperzeit-Kontinuum zufällig aufhalten. Das ist mir alles zu hoch — ich finde keine Lösung. Ich wünschte, Martin wäre hier — der hätte vielleicht einen Ausweg.«

»Du kannst dir das nicht halb so sehnsüchtig wünschen wie ich!« rief Margaret.

»Na ja, wie dem auch sei — wir gehen davon aus, daß die *Skylark* nicht einfach verschwinden und uns hier zurücklassen kann. Das ist jedenfalls ein aufmunternder Gedanke, mit dem wir uns beschäftigen können, solange wir hier festsitzen. Jetzt mach die Augen zu und schlaf.«

Die beiden schwiegen. Ab und zu entschlummerte Margaret, doch sie wurde immer wieder vom hustenden Knurren der Hypertiere geweckt, die durch den umliegenden Dschungel streiften. Seaton schlief überhaupt nicht. Er glaubte nicht so recht an seine Hypothese von der automatischen Rückkehr an Bord des Raumschiffs; und seine lebhafte Phantasie beschäftigte sich immer wieder mit der schrecklichen Möglichkeit, daß sie außerhalb der schützenden Hülle des Raumschiffs in den dreidimensionalen Raum zurückkehren würden. Und dieselbe Phantasie beschwor schreckliche Visionen herauf, was Dorothy im Augenblick durchmachte — seine geliebte Frau, von der er seit seiner Heirat auf dem fernen Osnome noch nie so lange getrennt gewesen war. Er mußte den unwillkürlichen Impuls unterdrücken, etwas zu unternehmen, den Impuls, sinnlos durch die absolute Dunkelheit zu stürmen — das hätte zu nichts geführt.

Von Sekunde zu Sekunde wuchs Seatons innere Spannung, und die bedrückende Hypernacht nahm ihren Fortgang. Die Zeit schleppte sich dahin, streckte sich auf phantastische Weise in die Unendlichkeit.

Kapitel 12

So plötzlich, wie das Hyperland dunkel geworden war, erhellte es sich auch wieder. Es gab kein allmähliches Hellerwerden, keine Dämmerung — das Licht sprang blendend empor, stach schmerzend in die Augen, die so lange in die platinschwarze Nacht gestarrt hatten.

»Mann!« rief Seaton. »Noch nie habe ich mich über ein Licht so gefreut! Viel geschlafen hast du wohl auch nicht, Peggie?«

»Geschlafen? Ich glaube nicht, daß ich jemals wieder schlafen kann! Ich habe das Gefühl, als hätte ich wochenlang hier gelegen!«

»Ja, lang ist es uns vorgekommen — aber Zeit ist hier ohne Bedeutung.«

Sie setzten ihren Marsch eilig fort. Nach langem Schweigen rief Margaret halb hysterisch: »Dick, ich werde noch verrückt! Vielleicht bin ich schon durchgedreht. Wir scheinen zu gehen, und doch kommen wir irgendwie nicht vom Fleck; wir beeilen uns, und doch scheinen wir unserem Ziel nicht näher zu kommen. Es dauert ewig ...«

»Ruhig, Peggie! Nimm dich zusammen. Natürlich ›gehen‹ wir nicht, jedenfalls nicht im dreidimensionalen Sinne — aber wir erreichen trotzdem unser Ziel. Ich würde sagen, daß wir etwa halb so schnell vorwärtskommen wie das Flugboot — und das ist doch ein aufmunternder Gedanke, oder? Und versuch dir die Dinge nicht zu sehr im Detail vorzustellen; wir würden davon doch nichts begreifen. Am besten denkst du hier draußen an gar nichts. Vergiß auch die Zeit. Du mußt dir immer wieder ins Gedächtnis rufen, daß die ganze Episode für uns nur eine Tausendstelsekunde unserer Zeit dauert — auch wenn unsere Abenteuer tausend Jahre zu dauern scheinen. An diese Vorstellung mußt du dich halten. Denk an eine Tausendstelsekunde — und mach dir vor allen Dingen klar, daß du nicht verrückt bist — nicht *du* bist verquer, sondern die Welt ringsum! Es kommt auf den Standpunkt an!«

Margaret beruhigte sich etwas, da ihr Seatons nüchterne Erläuterungen einleuchteten — und die scheinbar endlose Wanderung ging weiter.

Sie kam Seaton so lang vor, daß er jeden Augenblick mit der abrupten Rückkehr der Nacht rechnete — bis sie die kleine Insel mit dem roten Obelisken sichteten.

»Mann, was für eine Erleichterung!« rief er. »Noch ein paar Minuten, dann sind wir da. Hoffen wir, daß sich das Licht noch so lange hält!«

»Ganz sicher«, sagte Margaret zuversichtlich. »Es muß, wo wir doch schon so dicht am Ziel sind. Wie willst du die drei Hügelkuppen anpeilen? Wir können nicht über den Dschungel blicken.«

»Kinderleicht. Deshalb war ich ja auch so froh über den Obelisken da drüben. Der ist groß und massiv genug, um mein Gewicht zu tragen, und so hoch, daß ich von der Spitze aus die Gipfel sehen kann. Ich klettere hinauf und winke dich auf den Kurs ein. Dann stoßen wir einen Stock in den Boden und brechen durch den Dschungel — dabei bringen wir weitere Markierungen an, nach denen wir uns zurückblickend richten. Nach ein paar Kilometern müßten wir die Gipfel sehen können — und dann dürfte es keine Mühe mehr machen, die *Skylark II* zu finden.«

»Aber zuerst mußt du klettern — und die Felsspitze ist glatt und steil«, wandte Margaret ein. »Wie willst du das schaffen?«

»Mit ein paar Hyperhaken — paß auf!«

Er brach einige Stäbe von seinem Zellengitter und drehte sie zusammen, daß sie eine schwere Stahlrute bildeten. Ein Ende dieser Stange bog er zur Seite und spitzte es an, indem er es mit beiden Händen zusammendrückte. Er mußte sich dabei ziemlich anstrengen, doch schließlich formte sich das Metall zu einer vollkommenen Spitze — so daß er nun einen etwa zwei Meter langen Haken mit scharfer Spitze zur Verfügung hatte. Auf ähnliche Weise fertigte er einen zweiten Haken an und stürzte sich in das Wasser des Flusses, um zur Insel zu gelangen.

Kurz darauf erreichte er den Fuß des Obelisken, in dessen glatte Oberfläche er einen der Haken trieb. Doch sein Schlag war zu fest. Obwohl der Haken aus dem härtesten Metall bestand, das den Bewohnern dieser seltsamen Welt bekannt war, prallte das improvisierte Werkzeug bis zur Unkenntlichkeit verbogen vom Hypergestein des Felsens ab.

Doch Seaton stellte die ursprüngliche Form schnell wieder her und machte sich vorsichtiger ans Werk. Er merkte bald, wieviel Druck der Haken aushalten konnte und wie er vorgehen mußte, um die Spitze in das Gestein zu treiben. Als dann beide Haken festsaßen, trieb er eine Stiefelspitze in das Gestein und begann mit dem Aufstieg.

Doch schon nach kurzer Zeit wollte sein rechter Haken nicht mehr fassen; die Spitze war abgestumpft. Nach kurzem Überlegen stemmte Seaton beide Füße gegen die Felswand, klemmte sich den Schaft des linken Hakens unter den Arm und bog das freie Ende als Stütze um seinen Rücken. Nachdem er nun beide Hände frei hatte, widmete er sich der anstrengenden Aufgabe, die Spitze des anderen Hakens erneut zu schärfen.

»Paß auf, Dick, sonst stürzt du ab!« rief Margaret.

»Ich will mir Mühe geben!« gab er zurück. »Es hat mich schon zuviel Mühe gekostet, hier heraufzukommen — ich würde ungern noch mal anfangen. Schaden könnte mir ein Sturz nicht, aber du müßtest mich wahrscheinlich aus dem Boden ziehen.«

Er stürzte nicht ab. Der Haken wurde ohne Zwischenfall geschärft, und er kletterte weiter — eine menschliche Fliege, die an einer senkrechten Säule emporwanderte. Viermal mußte er pausieren, um seine Kletterwerkzeuge neu anzuspitzen, doch schließlich stand er auf dem Gipfel des Obelisks. Von hier aus konnte er nicht nur die drei Hügel, sondern sogar das Maschinengewirr am Schacht erkennen, in dem die *Skylark* lag. Margaret hatte sich einen Ast abgebrochen, und Seaton wies sie wie ein Landvermesser ein.

»Links — weiter nach links!« Sein Arm beschrieb große Kreise. »Langsam!« Der linke Arm reckte sich in die Höhe. »Die ungefähre Richtung stimmt!« Beide Arme fuhren auf und nieder. Eine nochmalige Überprüfung. »Einen Strich zurück.« Der rechte Arm streckte sich. »Alles bestens! Du kannst den Ast einrammen!« Beide Arme gingen zweimal auf und nieder, und Margaret stieß den Stock tief in den Sand. »Komm lieber rüber, Peggie!« rief Seaton, als er den Abstieg begann. »Ich werde klettern, bis die Haken stumpf werden, und mich dann fallen lassen — so sparen wir die Zeit, die Dinger neu zu schärfen. Vielleicht brauche ich deine Hilfe bei der Landung.«

Er hatte noch kein Drittel des Weges zurückgelegt, als ein Haken abrutschte. Nach einigen großen Abwärtsschritten verweigerte auch der zweite den Dienst und drang nicht mehr in das widerspenstige Gestein ein. Im Stürzen rollte sich Seaton zusammen hielt die verdrehten Stangen waagerecht unter sich und schwebte abwärts. Er prallte kaum härter auf, als wenn er auf der Erde von einem anderthalb Meter hohen Zaun herabgesprungen wäre — doch selbst die Hypermetallstangen verhinderten nicht, daß er fast einen Meter tief in den seltsam substanzlosen Hyperboden einsank.

Doch Margaret war mit ihrem Gitter und ihrem Metallschild zur Stelle. Mit ihrer Hilfe kämpfte sich Seaton frei, und zusammen wateten sie durch den Fluß und eilten zu dem Markierungspfosten, den Margaret aufgestellt hatte. Dann folgten sie der Linie, die durch den Obelisken und die Markierung gebildet wurde, und drängten sich in das Gewirr des Dschungels.

Obwohl die unheimlichen Bäume, Lianengewächse und bambusähnlichen Schößlinge nicht hart genug waren, um die beiden aufzuhalten, wurden sie doch so sehr gehemmt, daß Seaton nach kurzer Zeit stehenblieb.

»So hat es keinen Sinn, Peggie«, sagte er nachdenklich. »Die Lianen machen uns zu schnell fertig, außerdem können wir zu leicht vom Weg abkommen. Was tun? Am besten nehme ich meinen Zauberstab und haue uns einen Weg — die Vegetation kommt mir nicht sehr substanzvoll vor.«

Und weiter ging es; Seatons Gitter, das nun dermaßen verzogen war, daß es kaum noch einer Gefängnistür ähnelte, wirbelte methodisch von einer Seite zur anderen — eine Sense, vor der keine Hyperpflanze bestehen konnte.

Doch Lianen und Rankengewächse versuchten die beiden Menschen noch immer aufzuhalten, zerschmetterte Pflanzenteile hagelten auf sie herab und berieselten sie mit zähflüssigen, klebrigen Substanzen.

Die ganze Natur dieser Hyperwelt schien sich gegen sie verschworen zu haben.

Doch Seaton und Margaret wurden von der Angst vor der totalen Dunkelheit und absoluten Hilflosigkeit beflügelt und kämpften sich mühsam weiter, während sich hinter ihnen ein gerader Streifen Dunkelheit durch das Hyperlicht des Dschungels zog. Immer weiter ging es; Seaton hieb einen Pfad durch die widerspenstigen Pflanzen, während sich Margaret hinter ihm abmühte, und während Seatons kräftiger Körper keine Mühe hatte, sich durch das widerspenstige Unterholz zu drängen, machten die hemmenden Ranken der Frau doch sehr zu schaffen.

»Einen Moment, Dick!« Sie blieb stehen, Margaret

war am Ende ihrer Kraft. »Ich gebe ungern zu, daß ich nicht mitkomme, zumal du all die Arbeit machst — aber ich glaube, ich kann nicht mehr.«

»Also gut ...«, sagte Seaton, doch dann warf er einen Blick nach vorn. »Nein — noch eine Minute, Peggie, noch drei Schritte — dann sind wir durch!«

»Das schaffe ich noch. Geh voran, MacDuff!« Und die beiden mühten sich weiter.

Nach wenigen Schritten endete die dichte Vegetation des Dschungels. Sie erreichten die fast greifbare Dunkelheit eines großen, annähernd kreisförmigen Geländes, auf dem die Pflanzen beseitigt worden waren. In der Mitte dieses Kreises erhoben sich die blauschimmernden Maschinen der Techniker, die die *Skylark II* heben wollten.

Der Rand des großen Schachts war von vierdimensionalen Geräten gesäumt, und im Umfeld liefen die Hyperwesen durcheinander.

»Bleib hinter mir, Peggie, so dicht wie möglich, ohne daß du getroffen wirst«, wandte sich Seaton an seine Begleiterin, nachdem er die Szene eingehend betrachtet hatte. »Du hältst den Metallschild hoch und hältst deine Gitterwaffe bereit. Ich bin sicher, daß ich die Burschen in Schach halten kann, aber du mußt dich um alle kümmern, die mich vielleicht umgehen oder uns von hinten angreifen. Die Dreizacke sind üble Folterwerkzeuge, Mädchen, und wir wollen doch nicht im letzten Augenblick wieder eingefangen werden!«

»O nein!« sagte sie energisch, und Seaton betrat die gewaltige Lichtung. »Moment mal, Dick — wo bist du denn überhaupt? Ich kann dich ja gar nicht sehen!«

»Stimmt! Ist mir völlig entfallen, daß es hier kein Licht gibt. Der Schimmer der Pflanzen ist ziemlich schwach und erreicht uns auf der Lichtung nicht mehr. Wir sollten uns an den Händen halten, bis wir nahe genug an den Maschinen sind, um wieder mehr zu sehen.«

»Aber ich habe nur zwei Hände — ich bin schließlich

kein Seepferdchen! Mit meinem Metallschild und dem Gitter habe ich genug zu tun. Aber vielleicht kann ich mir den Schild unter einen Arm klemmen — schwer ist er ja nicht. Wo bist du?«

Die tastenden Hände berührten sich, und Hand in Hand wanderten die beiden auf das lebhafte Treiben in der Mitte der dunklen Lichtung zu. Die Dunkelheit war so entnervend, daß sie geradezu Substanz zu haben schien. Seaton vermochte seine Begleiterin und die Waffen und den Schild in seinen Händen nicht zu erkennen; er konnte nicht einmal den Boden ausmachen, auf dem er ging. Und doch schritt er ohne zu zögem aus und zerrte das Mädchen mit, und sein Blick war starr auf den schwach blauschimmernden Kreis von Maschinen und Kränen gerichtet.

»Dick!« rief Margaret. »Nicht so schnell! Ich kann ja nichts sehen!«

»Wir müssen uns beeilen, Peggie«, erwiderte der Mann, ohne langsamer zu gehen. »Keine Sorge, zwischen uns und der *Skylark* ist nichts, über das wir stolpern könnten — wir würden es als Silhouette sehen. Aber ich möchte nicht, daß wir hier draußen von der nächsten Nacht überrascht werden!«

»Oh, da hast du recht!«

Margaret gab ihren Widerstand auf und folgte ihm; die Angst vor der totalen Nacht war größer als ihre Besorgnis, über ein unsichtbares Hindernis zu straucheln. »Aber wenn die Wesen nun wissen, daß wir kommen?«

»Möglich ist es — ich weiß es nicht. Jedenfalls kann ich mir nicht vorstellen, daß sie uns sehen. Andererseits wissen wir kaum etwas über sie — vielleicht besitzen sie völlig unbekannte Sinne. Allerdings müßten sie sich jetzt beeilen, wenn sie noch etwas ausrichten wollen.«

Die Hyperwesen konnten ihre fremdartigen Besucher nicht sehen, doch es wurde bald deutlich, daß sie irgendwie gewarnt worden waren.

Gewaltige Scheinwerfer schickten blaue Lichtkegel in die Dunkelheit, Strahlen, die eifrig nach den Menschen suchten.

Als er die Beleuchtung sah, wußte Seaton, daß auch die Hyperwesen auf Licht angewiesen waren, wenn sie etwas sehen wollten. Er grinste und wandte sich an Margaret.

»Einer der Strahlen muß uns über kurz oder lang erwischen und das kann gefährlich werden. Wenn es soweit ist, gebe ich dir Zeichen, und du springst — senkrecht in die Höhe. Einen Riesensatz — los, *spring!*«

Noch während er sprach, hatte einer der Lichtkegel sie gefunden. Augenblicklich folgte dem Lichtstrahl eine Horde Hyperwesen mit seltsamen Waffen, deren Verwendungszweck die Erdbewohner nicht kannten.

Doch fast ebensoschnell waren Seaton und Margaret hochgesprungen. Sie sprangen mit der vollen Kraft ihrer irdischen Muskeln, die ihnen in der schwachen Anziehung eine solche Beschleunigung verliehen, daß sie sich vor den Augen der Hyperwesen förmlich auflösten.

»Irgendwie wußten die Burschen, daß wir hier sind — vielleicht hat unser Gewicht den Boden zum Erzittern gebracht —, aber sie können offenbar ohne Licht auch nichts erkennen, und das gibt uns eine Chance«, bemerkte Seaton gelassen, als sie weiter an Höhe gewannen. »Wir müßten etwa neben dem großen Kran da drüben landen — die beste Stelle, um gegen die Burschen vorzugehen.«

Aber der Wissenschaftler irrte sich in der Annahme, die Hyperwesen hätten ihre Annäherung durch Bodenerschütterungen festgestellt.

Denn die Suchscheinwerfer ließen sich nur Sekunden täuschen — dann wurden sie von einem unbekannten Sinn oder Mechanismus gelenkt und richteten sich erneut auf die fliehenden Erdenmenschen. Und durch die Lichtstrahlen rasten wie lebendige Flugzeuge die Hyperwesen heran; und diesmal vermochten der Mann und die Frau trotz ihrer überlegenen Körperkräfte nicht zur Seite zu springen.

»Sieht nicht gerade günstig aus«, knurrte Seaton. »Vielleicht hätten wir doch am Boden bleiben sollen. Die Burschen haben uns also irgendwie orten können; immerhin ist die Luft ihr natürliches Element. Na ja, wo wir nun schon mal hier oben sind, müssen wir sie Rücken an Rücken abwehren, bis wir landen.«

»Aber wie bleiben wir in Position?« fragte Margaret. »Wir werden doch beim ersten Hieb auseinandergetrieben. Und dann können sie uns umgehen und wieder einfangen.«

»Richtig, Peggie. Aber du trägst doch einen Gürtel, ja?«

»Natürlich.«

»Gut, mach ihn los, und ich führe meinen hindurch. Mit dem Gürtel und mit verschränkten Beinen müßten wir uns eigentlich zusammenhalten können. Halte den Schild hoch und hau mit dem Gitter zu — dann halten wir uns die Burschen mühelos vom Leib!«

Seaton war währenddessen nicht untätig geblieben, und als die Angreifer mit wütend vorgestreckten Dreizacken anrückten, stießen sie auf eine unwiderstehliche Wand aus tödlichem Metall. Rücken an Rücken schwebten die beiden fremden Ungeheuer durch die Luft — die Gürtel hielten sie zusammen, die verhakten Beine richteten die beiden unverwundbaren Körper aus.

Eine Zeitlang stürmten die vierdimensionalen Kreaturen gegen die Erdenmenschen an und wurden auf allen Seiten förmlich in Stücke gehauen. Margaret schützte Seatons Rücken, und er kümmerte sich um die Angreifer auf seiner Seite wie auch um die Fremden, die von oben und unten kamen.

Die Hyperwesen gaben schließlich die Hoffnung auf, die Fremden lebendig zu fangen, und richteten Todesstrahlen auf die beiden. Rosa Licht umgab sie, das bald

tiefrot wurde und dann durch das Spektrum bis ins Violette wanderte, als die erhoffte Wirkung ausblieb. Die massierten Hyperwesen am Schacht waren ebenso machtlos wie die Streitkräfte der Hyperstadt.

Während des Nahkampfs hatten die beiden Menschen den höchsten Punkt ihrer Sprungbahn durchschritten. In buntes Licht getaucht, schwebten sie nun sanft zu Boden, direkt auf den großen Kran zu, den Seaton als möglichen Landeplatz ins Auge gefaßt hatte. Tatsächlich streiften sie eine der massiven Stützen der Maschine; doch Seaton schob seinen vierdimensionalen Schild vor, und obwohl der Kran spürbar erzitterte, waren die beiden Menschen unverletzt, als sie landeten.

»Als ob man in einem Bett herumhüpft!« rief Seaton. Er richtete sich auf, entfernte die hinderlichen Gürtel und führte Margaret auf das Riesenloch im Boden zu. »Ob uns jetzt noch jemand aufhalten will? Vermutlich nicht.«

»Aber wie wollen wir da hinuntergelangen?« fragte Margaret.

»Wir springen — oder noch besser, wir lassen uns an den Ketten hinabgleiten, die man hier angebracht hat. Du nimmst unsere Schilde und das Gitterzeug, und ich trage dich. So brauchst du gar nichts zu tun.«

Kaum behindert von der Last des Mädchens, sprang Seaton zu der großen Kette hinüber, hangelte sich hinab und glitt an dem riesigen Hebezeug vorbei, das inzwischen um die riesige Arenakkugel gelegt worden war.

»Aber wir werden durch die *Skylark* hindurchgleiten — in dieser Dimension hält uns nichts auf!« sagte Margaret.

»Nein — wir gleiten nicht *hindurch*«, erwiderte Seaton. »Wir schwingen uns an der Wandung *vorbei* und an diesem losen Ende der Kette auf die Fußbodenebene — so.« Und sie befanden sich wieder im Kontrollraum der *Skylark II.*

Dort warteten Dorothy, Crane und Shiro, wie sie sie vor langer Zeit verlassen hatten. Sie waren noch in der Gewalt der Dreizacke und standen stumm und starr da; ihre Augen waren leer und ausdruckslos. Dorothy und Crane ließen nicht erkennen, ob sie die Neuankömmlinge wiedererkannten — keinem von beiden schien klar zu sein, daß der geliebte Ehepartner nach langer Abwesenheit zurückgekehrt war.

Kapitel 13

Seaton starrte Dorothy an. Reglos stand sie da — wie eine Leiche. Da er es inzwischen gewohnt war, vierdimensionale Gegenstände zu betrachten, indem er bewußt nur ihre dreidimensionale Oberfläche ansah, bemerkte er sofort die unmenschlich-wächserne Leere ihres doch sonst so lebendigen Gesichts — und drehte durch.

Mit heftiger Bewegung packte er die Hyperkette, mit der er sich in den Kontrollraum geschwungen hatte, und sprang wie ein Wilder auf das Wesen los, das Dorothy bewachte — dabei vergaß er Waffen und Schild und kümmerte sich nicht mehr um Risiken und Chancen — er wurde von einer wild aufschäumenden Wut getrieben, die er nicht unterdrücken konnte.

Seine Bewegung war so heftig, daß die Kette an der Wand des Kontrollraums zerbrach; so schnell kam der Angriff, daß der Wächter keine Zeit zum Reagieren mehr hatte.

Dieser hatte die gelähmte Gefangene mit seinem Dreizack gelenkt. Alles war eben noch ruhig gewesen, plötzlich waren die beiden Monster aufgetaucht, die man in die Hauptstadt gebracht hatte. Vor dem Ungeheuer wirbelte eine riesige Ankerkette, die kein normaler Sterblicher zu heben vermochte; eine Ankerkette, die mit einer für diese Hyperwelt unvorstellbaren Geschwindigkeit auf ihn zuraste.

Das fast immaterielle Fleisch des Hyperwesens wurde von der Kette förmlich in Stücke gerissen, die weiterraste, durch die Wandung des Raumschiffs brach und im Hyperraum verschwand.

Der Wächter, der Crane und Shiro bewachte, sah eben noch, wie sein Kamerad ausgelöscht wurde, doch das war die letzte Wahrnehmung seines Lebens.

Ein kurzer Schlenker der tödlichen Waffe, und auch dieser Wächter verschwand im Nichts.

Seaton warf die restlichen Glieder der Kette zu Boden und eilte zu Dorothy, die er gerade in dem Augenblick erreichte, da der gefährliche Dreizack aus ihrem Körper glitt.

Sie kam sofort wieder zu sich und wandte sich überrascht an den Mann, der sie stammelnd vor Erleichterung, daß sie am Leben und offenbar unverletzt war, in die Arme nahm.

»Natürlich geht es mir gut, Dick — warum denn nicht?« beantwortete sie seine erste besorgte Frage. Überrascht musterte sie sein ausgezehrtes Gesicht und fuhr fort: »Aber *du* bist offenbar erschöpft. Was ist denn passiert — wie konnte überhaupt etwas passieren?«

»Es war mir nicht recht, daß ich so lange fort sein mußte, mein Schatz, aber es ging nicht anders.« Seaton war begierig, ihr seine lange Abwesenheit zu erklären, und erfaßte daher die Bedeutung ihrer Worte nicht. »Es war ein langer Ausflug, und wir hatten keine Chance, uns von den Dreizacken zu lösen, bis sie uns in die Stadt brachten und untersuchten. Als wir uns schließlich befreien konnten, stellten wir fest, daß wir nachts nicht weiterkamen. Die Tage hier sind schlimm genug, aber in der Nacht gibt es überhaupt kein Licht mehr. Keinen Mond, keine Sterne, überhaupt nichts ...«

»Nächte! Wovon redest du da eigentlich, Dick?«

Dorothy hatte ihn immer wieder unterbrechen wollen und kam nun endlich zu Wort. »Du bist doch überhaupt nicht fort gewesen, nicht mal eine Sekunde! Wir sind die ganze Zeit hier gewesen!«

»Wie bitte?« fragte Seaton verblüfft. »Bist du denn völlig durchgedreht, Rotschopf — oder ...?«

»Dick und ich waren mindestens eine Woche lang unterwegs«, schaltete sich Margaret ein. »Eine schreckliche Reise!«

»Moment mal, Leute!« Seaton lauschte und starrte

nach oben. »Wir müssen uns die Erklärungen für später aufheben. Ich dachte mir gleich, daß die Burschen nicht so schnell aufgeben würden — sie scheinen anzugreifen! Ich weiß nicht, wie lange wir fort waren — mir kam's jedenfalls schrecklich lange vor —, aber die Zeit reichte jedenfalls aus, um zu lernen, wie man mit diesen Wesen umspringt. Martin, du nimmst dieses Gitter und den Schild von Peggie. Als Waffen sehen die Sachen nicht gerade geeignet aus — aber sie sind sehr wirksam. Wir müssen sie nur schnell genug hin und her schwingen, um diese seltsamen Spieße abzuwehren. Aber schlag nicht zu hart zu, sonst zerschmetterst du das Gitter. Immerhin besteht das Zeug aus Hypermaterie und ist nicht annähernd so fest wie die Gegenstände, die wir gewohnt sind. Aha, jetzt haben sie Waffen bei sich. Duckt euch, Mädchen, damit wir euch mit den Schilden decken können. Shiro, du nimmst dieses Stück Kette auseinander und wirfst mit den Gliedern nach den Burschen ...«

Die Hyperwesen erschienen im Kontrollraum, und wieder begann der Kampf. Diesmal griffen die Fremden jedoch nicht mit ihren Dreizacken an, auch verzichteten sie auf ihre nutzlosen Todesstrahlen. Sie hatten Waffen bei sich, die Metallprojektile verschossen, dazu verfügten sie über armbrustähnliche Schlingen und Katapulte. Außerdem griffen sie mit Wurfspießen und Speeren an. Doch die Geschosse prallten harmlos von den vierdimensionalen Schilden ab — Schilde, die einmal harte, unüberwindliche Gefängnistüren gewesen waren —, während die Stein- und Metallbrocken der Katapulte von Seaton und Crane in der Luft aufgefangen und zurückgeschleudert wurden — mit verheerenden Folgen für die Angreifer. Auch Shiro richtete mit seinen Kettengliedern ein unvorstellbares Gemetzel an.

Doch die Hyperwesen drängten immer näher heran. Nach kurzer Zeit bildeten die drei Männer ein Dreieck, in dessen Mitte sich die beiden Frauen befanden. Doch unverdrossen griffen die Hyperwesen weiter an — vielleicht aus der Erkenntnis heraus, daß auch die übernatürlich mächtigen Wesen einmal erlahmen mußten.

Doch als der Kampf seinem Höhepunkt entgegenging, hatte Seaton plötzlich den Eindruck, als ob die ohnehin schon sehr dünnmateriellen Hyperwesen noch durchsichtiger würden; gleichzeitig begann ihm das Kämpfen sehr schwerzufallen. Das Gitter, das er mit großer Geschwindigkeit herumgeschwenkt hatte, um die Gegner abzuwehren, bewegte sich immer langsamer, bis es schließlich trotz größter Anstrengung an einem Punkt verharrte und sich nicht mehr bewegen ließ.

Er vermochte keinen Muskel mehr zu rühren, und verzweifelt beobachtete er einen fast unsichtbaren Wächter, der sich mit vorgestrecktem Kontrolldreizack näherte. Doch zu seiner Erleichterung berührte ihn die Hyperzange nicht, sondern glitt an ihm *vorbei*, ohne ihn zu berühren; und Hyperwesen und Hyperwaffe verblaßten plötzlich im Nichts.

Im nächsten Augenblick bewegte sich Seaton wieder. Ohne eigenes Zutun schwebte er durch den Kontrollraum auf den Schalter zu, dessen Betätigung die Erdenmenschen aus ihrem vertrauten All in diese unmögliche Schreckenswelt versetzt hatte. Und nicht nur er war in Bewegung — auch Dorothy, die Cranes und Shiro kehrten langsam in die Position zurück, die sie in dem Augenblick innegehabt hatten, als Seaton den Hauptschalter umlegte.

Und mit der Bewegung *veränderten* sie sich. Die *Skylark* selbst veränderte sich; jedes Molekül, jedes Atom ihrer Substanz in oder am Raumschiff war betroffen.

Seatons Hand hob sich und umfaßte den schwarzen Griff des Schalters. Als sein Körper zur Ruhe kam, durchströmte ihn eine fast unerträgliche Erleichterung, als die künstliche und unnatürliche Erweiterung in die vierte Dimension aufgehoben wurde. Dieser umgekehrte Vorgang verlief so langsam wie die Steigerung in die vierte Dimension. Jedes Materiepartikel machte eine unbeschreibliche und unverständliche Kürzung durch, eine Kompression, einen Schrumpfungsprozeß, eine zuckende Neuordnung, die jedem verformten Element des menschlichen Körpers willkommen war.

Plötzlich war die Rückkehr in den dreidimensionalen Raum beendet, obwohl die Passagiere der *Skylark II* den Eindruck hatten, als wären viele Stunden vergangen. Seatons Hand vollendete die Bewegung mit dem Schalthebel; seine Ohren vernahmen das Einschnappen der Plungerschalter, die gegen ihre Stoppblöcke knallten — die Betätigung der Relaisschalter war nun beendet. Die Umgebung des Kontrollraums zeichnete sich ganz deutlich in den vertrauten drei Dimensionen ab.

Dorothy saß noch genauso da wie vor der Transition. Sie hatte sich in ihrem Sitz vorgebeugt, und ihr herrliches rotes Haar war tadellos in Ordnung, ihre Lippen waren halb geöffnet und ihre violetten Augen aufgerissen in der ängstlichen Erwartung der Dinge, die der Sprung durch die Dimensionen bringen sollte. Sie war unverändert — nicht aber Seaton!

Auch er hatte dieselbe Körperhaltung wie vor einer Sekunde — oder war es einen Monat her? —, aber sein Gesicht war ausgemergelt und voller Falten, sein kräftiger Körper wirkte schmal und zeugte von äußerster Erschöpfung.

Margaret war nicht besser dran. Sie wirkte hager, fast ausgehungert. Ihre Kleidung war nach dem rätselhaften Sprung durch die Zeiten und Dimensionen rein äußerlich wieder in den alten Zustand zurückversetzt worden — doch dieser Anschein hielt nicht lange an.

Als der Vorgang beendet war, fielen Seaton und Margaret förmlich die Sachen vom Leibe. Der Schmutz ihrer langen Wanderung und der klebrige Saft der Hyperpflanzen war natürlich verschwunden — da es sich um vierdimensionale Materie handelte, die im vierdimensionalen Raum zurückbleiben mußte —, aber die Dornen und Saugscheiben der Hypervegetation hatten ihre Spuren hinterlassen.

Dorothys Blick wanderte verblüfft von Seaton zu Margaret, und sie unterdrückte einen Schrei, als sie die unbarmherzigen Spuren der Abenteuer erblickte, die die beiden durchgemacht hatten. Sie verstand diese Spuren nicht, vermochte sie nicht mit dem zu vereinbaren, was sie im Hyperraum-Hyperzeit-Kontinuum erlebt hatte, doch sie folgte dem urzeitlichen Instinkt aller Frauen und hob die Arme, um ihren Mann schützend zu umarmen. Doch Seatons erster Gedanke galt den Geistwesen, denen sie vielleicht nicht entkommen waren.

»Sind wir ihnen entwischt, Martin?« fragte er, ehe er die Hand vom Schalter genommen hatte. Ohne auf eine Antwort zu warten, fuhr er fort: »Wir müssen es geschafft haben, sonst wären wir längst entmaterialisiert worden. Ein dreifaches Hurra!«

In den nächsten Minuten ließen die vier ihren Gefühlen, ihrer Erleichterung und Freude, freien Lauf. Sie waren den Geistwesen entwischt; sie hatten die Fahrt durch den Hyperraum überstanden!

»Aber Dick!« Dorothy hielt Seaton auf Armeslänge von sich und musterte sein hageres Gesicht. »Mein Schatz, du siehst richtig abgemagert aus.«

»Das bin ich auch«, erwiderte er. »Wie ich schon sagte, waren wir eine Woche lang unterwegs. Ich sterbe so ziemlich vor Hunger und bin womöglich noch durstiger. Nichts zu essen ist ziemlich schlimm, aber Wassermangel ist noch übler. Mein ganzes Innere fühlt sich ausgetrocknet an. Komm, Peggie, wir wollen ein paar Wassertanks leersaufen.«

Und sie tranken; zuerst vorsichtig und mit Pausen, dann in vollen Zügen.

Endlich legte Seaton die Schöpfkelle aus der Hand. »Das genügt zwar noch lange nicht, aber zunächst sind wir innen wieder feucht genug, damit wir auch etwas essen können. Während du feststellst, wo wir sind, Martin, werden Peggie und ich ein paar Mahlzeiten verdrücken.«

Seaton und Margaret setzten sich zum Essen hin und langten vorsichtig, doch mit unstillbarem Appetit zu. Währenddessen wanderte Dorothys ratloser Blick von den gezeichneten Gesichtern der beiden zu einem Spiegel, der ihr unverändertes Äußeres wiedergab.

»Ich verstehe das alles nicht, Dick!« sagte sie schließlich. »Ich bin *nicht* hungrig oder durstig und habe mich kein bißchen verändert — das gleiche gilt für Martin. Ihr beide aber habt viel Gewicht verloren und seht aus, als hätte man euch durch ein Nadelöhr gezogen. Wir hatten nicht den Eindruck, daß ihr überhaupt fort wart. Du wolltest mir das erklären, ehe wir unterbrochen wurden. Also bitte — jetzt erläutere mir die Sache, ehe ich platze. Was ist passiert?«

Seaton, dessen Hunger vorübergehend gestillt war, berichtete umfassend über die Abenteuer, die er und Margaret außerhalb der *Skylark* erlebt hatten. Dann stürzte er sich in eine wissenschaftliche Erklärung, die aber von Dorothy schnell unterbrochen wurde.

»Dick, es kommt mir schlicht unmöglich vor, daß euch das alles zustoßen konnte, während wir das Gefühl hatten, es sei *überhaupt keine Zeit* vergangen!« rief sie. »Wir waren ja nicht bewußtlos oder sonst irgendwie geistig weggetreten. Wir wußten, was um uns herum vorging, nicht wahr, Martin?«

»Wir waren nicht bewußtlos und wußten die ganze Zeit, was vorging«, erwiderte Crane überzeugt. Er saß an einem Visischirm und hatte das Gespräch mitgehört, anstatt sich um das fast völlig leere Weltall zu kümmern, in dem die *Skylark* schwebte. »Und da die norlaminische Psychologie davon ausgeht, daß jede Bewußtseinsunterbrechung, so kurz sie auch sein mag, einem halbwegs intelligenten Geist bekannt ist, möchte ich sagen, daß zumindest für Dorothy und mich keine

Zeit vergangen ist und auch nicht vergangen sein kann.«

»Da hast du's!« rief Dorothy. »Du mußt zugeben, daß sich Martin auskennt. Wie willst du dich da herausreden?«

»Keine Ahnung!« Seaton runzelte nachdenklich die Stirn. »Aber Martin hat wahrscheinlich einen wichtigen Punkt angesprochen, als er sagte ›zumindest für Dorothy und mich‹, denn für uns ist auf jeden Fall Zeit vergangen, und zwar viel Zeit. Allerdings kennt sich Martin aus; er legt sich nicht oft so eindeutig fest, und wenn er es tut, kann man sich darauf verlassen. Da ihr also beide bei Bewußtsein wart und der Meinung seid, daß keine Zeit vergangen ist — für euch jedenfalls —, muß mit der Zeit etwas nicht stimmen — nicht mit euch. Sie muß sich gestreckt haben oder gestreckt worden sein — für euch.

Wohin führt uns dieser Gedanke? Ich würde sagen, daß die Zeit der Hyperwesen nicht nur anders ist als unsere, sondern auch strukturell variabel — wenn es keine regelmäßigen Tag- und Nachtwechsel, oder zumindest Dunkelperioden gegeben hätte. Peg und ich haben so einen Wechsel erlebt, der das ganze Land erfaßte — soweit wir feststellen konnten. Das kommt also nicht in Frage.

Vielleicht hat man euch beiden die Lebensfunktionen verlangsamt, da man euch im Schiff lassen wollte ... Ach nein, das hört sich irgendwie nicht gut an, und außerdem hätte sich das in Martins norlamin-psychologischem Gehirn irgendwie bemerkbar gemacht. Das kommt also auch nicht in Frage. Die einzige Lösung, die noch in Frage kommt, wäre ein Sti ... Aber das ist ein bißchen happig, sogar für Hyperwesen.«

»Was denn?« fragte Margaret. »Etwas, das du happig nennst, lohnt auf jeden Eall die Diskussion!«

»Ein Stillstand der Zeit. Hört sich ein bißchen weit hergeholt an, aber ...«

»Mann!« rief Dorothy. »Jetzt drehst du aber durch, Dick!«

»Ich weiß es eben nicht genau«, beharrte Seaton. »Die Hyperwesen kannten sich wirklich ziemlich gut mit der Zeit aus, und ich habe ein paar Hinweise aufgeschnappt. Man braucht dazu ein Energiefeld sechster Ordnung. Ich bin mir meiner Sache ziemlich sicher — und da kommt mir eine Idee! Wenn die Burschen so etwas in ihrer Hyperzeit schaffen, warum sollten wir das nicht auch bei uns können?«

»Ich wüßte nicht, wie man einen solchen Stillstand herbeiführen sollte«, sagte Crane. »Ich meine, solange Materie existiert, muß sich die Zeit fortsetzen, da man ziemlich konkret festgestellt hat, daß die Zeit von der Materie abhängt — oder von der Bewegung dessen, was wir Materie nennen.«

»Klar — das meine ich ja auch. Zeit und Bewegung sind jeweils relativ. Unterbindet man alle Bewegung — die relative, nicht die absolute Bewegung —, was hat man dann? Man hätte eine Dauer ohne Ablauf — und das wäre?«

»Ein Stillstand in der Zeit, wie du schon sagst«, räumte Crane nach längerer Überlegung ein. »Aber wie schafft man so etwas?«

»Ich weiß noch nicht, ob man es überhaupt schaffen kann — das ist eine andere Sache. Wir wissen aber bereits, wie man einen Stillstand des Äthers an einer kugelförmigen Oberfläche bewirkt, und wenn ich ein paar Daten mehr über die sechste Ordnung zusammen habe, dürfte es nicht allzu schwierig sein, einen Volumenstillstand im Äther wie auch im Sub-Äther zu berechnen, und zwar so weit hinab, daß eine komplette Bewegungslosigkeit und ein lokales Aufhören des Zeitflusses bei aller betroffenen Materie erreicht wird.«

»Aber würde die Temperatur dieser Materie nicht sofort auf den absoluten Gefrierpunkt absinken und somit alles Leben unmöglich machen?«

»Das glaube ich nicht. Der Stillstand wäre sub-atomar und abrupt; eine Abgabe oder Übertragung von Energie wäre unmöglich. Ich kann mir nur noch nicht vorstellen, wie Materie überhaupt so beeinflußt werden kann. Soviel ich weiß, käme das einer völligen Aufhebung der Bewegung gleich. Du und Dot, ihr habt so etwas durchgemacht, und ich bin überzeugt, daß meine Vermutung stimmt. Und ich meine immer noch — wenn die das können, schaffen wir es auch.«

»Und das ist immerhin ein aufmunternder Gedanke, wie du selbst mal so schön gesagt hast«, bemerkte Margaret. »Wir sollten uns eingehender damit beschäftigen!«

»Alles zu seiner Zeit, Peggie«, sagte Seaton. »Das Wichtigste zuerst. Wie sieht es aus, Martin — kannst du uns schon eine Position geben? Rasen wir auf die recht berühmte ›ferne Galaxis‹ der Fenachroner zu oder nicht?«

»Nein«, erwiderte Crane. »Wir rasen überhaupt auf keinen Punkt zu, der von Ravindaus Astronomen erfaßt worden ist.«

»*Was?*« Seaton eilte zu dem Physiker an den Visischirm und stellte anhand der hellsten sichtbaren Sternnebel seine Berechnungen an.

Dann arbeitete er mit den Sternkarten, und seine Ergebnisse entsprachen Cranes Feststellungen. Die *Skylark II* war so weit von ihrer Heimatgalaxis entfernt, daß das Gebiet, in dem sie sich befand, selbst den fenachronischen Meistern der Astronomie und intergalaktischen Navigation unbekannt war.

»Nun, wir haben uns wenigstens nicht verirrt, dank unseres vorsichtigen alten Seaton«, sagte Seaton grinsend und ging zu einem Objektkompaß, der auf einer ebenen Meßplatte befestigt war.

Das Instrument war mit allen technischen Raffinessen versehen, die den Wissenschaftlern aus vier großen Sonnensystemen bekannt waren. Die äußerst empfindliche Nadel, die in einem fast hundertprozentigen Vakuum auf praktisch reibungslosen Lagern schwang, war auf die riesige Masse der gesamten Ersten Galaxis eingestellt — eine so unvorstellbar große Masse, daß die Mathematiker davon ausgegangen waren — und Crane hatte sich dieser Vorstellung angeschlossen —, die Nadel würde von jedem denkbaren Punkt aus ansprechen, so weit entfernt er auch sein mochte. Seaton aktivierte die Energie, die die Nadel in Bewegung setzte, doch sie oszillierte nicht. Viele Minuten lang drehte sie sich langsam ohne Behinderung im Kreis und kam schließlich zur Ruhe, ohne von äußeren Einflüssen gelenkt worden zu sein. Seaton starrte in ungläubigem Erstaunen auf den Kompaß, dann prüfte er die Energieeingabe und sämtliche anderen Teile. Das Instrument arbeitete bestens und war genau eingestellt. Mit zusammengepreßten Lippen wiederholte er den Oszillationstest — und erhielt dasselbe negative Ergebnis.

»Na, das wär's dann ja wohl — unmißverständlich und ohne Einschränkungen!« Er starrte Crane bestürzt an, und seine Gedanken überschlugen sich. »Die empfindlichste Nadel, die wir haben, und sie nimmt überhaupt keinen Impuls auf!«

»Mit anderen Worten — wir wissen nicht, wo wir sind.« Cranes Stimme war ruhig. »Wir sind so weit von der Ersten Galaxis entfernt, daß sogar dieser Kompaß nutzlos ist, der doch von jeder denkbaren Position aus arbeiten sollte.«

»Aber ich verstehe das nicht, Martin!« rief Seaton, ohne sich um den Einwurf seines Freundes zu kümmern. »Die Nadel ist auf die gesamte unglaubliche Masse der Galaxis eingestellt — sie muß einfach reagieren, selbst aus einer Entfernung, die größer ist als jeder vorstellbare Durchmesser des Superuniversums ...« Er unterbrach sich.

»Sprich weiter«, sagte Crane. »Du kommst langsam darauf.«

»Ja, kein Wunder, daß ich keine Kurve berechnen

konnte, um den fenachronischen Torpedos nachzuspüren — unsere grundlegende Annahme stimmte nicht! Dabei gilt die folgende einfache Tatsache — wenn das Weltall überhaupt gekrümmt ist, dann ist der Krümmungsradius weitaus größer als jede bisher genannte Zahl — und das schließt die Berechnungen der fenachronischen Astronomen ein. Wir sind jedenfalls kaum mehr als eine Tausendstelsekunde aus unserem All herausgetreten — wahrscheinlich nur ein paar Millionstelsekunden lang. Hältst du es für möglich, daß es in der vierten Dimension wirklich Faltungen gibt?«

»Dieser Gedanke ist schon wiederholt diskutiert worden — aber Faltungen sind nicht unbedingt erforderlich und als Hypothese schwer haltbar. Mir selbst ist immer die Hypothese der linearen Abweichung vernünftiger vorgekommen. Die Ebenen brauchen ja nicht parallel zu verlaufen — es ist sogar fast eine mathematische Gewißheit, daß sie nicht parallel sind.«

»Ganz recht. Diese Hypothese würde natürlich alles erklären. Aber wir sind ...«

»Wovon *redet* ihr beiden eigentlich?« fragte Dorothy. »Wir hätten unmöglich so weit fliegen können — die *Skylark* hat ja die ganze Zeit im Boden gesteckt!«

»Als Physikerin bringst du es nicht weit, mein Schatz!« sagte Seaton lächelnd. »Du vergißt, daß bei unserer Geschwindigkeit die *Skylark* frühestens in drei Monaten gestoppt worden wäre — und doch schien sie unbeweglich zu verharren. Was meinst du dazu, Martin?«

»Ich habe darüber nachgedacht. Ist natürlich eine Sache der relativen Geschwindigkeit, aber selbst dann muß der Winkel der Abweichung der beiden Raumsphären extrem groß gewesen sein, um unsere jetzige Position im dreidimensionalen Raum zu erklären.«

»Extrem — das ist das richtige Wort; aber es ist sinnlos, darüber zu jammern. Wir müssen eben handeln, das ist alles.«

»Wie denn?« fragte Dorothy spitz.

»Wir haben uns verirrt!« flüsterte Margaret. Als ihr die verzweifelte Lage der *Skylark* zu Bewußtsein kam, umklammerte sie die Armlehnen ihres Stuhls; doch sie zwang sich zur Ruhe, und ihre dunkelbraunen Augen waren frei von Panik.

»Aber wir waren schon einmal im All verschollen — und die Lage war damals auf den ersten Blick genauso schlimm wie jetzt. Eigentlich sogar schlimmer; denn wir hatten damals nicht Martin und Dick bei uns.«

»So ist's recht, Peggie!« sagte Seaton. »Wir mögen uns zwar verirrt haben — wenigstens vorübergehend —, aber wir sind noch nicht geschlagen, bei weitem nicht!«

»Ich sehe keinen Grund zum Optimismus«, sagte Crane leise. »Aber du hast natürlich schon eine Idee, nicht wahr?«

»Wir suchen die Galaxis, die unserer Flugbahn am nächsten liegt, und bremsen dort ab.« Seatons beweglicher Geist beschäftigte sich bereits mit der Zukunft. »Die *Skylark* ist bis zum Bersten mit Uran gefüllt, so daß wir genug Bewegungsspielraum haben. In der Zielgalaxis gibt es bestimmt Sonnen mit bewohnbaren und vielleicht sogar bewohnten Planeten. Wir suchen uns einen solchen Planeten aus und landen. Dann setzen wir unsere Fähigkeiten ein.«

»Wozu?« fragte Dorothy.

»In welcher Hinsicht?« wollte Crane wissen.

»Vielleicht bauen wir ein Raumschiff — die *Skylark II* ist eigentlich zu klein für den intergalaktischen Raum«, erwiderte Seaton prompt. »Vielleicht beschäftigen wir uns auch mit Projektoren der vierten, fünften und sechsten Ordnung — oder mit einer Art Ultrafunkgerät oder Projektor. Woher soll ich das wissen? Aber es gibt viele tausend Möglichkeiten — laß uns erst mal am Ziel sein, dann beraten wir, was wir als erstes versuchen wollen.«

Kapitel 14

Seaton ging zu den Kontrollen und schaltete auf höchste Beschleunigung. »Wir sollten uns erst einmal in Bewegung setzen«, sagte er zu Crane, der seit fast einer Stunde am Visischirm 6 saß und spektroskopische, interferometrische und spektrofotometrische Messungen an einem halben Dutzend Sternnebel durchführte. »Welches Ziel du auch aussuchst — wir müssen auf jeden Fall erst einmal tüchtig beschleunigen, ehe wir wieder abbremsen können.«

»Wäre es nicht besser, wenn wir uns erst einmal eine Vorstellung von unserem jetzigen Flugkurs verschaffen?« sagte Crane trocken und warf seinem Freund einen fragenden Blick zu. »Du weißt natürlich weitaus mehr als ich über die Hypothese der linearen Abweichung von unvereinbaren und nicht meßbaren Raumsphären — vielleicht kennst du unseren wahren Kurs bereits.«

»Autsch! Ich bin zutiefst getroffen!« Seaton griff sich mit der Hand an die Brust, dann ging er zu den Kontrollen und schaltete den Raumantrieb herunter, bis nur noch die kaum nennenswerte Beschleunigung bestand, die den Passagieren der *Skylark* die Illusion der gewohnten Erdschwerkraft vermittelte.

»Das ist doch Unsinn!« sagte Dorothy lachend. »Was ist denn los? Du brauchst doch nur ...«

Seaton unterbrach sie mit verlegener Miene. »Frau, du hast ja keine Ahnung! Ich bin ein Trottel — und Martin hat mich eben taktvoll darauf hingewiesen!«

»Schau dir doch die Energieschiene an, Dick!« wandte Dorothy ein. »Alles steht auf Null — also müssen wir noch immer geradeaus fliegen, und du brauchst das Schiff nur um 180 Grad zu wenden, um in die Nähe unserer Galaxis zurückzukehren. Warum seid ihr beiden brillanten Denker nicht darauf ge ... Oder habe ich etwas übersehen?«

»Eigentlich nicht. Aber du weißt ja nicht allzuviel über die berühmte lineare Abweichung. Ich kann leider keine Ahnungslosigkeit vorschützen — ich habe wieder mal voreilig gehandelt. Die Sache ist die: Selbst wenn die Gyropskope ihre Einstellung trotz des Sprungs in die vierte Dimension bewahrt hätten — was wir noch nicht genau wissen —, wäre dieser Kurs bedeutungslos, soweit es unseren Rückflug angeht.

Wir haben einen ziemlich wilden Satz durch den Hyperraum gemacht und wissen absolut nicht, ob wir nach oben, nach unten oder zur Seite gehüpft sind. Nein, Martin hat mal wieder recht — wir können nichts unternehmen, ehe er anhand der Spektrallinienverschiebung feststellt, in welcher Richtung wir uns tatsächlich bewegen. Wie kommst du voran, Martin?«

»Um wirklich genaue Daten zu bekommen, muß ich Fotos machen — doch ich habe schon mal sechs vorläufige Messungen auf Koordinatenkreuzen vorgenommen, die denkbar genau sind — und daraus kannst du einen ersten annähernden Kurs errechnen, der uns weiterhilft, bis wir genauere Daten bekommen. Hier sind meine Notizen über die Spektra.«

»Also gut, während du deine Aufnahmen machst, lasse ich die Zahlen durch den Rechner laufen. So wie die Verschiebungen aussehen, würde ich sagen, daß ich den Kurs bis auf fünf Grad genau festlegen kann — was für die nächsten Tage provisorisch genügen müßte.«

Seaton hatte seine Berechnungen bald beendet. Er las von den großen Stunden- und Deklinationskreisen des Gyropskopkäfigs den genauen Kurs ab, auf den die Energieschiene eingestellt war, und wandte sich grinsend an Crane, der gerade den Verschluß für seine erste Dauerbelichtung geöffnet hatte.

»Ziemlich weit vom Kurs ab, Martin«, räumte er ein.

»Etwa neunzig Grad Minus-Deklination und etwa plus sieben Stunden Rektaszension — also können wir unsere alten Daten vergessen und wieder von vorn anfangen. Das macht aber gar nichts, da wir sowieso nicht wissen, wo wir stecken.

Unser Kurs führt uns etwa zehn Grad rechts von dem Nebel da drüben vorbei — und das ist ziemlich weit von der Richtung entfernt, die ich mir als unser Ziel vorgestellt habe. Ich gehe auf Vollbeschleunigung und lege Kurs auf zehn Grad weiter links. Du solltest die Galaxis jetzt mal anpeilen. Wenn wir zwei Messungen vornehmen, die etwa hundert Stunden auseinander liegen, läßt sich berechnen, wann wir die Beschleunigung umkehren müssen. Und während du dich damit beschäftigst, will ich mal sehen, was ich wegen eines Projektors vierter Ordnung unternehmen kann. Der wird uns zwar viel Schweiß und Arbeit kosten, aber wir brauchen das Ding, sobald wir die Galaxis erreichen. Was meinst du dazu?«

»Mit beidem bin ich einverstanden«, sagte Crane ruhig, und die Männer begannen mit ihrer Arbeit.

Crane machte Aufnahmen und studierte jeden der sechs wichtigsten Spiralnebel mit seinen empfindlichen Instrumenten. Nachdem er Kurs und Geschwindigkeit der *Skylark II* bestimmt hatte und ihre Beschleunigung kannte, vermochte er schließlich die Energieschiene mit einer automatischen Aussteuerung zu versehen, die den Kurs des Schiffs auf den linsenförmigen Spiralnebel zu in der Nähe ihrer Flugrichtung hielt.

Nachdem das geschehen war, setzte er seine Beobachtungen in regelmäßigen Abständen fort — wobei er seine früheren Berechnungsfehler laufend korrigierte und Beschleunigung und Kurs des Schiffs immer wieder änderte, damit die angesteuerte Galaxis in der denkbar kürzesten Zeit und mit annehmbarer Schlußgeschwindigkeit erreicht wurde.

Währenddessen mühte sich Seaton mit dem Projektor. Es war natürlich unmöglich gewesen, jenes riesige Gerät an Bord der *Skylark II* zu bringen, das aus dem größeren Schiff fast ein intelligentes Wesen gemacht hatte; aber er hatte doch Zeit gehabt, gewisse Energie-Transformatoren und Selektoren und eine Reihe anderer wichtiger Geräte zu installieren. Allerdings hatte er den Kern der Anlage fünfter Ordnung zurücklassen müssen — die kostbare Neutroniumlinse, deren Fehlen ihm jetzt große Sorgen machte.

»Was ist los, Dick? Du siehst aus, als hättest du deinen besten Freund verloren«, bemerkte Dorothy eines Tages, als er wieder einmal wie ein Blinder durch den Kontrollraum wanderte.

»Nicht ganz — aber seit ich den Projektor vierter Ordnung fertig habe, versuche ich etwas zu finden, das die Funktion der Linse aus der *Skylark III* übernimmt — damit ich in die fünfte Ordnung vorstoßen kann. Aber anscheinend kann man das Ding nicht ersetzen.«

»Wenn du nicht ohne die Linse auskommst — warum hast du sie nicht auch mitgenommen?«

»Unmöglich.«

»Warum?«

»Womit hätten wir das Ding halten sollen? In mancher Beziehung ist sie schlimmer als Atomenergie. Sie ist so heiß und steht dermaßen unter Druck, daß die ganzen Vereinigten Staaten dranglauben müßten, wenn man das Ding in Omaha zur Explosion brächte. Man brauchte einen etwa zehn Meter dicken Inosonpanzer oder eine komplette Kraftstrahlhalterung, um dem Druck zu begegnen. Und so etwas hatten wir nicht zur Verfügung, und wir hatten auch nicht die Zeit, so ein Ding zu bauen. Außerdem hätten wir die Linse nie durch den Hyperraum hindurchbekommen.«

»Soll das heißen …«

»Nein. Ich will damit nur sagen, daß wir einfach wieder mit der vierten Ordnung beginnen und uns wieder nach oben arbeiten müssen. Ich habe ein paar große

Faidons mitgebracht, so daß wir nur einen Planeten finden müssen, der schwer und solide genug ist, um einen ausgewachsenen Projektor vierter Ordnung zu tragen, und der nicht weiter als zwanzig Lichtjahre von einem weißen Zwergstern entfernt ist.«

»Oh, und das ist alles? Das schafft ihr beiden doch mühelos!«

»Ist es nicht großartig, wie blindlings manche Frauen ihren Männern vertrauen?« wandte sich Seaton an Crane, der sich mit Hilfe des sechsten Visischirms und des Projektors vierter Ordnung mit der gewaltigen fremden Galaxis beschäftigte, deren Außenbezirke schon ziemlich nahe waren. »Aber vielleicht hast du recht, vielleicht schaffen wir es tatsächlich. Natürlich sind wir noch nicht nahe genug, um einzelne Planeten herauszupicken, aber wie entwickelt sich die Lage im allgemeinen, Martin?«

»Ermutigend! Diese Galaxis ist von derselben Größenordnung wie die unsere ...«

»Ermutigend?« unterbrach ihn Seaton. »Wenn ein hartgesottener Pessimist wie du so ein Wort gebraucht, müßten wir ja praktisch schon einen geeigneten Planeten gefunden haben!«

»Und wir haben hier dieselben Ausprägungen des stellaren Spektrums«, fuhr Crane unbeirrt fort. »Ich habe schon sechs weiße Zwergsterne gefunden und etwa vierzig gelbe Sonnen des G-Typs.«

»Großartig! Was habe ich euch gesagt?« rief Seaton.

»Erklär uns das bitte noch einmal in Englisch, damit sich Peggy und ich auch darüber freuen können!« sagte Dorothy. »Was ist ein G-Typ?«

»Ein Stern wie unsere Heimatsonne«, erklärte Seaton. »Da wir nach einem Planeten suchen, der unserer Erde möglichst ähnlich sein soll, ist es sehr erfreulich, hier so viele Sonnen zu finden, die der unseren ähneln. Und was die weißen Zwerge angeht, so brauche ich ein Exemplar dieser Gattung in ausreichender Nähe zu unserem Planeten, weil ich einen Projektor sechster Ordnung bauen muß, um mich mit Rovol in Verbindung zu setzen. Und als Vorstufe dazu benötige ich einen Projektor fünfter Ordnung, für dessen Bau Neutronium erforderlich ist — und um das zu bekommen, muß ich in der Nähe einer weißen Zwergsonne sein. Kapiert?«

»O ja. Alles klar — einigermaßen wenigstens.« Dorothy verzog das Gesicht. »Jedenfalls bin ich froh, daß wir mal wieder Sterne auf den Bildschirmen haben!«

Obwohl sie sich bereits am Rand der fremden Galaxis befanden, dauerte es noch viele Tage, bis sie die intergalaktische Geschwindigkeit des Schiffs auf einen Wert reduziert hatten, der eine gezielte Steuerung möglich machte, und es sollte noch mehr Zeit vergehen, bis Crane die Entdeckung einer Sonne meldete, die nicht nur eine Planetenfamilie besaß, sondern auch innerhalb der angegebenen Entfernung von einem weißen Zwergstern lag.

Einem irdischen Astronomen, dessen stärkste optische Instrumente schon den nächstgelegenen Stern nur als dimensionalen Lichtpunkt offenbaren, wäre eine solche Beobachtung unmöglich gewesen, doch Crane arbeitete nicht mit irdischen Instrumenten. Sein Projektor vierter Ordnung war weitaus stärker als jedes normale Teleskop.

Von der Energie einer sich auflösenden Uranschiene angetrieben, vermochte dieses Gerät auf zwanzig Lichtjahre Entfernung eine Projektion so ruhig zu halten, daß man damit ein Schweißgerät ganz sicher bedienen konnte, als spiele sich der Vorgang auf einer Werkbank im Labor ab — und bei Vorgängen, die keine präzisen Kontrollen erforderten — etwa bei der Suche nach Planetenmassen —, überbrückte der Projektor sogar viele hundert Lichtjahre.

So dauerte die Suche nach einer planetentragenden Sonne in der Nähe eines weißen Zwergsterns nicht besonders lange, und die *Skylark II* raste durch das All auf ihr Ziel zu. Als sie nahe genug heran waren, trieb Seaton die Projektionen der vier Reisenden in die Atmosphäre des nächsten Planeten.

Diese Atmosphäre war sehr dicht und grüngelb gefärbt, und eine starke Sonne warf grelles Licht auf eine seltsam tote und öde Landschaft, die aber da und dort fremdartige fahle Vegetationsformen erkennen ließ.

»Eine detaillierte Analyse ist auf diese Entfernung nicht möglich, aber was hältst du davon, Dick?« fragte Crane. »Auf unseren Reisen sind wir bisher erst einmal auf eine solche Atmosphäre gestoßen.«

»Ja, und das hat mir schon gereicht.« Seaton, der am Spektroskop saß, runzelte nachdenklich die Stirn. »Chlor, auch etwas Fluor und starke Spuren Stickstoffoxyd und so weiter — diese Welt hat eine gewisse Ähnlichkeit mit dem Planeten, auf den wir vor einiger Zeit in unserer Galaxis gestoßen sind. Irgendwie seltsam. Etwas stimmt hier nicht!«

»Dann brauchen wir uns ja nicht weiter umzusehen«, schaltete sich Dorothy ein. »Laßt uns woanders weitersuchen.«

»Ja. Einverstanden. Wir haben leider nicht die umfassende Ausrüstung der *Skylark III*, da wollen wir lieber vorsichtig sein.« Seaton ließ die Projektionen einige hundert Millionen Kilometer durch das All rasen, bis sie den nächsten Planeten erreichten. Hier war die Luft farblos und anscheinend ganz normal, wenn auch seltsam undurchsichtig, die Ozeane bestanden aus Wasser, und die Vegetation war grün. »Siehst du, Martin — irgend etwas stimmt in diesem System nicht. So etwas kann doch nicht mehrmals passieren — zuerst in unserer Heimatgalaxis und jetzt hier …«

»Nach den geltenden Theorien der Kosmologie geht man davon aus, daß alle Planeten derselben Sonne eine ähnliche Atmosphäre haben«, sagte Crane gelassen. »Da wir nun aber schon zwei Abweichungen gefunden haben, müssen wir diese Vorstellung überdenken. Es kann natürlich auch sein, daß sich Sonnen zuweilen einen fremden Planeten zulegen.«

»Hmm — das wäre natürlich eine Erklärung. Aber schauen wir uns die Welt mal näher an — es wäre schön, wenn ich meine Arbeit auf festem Boden durchführen könnte.«

Seaton ließ die Projektion langsam über die Tagseite des fremden Planeten wandern, der wie die Erde da und dort von Wolkenmassen verdeckt war. Ein Großteil der Planetenoberfläche wurde von Ozeanen eingenommen, und die wenigen Landflächen wirkten seltsam flach und wiesen keinerlei topographische Merkmale auf.

Die immateriellen Beobachtungspunkte näherten sich in direktem Anflug der größten sichtbaren Landmasse, rasten durch einen hoch aufragenden Dschungel aus farn- und bambusähnlichen Gewächsen und stoppten nur wenige Meter über dem Boden — der aber keinesfalls fest war und auch nicht dem Gewirr der irdischen Sümpfe ähnelte. Die riesigen Stämme der Vegetation erhoben sich aus einem schwarzbrodelnden Schlammeer — und durch diesen Schlamm krochen und glitten unzählige Kreaturen.

»Was für seltsame Schlammwesen!« rief Dorothy. »Der schrecklichste Sumpf, den ich je gesehen habe!«

»Kann man wohl sagen«, bemerkte Seaton fasziniert. »Aber die Wesen da unten scheinen sich ihrer Umwelt vorzüglich angepaßt zu haben. Flache Biberschwänze, kurze kräftige Beine mit Schwimmflossen, lange schmale Köpfe mit spitzen Schnauzen wie bei Schweinen, und scharfe Schneidezähne. Ich möchte wetten, die Burschen ernähren sich von Farnkräutern — deshalb gibt's hier kein Unterholz und auch keine herumschwimmenden toten Pflanzen. Seht euch die Lebewesen an, die dort an der Wurzel der großen Bambuspflanze nagen — die müßten den Stamm in einer Minute durch haben — da, schon passiert!«

Der riesige Stamm krachte um und wurde von dem Gewicht der Schlammwesen binnen weniger Sekunden unter die Oberfläche des widerlichen Sumpfs gedrückt.

»Ah, dachte ich's mir doch!« rief Crane. »Ihre Backenzähne entsprechen nicht den Schneidezähnen! Wahrscheinlich können sie Lignin und Zellulose assimilieren und brauchen keine Kohlehydrate wie wir. Das Gelände scheint mir jedenfalls für unsere Zwecke nicht geeignet zu sein.«

»Da hast du recht. Ich sehe mich mal um, ob wir nicht höhergelegenes Land finden, aber ich habe so eine Ahnung, daß uns das auch nicht besser gefällt. Die undurchsichtige Atmosphäre und die starken SO_2-Absorptionswerte scheinen mir auf einige sehr heiße und schweflige Vulkane hinzudeuten.«

Und er hatte recht. Die wenigen großen Inseln oder kleinen Kontinente waren ausnahmslos vulkanisch. Und die Vulkane waren in Aktion — nicht mit sporadischen und vergleichsweise milden Ausbrüchen, wie wir sie von unserer grünen Erde kennen, sondern die Eruptionen erfolgten ununterbrochen, als welterschütternde Urkräfte — ein unerschöpflicher Vorrat kalten Wassers, der einen Planetenkern aus glühendem Magma zu löschen versuchte. Jeder Krater spie unvorstellbare Mengen Dampf und Rauch, Staub, Lava und giftige Gase.

Jeder Vulkan widmete sich mit voller Kraft der Aufgabe, eine bewohnbare Welt zu schaffen.

»Also, ich wüßte nicht, wo wir hier unser Observatorium errichten sollten«, sagte Seaton, nachdem er die ganze Oberfläche abgesucht hatte. »Am besten sausen wir weiter.«

Und er richtete die Projektion auf den nächsten Planeten, dessen Kreisbahn der flammenden Sonne am nächsten stand. Ein Blick genügte, um zu erkennen, daß diese Welt den Erdenmenschen ebenfalls nichts nützen konnte. Es war eine kleine, öde Welt — ohne Wasser, praktisch ohne Luft und auch ohne Leben —, die kraterübersäte, ausgebrannte Ruine einer Welt, die früher vielleicht einmal fruchtbar gewesen war.

Nun sprang die Projektion am flammenden Inferno der Sonne vorbei und verharrte wieder einmal in den oberen Schichten einer Atmosphäre.

»Aha!« rief Seaton nach einem kurzen Blick auf seine Instrumente. »Zurück in vertraute Gefilde! Stickstoff, Sauerstoff, etwas CO_2, ein bißchen Wasserdampf und Spuren der altvertrauten Edelgase. Und seht ihr die Ozeane, Wolken und Berge? Volltreffer!«

Als die Projektionen zur Oberfläche hinabstießen und eine genauere Untersuchung erfolgte, wurde allerdings klar, daß hier etwas nicht stimmte. Die Berge waren von Kratern übersät und seltsam zerrissen, die meisten Täler waren kahle, verwitterte Lavaströme oder Geröllhalden, und obwohl das Klima durchaus geeignet schien, gab es offenbar kein tierisches Leben auf dieser Welt.

Überall fanden die Besucher Spuren der Vernichtung, als wäre der Planet von katastrophalen Unwettern heimgesucht worden, deren Schäden die Natur seit einigen Jahrhunderten zu tilgen versuchte.

Und nicht nur der Welt war böse mitgespielt worden. In der Nähe eines großen Binnensees erstreckten sich die Ruinen einer großen Stadt; die Bauwerke waren so sehr zerstört, daß man ihre frühere Form kaum noch erahnen konnte. Mauerwerk war zu Staub zermahlen, Metall zu Rost geworden — und Staub und Rost waren fast völlig überwachsen. Seit Jahrhunderten hatte die Natur ungestört die geordnete und sinnvolle Welt hochintelligenter Wesen langsam, aber unerbittlich ausradiert.

»Hmm«, sagte Seaton niedergeschlagen. »Hier scheint es tatsächlich einen Beinahe-Zusammenstoß zwischen zwei planetentragenden Sonnen gegeben zu haben, Martin — und der Chlorplanet ist wirklich von diesem System eingefangen worden. Diese Welt muß im Zuge der Katastrophe verwüstet worden sein — aber ihre Bewohner waren sicher so weit fortgeschritten, daß sie die Katastrophe vorausberechnen konnten! Man hat doch wohl Vorsorge getroffen, daß wenigstens einige Leute überlebt haben!«

Er schwieg und ließ seinen Beobachtungspunkt herumirren wie ein Hund, der eine Fährte sucht. »Dachte ich's mir doch!« Eine andere Ruinenstadt lag unter ihnen, eine Stadt, deren Gebäude, Fabriken und Straßen zu einer gewaltigen glasig schimmernden Schlackemasse zusammengebacken worden waren, durch die man die unzerschmolzenen Fragmente seltsam geformter Stützpfeiler erkennen konnte. »Diese Ruinen sind ganz frisch — hier sind Hitzestrahlen am Werk gewesen, Martin. Aber wer wütete da unten herum? Und warum? Ich habe so eine Ahnung — ob wir wohl zu spät kommen? Ob schon alle getötet worden sind?«

Mit grimmigem Gesicht suchte Seaton den Kontinent ab, bis er schließlich das Gesuchte fand. In der Tiefe tobte eine Schlacht.

»Aha!« rief er. »Ich verwette mein letztes Hemd, daß die Bewohner des Chlorplaneten damit beschäftigt sind, die Zivilisation dieses Planeten völlig auszulöschen — wahrscheinlich Leute, die mehr oder weniger wie wir aussehen. Was meint ihr, wollen wir uns da einmischen oder nicht?«

»Na, denen sollten wir doch ...« — »Ich meine auch, wir sollten uns darum kümmern ...« — »Nur los ...«, riefen Dorothy, Margaret und Crane.

»Ich wußte, daß ihr mitmachen würdet. Wir Humanoiden müssen zusammenhalten! Los, *Skylark II,* zeig, was du kannst!«

Während sich das Raumschiff mit voller Beschleunigung dem unglücklichen Planeten näherte, beobachtete Seaton den Kampf, um sein Eingreifen zu planen. Die zusammengeschossene Ansiedlung war eigentlich keine Stadt, sondern ein ausgedehntes System konzentrischer Befestigungsanlagen, deren äußere Vorposten längst dem unwiderstehlichen Ansturm zweier riesiger Metallgebilde zum Opfer gefallen waren, die in der Luft über der Anlage schwebten. Wo die äußeren Verteidigungsringe gewesen waren, brodelte jetzt ein See aus kochender Lava. Lava, die gewaltige Rauchsäulen aufsteigen ließ, Lava, die durch die Hitze der Angriffsstrahlen aufgelöst und durch die ständigen Detonationen hochexplosiver Granaten in flammenden Kaskaden verspritzt wurde. Lava, in die von Zeit zu Zeit ein neuer Teil der gewaltigen Festung glitt — von den gewaltigen Angriffskräften der Invasoren abgesprengt.

Die vier Erdenmenschen starrten sprachlos auf die Szene. Im gleichen Augenblick erfolgte über einer der fliegenden Festungen eine Explosion aus rotem Feuer, und das Gebilde stürzte in den tobenden See, und Schlacke und geschmolzene Lava spitzten in einer gewaltigen Woge auf.

»Hurra!« rief Dorothy. »Einer der beiden Angreifer ist erledigt!«

Aber sie hatte sich zu früh gefreut. Das gedrungene Raumschiff tauchte aus dem tobenden Inferno auf und stieg erneut in die Luft, wobei es glühende Lavaströme hinter sich herzog. Das Schiff war anscheinend unbeschädigt.

»Strahlen vierter Ordnung«, sagte Seaton, der fieberhaft an seinen Kontrollen und Instrumenten arbeitete. »Nichts aus der fünften oder sechsten Ordnung — und das ist gut für uns. Ich weiß noch nicht, was wir unternehmen können, aber uns wird schon etwas einfallen.«

»Vierte Ordnung? Bist du sicher?« fragte Crane zweifelnd. »Ein Schutzschirm vierter Ordnung wäre eine Energiezone, die undurchsichtig und schwerkraftunabhängig ist — aber die Schirme da unten sind durchsichtig und werden von der Gravitation nicht beeinflußt.«

»Ha, aber die Burschen machen etwas, das wir nie versucht haben, weil wir Strahlen vierter Ordnung nicht zum Kämpfen einsetzen. Beide Seiten haben die Schwerkraftfrequenzen in ihren Energiezonen offen gelassen — der Bereich ist für einen Angriff wahrscheinlich ohnehin zu schmal, zumindest für schwere Brocken — und das verschafft uns einen Vorteil.«

»Warum? Weißt du denn mehr darüber als diese Leute?« wollte Dorothy wissen.

»Was sind das für Wesen?« fragte Margaret.

»Natürlich weiß ich mehr als sie. Ich kenne mich doch in der fünften und sechsten Ordnung aus — und man kann eine Strahlenebene erst richtig ausnutzen, wenn man die nächsthöhere kennt. Wie in der Mathematik — jeder kommt mit der Trigonometrie besser zurecht, wenn er auch die Differentialrechnung gemeistert hat. Und was die Verteidiger angeht, so sind das bestimmt Einheimische, die uns mehr oder weniger ähnlich sein dürften. Und ich wette, daß in den Schiffen Bewohner des Chlorplaneten stecken — es liegt an uns, die Burschen zu vertreiben. Ich wäre bereit. Wir wollen zunächst mal das Schiff besuchen.«

Die sichtbare Projektion verschwand, und als unsichtbare Energieschemen standen sie plötzlich im Kontrollraum eines der Invasionsschiffe.

Die Luft hatte den schwachen grüngelben Schimmer von Chlor; an den Wänden erstreckten sich Reihen von Kontrollinstrumenten — und vor diesen Kontrollen standen, lagen oder hingen Bewohner des Chlorplaneten. Keines dieser Wesen sah dem anderen ähnlich. Wenn einer der Burschen Augen benutzte, war er am ganzen Körper mit Augen bedeckt, setzte er Hände ein, besaß er Dutzende von Händen mit verschiedenartigen Fingern, die von einem, zwei oder einem Dutzend schlangengleicher Arme ausgingen.

Doch die Erdenmenschen vermochten sich nur wenige Sekunden lang umzusehen. Kaum hatten sich die unsichtbaren Besucher etabliert, als der Visistrahl abrupt unterbrochen wurde. Die seltsamen Wesen hatten

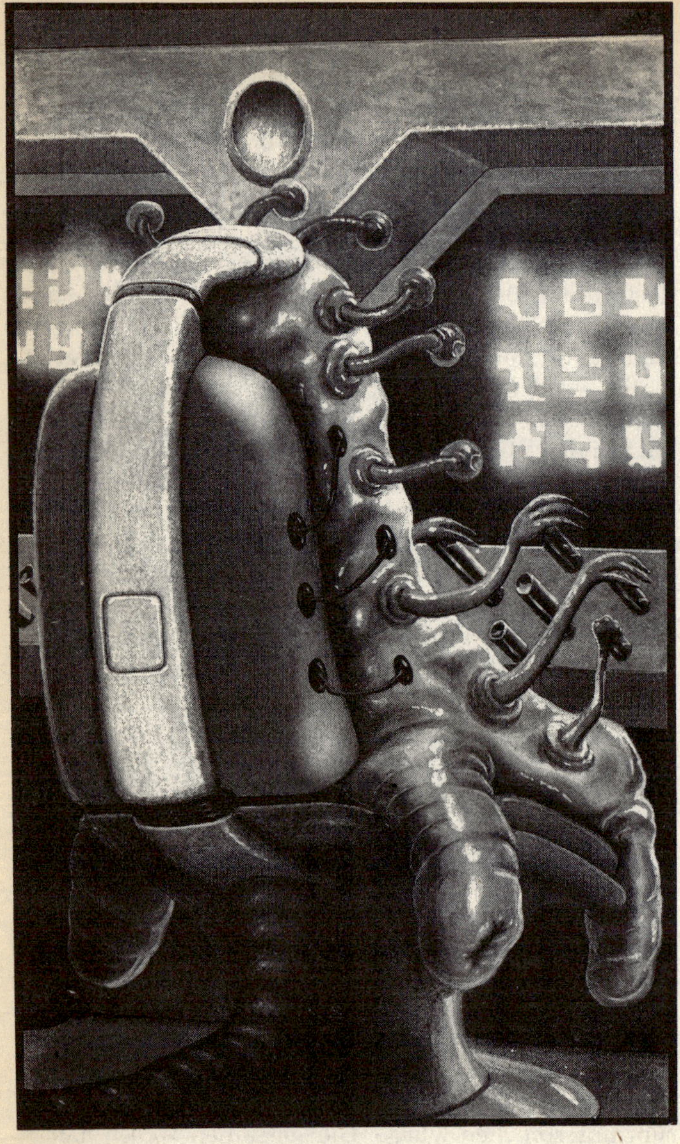

ihre Energiezone auf volle Frequenz geschaltet, und das Schiff, das jetzt von dem undurchsichtigen kugelförmigen Spiegel einer Energiezone umgeben war, wurde emporgerissen und trieb davon — es unterlag nicht mehr der Schwerkraft und vermochte seine Waffen nicht mehr einzusetzen, war aber seinerseits unangreifbar für alle materiellen Geschosse oder Ätherwellen.

»Aha! Die Burschen wollen sich nicht anschauen lassen«, sagte Seaton. »Amöbische Lebensformen! Überaus praktisch, wenn man sich nach Belieben Augen, Arme und Ohren wachsen lassen kann — und wenn man sich ausruhen will, zieht man all die Gliedmaßen ein und läßt sich zu einem empfindungslosen grünen Klumpen auseinanderfließen. Na ja, wir haben die Angreifer besichtigt, wollen mal schauen, wie die Eingeborenen aussehen. Die können unseren Projektionsstrahl nicht unterbrechen, ohne ihre ganze Stadt ins All zu jagen.«

Und damit hatte er recht. Die Projektionen drangen ungehindert in das Allerheiligste der Festung ein und zeigten einen langen schmalen Konferenztisch, an dem Männer saßen — Männer, die nicht hundertprozentig wie Menschen von der Erde, Norlamin oder Osnome aussahen, bei denen es sich aber zweifellos um Humanoiden handelte, um Angehörige des Genus *Homo.*

»Du hattest recht, Dick«, sagte Crane. »Man kann wohl davon ausgehen, daß sich auf Planeten, die der Erde in Masse, Atmosphäre und Temperatur ähneln, unabhängig von ihrem Standort menschenähnliches Leben entwickelt. Die Gene müssen universal im All vorhanden sein.«

»Kann sein, aber hast du das rote Alarmsignal gesehen? Die Burschen haben Detektoren auf die Schwerkraftfrequenz geschaltet — schau dir ihre Gesichter an!«

Die Männer am Tisch hatten ihre Arbeit unterbrochen und saßen niedergeschlagen da. Resignation und

Hoffnungslosigkeit zeichnete sich auf ihren hohen Stirnen ab, stand in ihren großen, freundlichen Augen. Die faltigen Gesichter zeugten von äußerster Erschöpfung.

»Ah, ich weiß Bescheid!« rief Seaton. »Sie glauben sich von den Chlorwesen beobachtet — was ja wahrscheinlich auch stimmt. Aber sie könnten es den Burschen doch mit gleicher Münze heimzahlen oder wenigstens die Beobachtung stören. Ich könnte ihnen dabei helfen. Ich wünschte, sie hätten ein Lerngerät, aber ich habe keins gesehen ...« Er schwieg und runzelte nachdenklich die Stirn. »Ich werde mich den Burschen zeigen. Laßt mich mal einen Moment in Ruhe, ich muß mich voll darauf konzentrieren.«

Als sich Seatons Projektion verdichtete, fuhren die Fremden zuerst zurück. Sie nahmen an, ihre Feinde hätten nun doch einen Weg gefunden, eine Materialisation durch das schmale Band der Schwerkraftfrequenzen zu schicken.

Als sie wahrnahmen, daß Seaton ein Mensch war, sprangen sie auf und umringten ihn. Doch ihr Geschrei blieb den Erdenmenschen unverständlich.

Eine Zeitlang versuchte sich Seaton durch Zeichen verständlich zu machen — doch seine Botschaft war viel zu kompliziert für dieses einfache Medium. Eine Verständigung war unmöglich, und die Zeit war zu kurz für das umständliche Erlernen einer Sprache. Im nächsten Augenblick schoß sichtbare Energie aus Seatons Augen und richtete sich auf die Augen der Gestalt am Kopfende des Tisches.

»Sehen Sie mich an!« befahl er. Seine Fäuste ballten sich, und Schweißtropfen erschienen auf seiner Stirn, als er sich mit voller Geisteskraft auf den forschenden Hypnosestrahl konzentrierte.

Der Eingeborene widersetzte sich mit aller Kraft, doch nicht umsonst verfügte Seaton über einen großen Teil des phänomenalen Wissens Drasniks, des Führers der norlaminischen Psychologie. Widerstand war zwecklos. Nach wenigen Sekunden saß das Opfer entspannt und passiv da, sein Geist war Seatons Gedanken unterworfen, und wie in Trance wandte er sich an seine Genossen.

»Diese Erscheinung ist das Energiebild einer Menschengruppe aus einem fernen Sonnensystem«, sagte er in seiner Sprache. »Sie sind uns freundlich gesonnen und wollen uns helfen. Ihr Raumschiff nähert sich unserem Planeten mit Höchstgeschwindigkeit, doch der Anflug wird noch einige Tage dauern. Aber die Fremden können uns schon vor ihrer Ankunft helfen. Deshalb ordnet er an, daß wir in diesem Raum eine komplette Sammlung von Energiefeldprojektoren, Kontrollgeräten und Energiekonvertern zusammentragen — kurz, die Ausrüstung eines Strahlungslaboratoriums ... Nein, das würde zu lange dauern. Er schlägt vor, daß wir ihn zu einem solchen Labor führen.«

Kapitel 15

Wie Seaton schon vermutet hatte, war die Beinahe-Kollision zweier Sonnen, die den Planeten ins Unglück gestürzt hatte, nicht überraschend gekommen — die Bewohner waren gewarnt gewesen, deren Zivilisation schon vor vielen Jahrhunderten einen hohen Standard erreicht hatte. Schon Jahre vor dem großen Ereignis erkannten die Astronomen, daß die Katastrophe unvermeidlich war, und berechneten jede einzelne Phase voraus.

Trotz ihres umfassenden Wissens und ihrer Macht vermochten die Valeroner erbärmlich wenig auszurichten — denn wie gering sind doch die Kräfte des Menschen im Vergleich zu den fast unendlichen Energien kosmischer Ereignisse! Jeder Versuch der Bewohner, die unvorstellbaren Massen der aufeinander zurasenden Sonnen vom Kurs abzubringen, wäre ebenso zum Scheitern verurteilt gewesen, wie das Bemühen einer Ameise, eine herandonnernde Lokomotive aufzuhalten.

Aber was getan werden konnte, wurde in Angriff genommen — mit Logik und wissenschaftlicher Präzision, wenn auch nicht völlig ohne Angst. Man ermittelte die Gebiete, die am wenigsten belastet werden würden, und hier errichtete man Schutzbunker — so tief, daß sie die kommenden Erdbeben überstehen konnten, Schutzbunker aus unzerbrechlichem, besonders abgestütztem Metall, das den unvermeidlichen Bodenerschütterungen standzuhalten vermochte.

Nachdem man die Anzahl der Bunker bestimmt hatte, die man in der zur Verfügung stehenden Zeit bauen und ausrüsten konnte, begann das Auswahlkomitee mit seiner kaltblütigen, gnadenlosen Arbeit. Kaum ein Valeroner von tausend sollte eine Überlebenschance erhalten — und der Kreis derjenigen, die in Frage kamen, wurde auf Kinder beschränkt, die zur Zeit der Katastrophe an der Schwelle zum Erwachsensein stehen würden.

Diese Kinder waren der Stolz des Planeten — makellos an Geist, Körper und Herkunft. Sie wurden in der Nähe der vorgesehenen Schutzbunker in Sonderschulen zusammengefaßt, wo man sie ausführlich in allem unterrichtete, was sie wissen mußten, damit die Zivilisation nicht völlig aus dem Universum verschwand.

Die Aktion ließ sich natürlich nicht lange geheimhalten, und an dieser Stelle soll nur andeutungsweise auf die Szenen eingegangen werden, die sich abspielten, als das unausweisliche Ende der Welt in der Öffentlichkeit bekannt wurde. Die Menschheit erlebte Höhepunkte selbstloser Opferbereitschaft wie auch alle Tiefen der Feigheit und Verkommenheit.

Starke Charaktere wurden weiter gefestigt, doch wer bereits schwach war, ließ sich noch mehr gehen. Fast über Nacht drehte eine friedliche und gesetzestreue Zivilisation durch und wurde zu einem Hort des Verbrechens. Man verhängte sofort den Ausnahmezustand, und nachdem man ein paar tausend wildgewordene Bürger rücksichtslos niedergeschossen hatte, durften die vernünftigeren Einwohner zwischen zwei Möglichkeiten wählen. Sie konnten sofort vor einem Exekutionskommando sterben oder warten und darauf hoffen, daß sie die Katastrophe vielleicht doch wie durch ein Wunder überstehen würden.

Viele wählten den Tod und wurden ohne Formalitäten erschossen. Die übrigen halfen mit, den Rettungsplan für die nächste Generation in die Tat umzusetzen. Einige arbeiteten zielstrebig und begeistert mit, die meisten resigniert und hoffnungslos. Viele arbeiteten einfach stoisch vor sich hin und dachten nur an die Gegenwart, manche schmiedeten Pläne und hofften, sich heimlich in einen Bunker schleichen zu können.

Da man den menschlichen Geist nicht ewig im Spannungszustand halten kann, wurde der neue Zustand bald fast als normal angesehen, und als sich die Monate zu Jahren dehnten, arbeitete man bereits mit einer gewissen Routine dem grausamen Ende entgegen. Natürlich gab es da und dort noch einzelne, die die Nerven verloren und erschossen wurden. Und dann die Rücksichtslosen, die Egoisten, die Gauner, die kein Mittel scheuten, um ihre Rettung zu erreichen. Sie fraßen sich wie Würmer durch das Fleisch einer äußerlich gesunden Frucht. Aber die Wissenschaftler waren fast hundertprozentig loyal. Ihr Beruf war das Denken, und sie dachten klar und logisch und umgaben sich mit Soldaten und Wächtern, die ähnlich eingestellt waren. Alte Männer und Schwächlinge konnten keinen Platz finden in der Welt nach der Katastrophe, und der Raum reichte nur für die genau bestimmte Anzahl; deshalb konnten nur die ausgesuchten Kinder gerettet werden. Und was Bestechungen, Drohungen oder Erpressungen anging — was nützen einem zum Tode Verurteilten Macht und Reichtum? Welche Drohung kann ihn noch einschüchtern? Und mit der Zeit wurden die meisten Gauner aufgespürt und hingerichtet.

Die Zeit verging. Die Bunker wurden fertiggestellt. Man rüstete sie mit Vorräten, Bibliotheken, Werkzeugen und Geräten aus, die nötig waren, um eine zivilisierte Welt neu zu schaffen. Schließlich wurden die ›Kinder‹, die nun fast Erwachsene waren, in die Bunker gebracht. Sobald sich die massigen Türen hinter ihnen schlossen, gehörten sie einer anderen Welt an.

Man enthielt ihnen keine Information vor; ihre Bildung war perfekt; sie wußten genau, was ihnen bevorstand, sie wußten, was zu tun war, und wie sie es anpacken mußten.

Ihre Bunker waren von der Außenwelt abgeschnitten, und die Eingänge wurden durch gewaltige Explosionen mit vielen tausend Tonnen Felsgestein verschlossen.

Von Tag zu Tag stieg die Hitze. Gewaltige Stürme tobten, begleitet von endlosem Blitzen und ohrenbetäubendem Donnergrollen. Immer heftiger wurden die seismischen Störungen, als Valerons Kern im Griff der fürchterlichen kosmischen Kräfte zu erbeben begann.

Die Arbeit war beendet; die Apokalypse begann. Die Volksmassen hatten keine Kontrolle mehr über ihr Schicksal. Die Loyalen wurden von ihren aufgestachelten Mitmenschen erschlagen, die Hoffnungslosen ergaben sich dem Wahnsinn, die Stoiker drehten durch bei der Erkenntnis, daß es keine Zukunft mehr gab, die wenigen verbleibenden Gauner nutzten die unorganisierte Wut des Mobs für gezielte Angriffe auf die Bunker — dort lag ihre einzige Überlebenschance.

Doch vor jedem Bunker stießen die Horden auf unnachgiebige Mauern aus Wächtern, die bis zum Letzten loyal bleiben wollten. Zu diesen Wächtern hatten sich Wissenschaftler gesellt, deren Arbeit getan war und die nun auf das Ende warteten. Wächter und Wissenschaftler kämpften mit Gewehren, Strahlkanonen, Schwertern und schließlich auch mit Knüppeln, Steinen, Fäusten und Zähnen. Sie waren dem Mob zahlenmäßig unterlegen und starben, und die kreischende Menge trampelte über ihre Leichen hinweg. Doch der Angriff führte zu nichts. Die Schutzbunker sollten einer wildgewordenen Natur widerstehen — sinnlos waren die Versuche der aufgebrachten Menge, sich in die geschützte Tiefe vorzuarbeiten.

So starb die Gruppe der Loyalen, die ihre Zivilisation gerettet hatten; doch mit diesem Tod wurde jedem einzelnen ein Gefallen getan — sie waren schnell und gewaltsam gestorben, im Kampf um eine gute Sache. Sie starben nicht wie der von Entsetzen geplagte Mob ... voller Schmerzen ... allmählich — doch es soll der Schleier des Vergessens vor die Schrecknisse dieser kosmischen Vernichtung einer Welt gezogen werden.

Die Sonnen folgten ihren vorgeschriebenen Bahnen und passierten einander. Die kosmischen Kräfte ließen in ihrer Wirkung nach, und auf dem durchgeschüttelten Planeten herrschte endlich wieder Frieden. Die überlebenden Kinder Valerons verließen ihre unterirdischen Bunker und machten sich sofort an die Aufgabe, ihre Welt wiederaufzubauen. Und sie gingen die Probleme des Aufbaus mit so glücklicher Hand an, daß nach wenigen Jahren auf Valeron eine Zivilisation und Kultur blühte, wie sie im Universum nicht ihresgleichen hatte.

Denn die neue Rasse war aus einem Unglück hervorgegangen. Sie war frei von physischen oder geistigen Schwächen und Fehlern — das Treibholz war durch das Feuer der kosmischen Katastrophe verbrannt worden. Sie war der alten Rasse in physischer, geistiger, moralischer und intellektueller Hinsicht weit überlegen.

Unmittelbar nach dem Verlassen hatte man festgestellt, daß die beiden äußeren Planeten des Systems verschwunden waren und daß an ihrer Stelle ein neuer Planet die Sonne umkreiste. Dieses Phänomen wurde gleich richtig gedeutet — hier hatte ein Austausch von Planeten stattgefunden; etwas, das zunächst nur die Astronomen interessierte.

Damals dachten höchstens Romantiker an die Möglichkeit von Leben auf anderen Welten, da man es für eine mathematisch beweisbare Tatsache hielt, daß die Valeroner die einzige Lebensform im Universum waren. Und selbst wenn andere Planeten Leben trugen — na und? Das Weltall, das Valeron von seinem Nachbarplaneten trennte, bildete eine unüberwindliche Barriere für die Kommunikation — und erst recht für einen Besuch. Während die Generationen einander folgten, ahnte niemand etwas von dem intelligenten Leben, das auf dem neuen Planeten lauerte. Niemand wußte, wie sehr Valeron noch darunter zu leiden haben sollte.

Als die interplanetarischen Invasoren auf Valeron entdeckt wurden, gehörten Quedrin Vornel und sein

Sohn Quedrin Radnor — beides führende Physiker des Planeten — zu den ersten, die davon erfuhren.

Quedrin Vornel hatte sich seit Jahren mit der fundamentalen Erforschung der kleinsten Materiestrukturen beschäftigt. Er war mit allen Aspekten der Materie, der Energie und des Äthers vertraut und hatte auch die Phänomene studiert, die für atomare, elektronische und fotonische Umstrukturierungen typisch oder damit verbunden waren.

Sein Sohn war ebenfalls ein fähiger Wissenschaftler, besaß aber nicht den umfassenden analytischen Geist, der den älteren Quedrin zum hervorragendsten wissenschaftlichen Genie seiner Zeit gemacht hatte. Doch er war ein Synchronisator *par excellence*, besaß er doch das einzigartig ausgebildete Talent, aus rein wissenschaftlichen und akademischen Konzepten und Entdeckungen nützliche Dinge und Produktionsvorgänge zu machen.

Die Vibrationen, die wir als Hertzwellen kennen, waren auf Valeron seit langem bekannt und wurden als Radiowellen, im Fernsehen, zur drahtlosen Energieübermittlung und als empfängerlose Visistrahlen und ihre Sperrschirme verwendet. Als der ältere Quedrin das Atom spaltete und dabei nicht nur neue gewaltige Energien freisetzte und studierte, sondern eine ganze Reihe von Vibrationen und Partikeln, die der valeronischen Wissenschaft bis dahin noch nicht bekannt gewesen waren, begann sich der jüngere Quedrin damit zu beschäftigen, die neuen Verfahren zum Wohle der Menschheit weiterzuentwickeln.

Nach kurzer Zeit war Atomenergie die Hauptenergiequelle auf Valeron, und mit der Zeit wurden immer kürzere Wellen eingesetzt. Quedrin Radnor kombinierte sie zu Strahlen und Sendeanlagen und fertigte daraus Werkzeuge und Instrumente, die den bisherigen technischen Geräten dieser Welt an Leistung, Präzision und Anpassungsfähigkeit weit überlegen waren.

Aufgrund der einzigartigen Fähigkeiten von Vater

und Sohn war ihr Labor durch eine besondere Leitung mit dem Büro des Bardyle von Valeron verbunden. In freier Übersetzung bedeutet *Bardyle* etwa ›Koordinator‹. Er war kein König, Herrscher oder Präsident — und auch kein Diktator, obwohl seine Macht absolut war.

Diese Äußerung ist eigentlich paradox, trifft aber in diesem Fall zu — denn die Befehle des Bardyle, die man eher Bitten oder Vorschläge nennen mußte, lenkten die Tätigkeit von Männern und Frauen, die keine Regierung und keine Gesetze im irdischen Sinne kannten, sondern aus freiem Antrieb zum Wohle der Menschheit arbeiteten. Der Bardyle konnte unmöglich einen Befehl geben, der dem Gemeinwohl widersprach — und niemand hätte einem solchen Befehl gehorcht.

An der Wand des Labors summte der Kommunikator des Bardyle leise vor sich hin, und Klynor Siblin, der Assistent des Wissenschaftlers, bediente sein Tischgerät. Ein jugendliches Gesicht erschien auf dem Schirm.

»Ist Radnor nicht zu sprechen, Siblin?« Der Anrufer blickte hastig in die Runde.

»Nein, Sir. Er ist draußen im Raumschiff und macht einen neuen Probeflug. Aber dabei bleibt er in einer Kreisbahn, so daß ich ihn mühelos dazuschalten kann, wenn Sie es wünschen.«

»Das wäre ratsam. Es ist etwas sehr Seltsames geschehen, worüber Radnor sofort informiert werden müßte.«

Die Verbindung wurde hergestellt, und der Bardyle fuhr fort: »Eine Energie-Hemisphäre ist über den Ruinen der Stadt Mocelyn errichtet worden. Es läßt sich unmöglich feststellen, wie lange der Schutzschirm schon besteht, da die alte Stadt in einem völlig unbevölkerten Landstrich liegt. Der Energieschirm ist jedoch von unbekannter Zusammensetzung und läßt kein Licht und auch keine Visistrahlen durch. Offensichtlich kann auch keine Materie hindurchdringen. Da dieses Phänomen in Ihr Gebiet zu fallen scheint, möchte ich vorschlagen, daß Sie sich damit beschäftigen und alle erforderlichen Schritte unternehmen.«

»Alles notiert«, sagte Klynor Siblin und unterbrach die Verbindung.

Sofort schickte er den schwersten Visistrahl des Labors aus und ließ den Blickpunkt direkt über den Überresten Mocelyns verharren, das vor der großen Katastrophe zu den größten Städten der Welt gezählt hatte.

Dann raste der Strahl auf die riesige Halbkugel aus grünschimmernder Energie zu, getrieben von der vollen Kraft der mächtigen Generatoren. Mit schierer Gewalt brach er durch die Barriere — doch nur eine Sekunde lang. Die Beobachter nahmen kurz einen grüngelben Lichtschimmer wahr, doch ehe sie Details erfassen konnten, wurde die Verbindung unterbrochen — die automatisch reagierenden Schirme hatten zusätzliche Energien abgerufen, die nun den eindringenden Suchstrahl neutralisierten.

Zur Verwunderung der drei Physiker löste sich im nächsten Augenblick ein sichtbarer Energiestrahl von der grünen Barriere und begann sich an dem unsichtbaren Visistrahl entlangzutasten. Siblin schaltete sein Gerät sofort aus und sprang zur Tür.

»Wer immer die Unbekannten sind, sie kennen sich aus!« rief er im Laufen. »Sie dürfen unser Labor nicht finden, also lenke ich sie mit einem Raketenflugzeug ab. Wenn du mir zuschaust, Vornel, bleib auf Distanz und benutze einen Spionstrahl und keine Trägerwelle. Ich setze mich von unterwegs mit Radnor in Verbindung.«

Obwohl er einen großen Bogen beschrieb, um sich der seltsamen Festung aus einer unverfänglichen Richtung zu nähern, war der Antrieb des Flugzeugs so stark, daß er sein Ziel in knapp einer Stunde erreichte. Er schaltete Radnor in die Visianlage des Flugzeugs ein, so daß der Wissenschaftler die Ereignisse aus der Ferne verfolgen konnte. Dann richtete Siblin wieder einen starken Energiestrahl auf die unnachgiebige grüne Energiekuppel.

Diesmal erfolgte die Reaktion sofort. Eine grüne Energiezunge zuckte hoch und ergriff das Flugzeug. Ein Flügel wurde sofort abgetrennt, und Siblin wurde ins Freie geschleudert, doch er stürzte nicht ab. Von einer pulsierenden Energiekugel umgeben, näherte er sich der riesigen Kuppel. Die Energiehaut der Kuppel verschmolz mit der kleinen Kugel, ohne sich damit zu verbinden. Die kleine Kugel glitt durch die Kuppelhülle, die sich nahtlos hinter ihr schloß. Siblin war in der Kugel gefangen, die Kugel war in die Kuppelstadt eingedrungen.

Kapitel 16

In den ersten Minuten wußte Siblin gar nicht, was mit ihm passierte. Eben noch saß er in seinem zuverlässigen Flugzeug und versuchte eine Ablenkung, indem er seine mächtigen Energien auf die grüne Kuppel der Invasoren richtete. Im nächsten Augenblick war sein Raketenflugzeug vernichtet, und er wurde Hals über Kopf von den herumwirbelnden Wrackteilen fortgeschleudert.

Schwach erinnerte er sich, daß er gegen etwas Hartes prallte, und bekam vage mit, daß er an der Innenseite einer grünschimmernden Kuppel klebte, die etwa fünf Meter Durchmesser hatte. Sie fühlte sich kühl und hart an wie Stahl und war doch völlig durchsichtig, mit einem Stich ins Grüne. Er registrierte geistesabwesend, daß die große Kuppel mit großer Geschwindigkeit auf ihn zuraste.

Doch er erholte sich schnell wieder von seinem Schock und stellte fest, daß der seltsame Ball, der ihn umschloß, eine Energiekugel von völlig fremdartiger Beschaffenheit war. Voller Interesse verfolgte er, wie die Energiewand der großen Kuppel vor der kleinen Kugel aufging und sich wieder hinter ihr schloß.

Er sah sich verblüfft in der Kuppel um. In der Mitte der riesigen Halbkugel lag ein ovales Gebilde, bei dem es sich um das Raumschiff der Invasoren handeln mußte. Es war von zahlreichen Maschinen und technischen Geräten umgeben, deren Zweck eindeutig war: Bohrer, Kräne, Bohrköpfe, Förderanlagen, Flaschenzüge und andere Bergwerksgeräte. Von der Kuppelwand ging ein kräftiges gelbgrünes Licht aus, das die natürliche Farbe des Chlorgases gespenstisch verfälschte — Gas, das innerhalb der Kuppel der Invasoren die natürliche Atmosphäre des Planeten ersetzte.

Als sich seine Kugel der seltsamen Szene näherte, sah Siblin allerlei Bewegung unter sich, vermochte sich aber keinen Reim darauf zu machen — so wenig entsprachen diese Wesen und Maschinen seiner Erfahrung. Die Fremden waren amorph. Einige strömten als formlose wabblige Materie über den Boden, andere rollten wie Räder oder Fässer, diese krochen schlangenähnlich dahin, jene ähnelten lebendigen Pfannkuchen, die sich elegant auf etwa einem Dutzend kurzer Tentakelbeine über den Boden bewegten. Nur wenige waren annähernd menschenähnlich und gingen aufrecht.

An der hochaufragenden Flanke des riesigen fremden Schiffs stand ein großer Glaskäfig, der etwa zweieinhalb Meter im Quadrat maß. Als seine Energiekugel dieses Gebilde umschloß und die Tür sich einladend öffnete, wußte Siblin, was von ihm erwartet wurde.

Und er hatte keine andere Wahl — die ihn umgebende kalte Energie verschwand, und er hatte gerade noch Zeit, in den Käfig zu springen und die Tür zuzuknallen, ehe die Giftgase der Kuppelatmosphäre in den Raum eindrangen, den die kleine Kugel bis dahin beansprucht hatte. Der Käfig war mit einem leistungsfähigen Sauerstoffgenerator und Luftreiniger ausgestattet, außerdem mit valeronischen Lebensmitteln und Wasser — und er sah einen Stuhl, einen Tisch und eine schmale Pritsche und sogar Toilettenartikel und Ersatzkleidung.

Hoch über ihm öffnete sich eine große Luke. Der Käfig wurde angehoben und bewegte sich — scheinbar frei schwebend — durch die Türöffnung und durch verschiedene Korridore und Säle und kam schließlich in einem der inneren Räume des Raumschiffs zum Stillstand. Siblin sah unzählige Maschinen, Kontrolltafeln und verschiedengestaltige Kreaturen, die hier Dienst zu tun schienen; aber er hatte kaum Zeit, sich umzusehen, da seine Aufmerksamkeit sofort auf die Mitte des Raums gelenkt wurde, wo in einer massiv abgestützten Metallschale auf einem Metalltisch ein Wesen lag —

und zum erstenmal sah ein Valeroner einen Fremden aus nächster Nähe.

Das Wesen hatte keinen festen Körper und war auch nicht flüssig oder gallertartig, obwohl es gewisse Eigenschaften dieser drei Aggregatszustände in sich zu vereinen schien. Es war teilweise milchig getrübt, in anderen Teilen grünlich-transparent und stellenweise auch matt-undurchsichtig; es bot einen schrecklichen Anblick. In jedem körperlichen Detail war es für das menschliche Empfinden widerlich.

Doch es konnte kein Zweifel bestehen, daß das Wesen intelligent war. Abgesehen davon, daß seine bösen geistigen Ausstrahlungen deutlich fühlbar waren, bot sich auch das Gehirn dem Blick dar — ein riesiges, verwickeltes Organ, das in einem schützenden Medium aus festem Knorpel zu ruhen schien. Die Gehirnhaut wirkte dünn und zerbrechlich, doch Siblin sollte noch erfahren, daß diese Hülle nicht nur zäher als Leder war, sondern auch biegsamer und dehnbarer als der beste Gummi.

Während der Valeroner in hilflosem Entsetzen auf dieses Wesen starrte, wurde die seltsame Haut an einer Stelle so dünn, daß sie fast verschwand, und ein gewaltiges Zyklopenauge bildete sich. Es war mehr als ein Auge — es war ein Organ für einen besonderen Sinn, den bisher noch kein Mensch besessen hatte — ein Sinn, der das normale Sehen mit etwas viel Tieferliegendem und Mächtigerem verbindet. Sehvermögen, Hypnose, Telepathie, Gedankenübertragung — von all diesen Dingen waren Elemente vorhanden, doch das Ganze entzieht sich der Beschreibung. Jedenfalls hatte der fast sichtbare, fast greifbare Energiestrahl, der von diesem einzelnen ›Auge‹ des Fremden ausging und der sich in das Gehirn des Valeroners bohrte, eine umfassende Wirkung. Siblin fühlte, wie ihm unter dem Ansturm die Sinne schwanden, doch er verlor das Bewußtsein nicht.

»Du bist also einer der führenden Intelligenten dieses Planeten — einer der führenden Wissenschaftler sogar!« Der Gedanke bildete sich seltsam klar in seinem Geist, und in ihm schwangen Verachtung und Geringschätzung mit. »Wir wußten schon immer, daß wir die höchstentwickelte Lebensform im Universum sind — und die Tatsache, daß du geistig so zurückgeblieben bist, bestätigt dieses Wissen. Es wäre ja auch erstaunlich, wenn eine so giftige Atmosphäre wie die eure echte Intelligenzen hervorbrächte. Es wird mir eine Freude sein, dem Rat der Großen zu berichten, daß dieser Planet nicht nur reich an den gesuchten Rohstoffen ist, sondern daß seine Bewohner auch intelligent genug sind, uns beim Abbau der Erze zu helfen, ohne uns andererseits Ärger zu machen.«

»Warum kommen Sie nicht in friedlicher Absicht?« dachte Siblin. Er war weder verängstigt noch entsetzt, sondern eher verblüfft über die selbstherrliche Einstellung des fremden Wesens. »Wir hätten in jeder denkbaren Beziehung gern mit Ihnen zusammengearbeitet. Es müßte doch selbstverständlich sein, daß alle intelligenten Rassen, wie ihr Körper und ihre geistige Entwicklung auch aussehen mag, harmonisch zusammenarbeiten.«

»Pah!« entgegnete das Amöbenwesen nachdrücklich. »So redet nur der Schwache — das sind die typischen lächerlichen Vernunftgründe einer Rasse von niederer Intelligenz, einer Rasse, die sich unterlegen weiß. Schwächling, ich will dir sagen, daß wir von Chlora ...« — so soll das unaussprechliche und unübersetzbare Gedankenbild seiner Heimatwelt genannt werden —, »keine Zusammenarbeit brauchen oder wünschen. Wir haben keine Hilfe oder Unterweisung durch unterlegene Lebensformen nötig. *Wir* geben die Anweisungen, und Rassen wie die eure gehorchen oder werden ausgelöscht. Ich habe dich an Bord genommen, weil ich in meine Heimat zurückkehren will und beschlossen hatte, einen von euch mitzunehmen, damit die anderen

Großen des Rats selbst sehen können, welche Lebensformen es auf Valeron gibt.

Wenn deine Rasse unseren Befehlen folgt und uns in keiner Weise stört, werden wir den meisten von euch gestatten, euer unnützes Leben in unseren Diensten fortzusetzen — etwa beim Abbau gewisser Erze, die bei euch reichlich vorhanden sind, während sie auf unserem Planeten fehlen.

Was dich angeht — wir werden dich vielleicht vernichten, nachdem dich die anderen Großen untersucht haben, vielleicht verwenden wir dich auch als Boten, um unsere Befehle an deine Genossen weiterzugeben. Ehe wir abfliegen, möchte ich aber noch eine Demonstration durchführen, die selbst euren schwachen Gehirnen klarmachen müßte, daß jede Opposition sinnlos ist. Paß gut auf — was draußen vorgeht, kannst du in deinem Sichtkasten verfolgen.«

Obwohl Siblin den Kapitän keine Befehle geben sah oder hörte, war alles für den Start bereit. Die Bergbautechniker waren an Bord, das Schiff war geschlossen worden, und die Navigatoren und Kontrolloffiziere warteten auf ihren Stationen. Siblin starrte auf den ›Sichtkasten‹, einen dreidimensionalen Visischirm, der die Umgebung des chloranischen Schiffes genau wiedergab.

Die untere Kante der riesigen Energiekuppel begann sich zusammenzuziehen, wobei sie glatt durch oder um die Mocelyn-Ruinen glitt und sich dabei dicht am Boden hielt oder sogar ein Stück hineindrang, so daß kein Hauch der kostbaren Chlorluft in die valeronische Atmosphäre entweichen konnte. Dann zuckte das Schiff empor, und die zusammenschrumpfende Kante wurde zu einem immer kleiner werdenden Kreis am Boden unter dem Schiff. Der Kreis verschwand, als der Rand zusammenschmolz und die Energiewand nun eine gewaltige Kugel bildete, welche die Atmosphäre der Invasoren umschloß.

Der chloranische Eindringling raste dann in großer Höhe auf die nächste valeronische Ansiedlung zu, ein kleines Dorf. Das unheimliche Schiff verhielt über der Häusergruppe und senkte seinen tödlichen Vorhang hinab.

Der gespenstische Schirm glitt in die Tiefe, wurde wieder zu einer Hemisphäre, verdrängte die lebensspendende Luft Valerons und tauchte das Dorf in die giftige Atmosphäre Chloras. Wer schon einmal Chlor eingeatmet hat, weiß, wie schrecklich dieses Gas wirkt — und die Dorfbewohner starben einen unbeschreiblich qualvollen Tod.

Wieder rollte sich die Energiewand zusammen, schrumpfte ein und näherte sich der Außenwandung des Raumschiffes, das offenbar das Chlor verflüssigte und in seine Tanks aufnahm. Endlich verschwand die Erscheinung völlig, und das fremde Schiff stand deutlich sichtbar am Himmel.

»Zerstrahlt das Dorf!« befahl der amöbische Kapitän, und seine Offiziere berührten mit zuckenden Tentakeln ihre Kontrollen.

Projektoren schwangen hinab, grüne Energiesäulen entsprangen den weißglühenden Projektorrefraktoren. Und was die grünen Energien berührten, zerschmolz in Sekundenschnelle zu zischendem, kochendem Glas. Methodisch bestrichen die Chloraner das gesamte Dorf. Alle organische Materie — Pflanzen, Körper, Humusboden — begann sofort zu brennen und wurde im Nu verzehrt — nur Asche blieb zurück und vermengte sich mit dem Metall und der Steinmasse der Gebäude zu einem tobenden See aus Lava.

»Ungeheuer!« brüllte Siblin bebend vor Entsetzen und Wut. Er konnte sich nicht mehr beherrschen. »Du Monstrum! Was nützt dir der Tod unschuldiger Menschen? Sie hatten dir nichts getan …«

»O nein — und das konnten sie auch nicht«, unterbrach ihn der Chloraner kühl. »Sie bedeuten mir nichts.

Ich habe mir die Mühe gemacht, den Ort auszulöschen, um dir und deiner Rasse eine Lektion zu erteilen, um euch klarzumachen, wie unwichtig ihr für uns seid. Ihr sollt eure Hilflosigkeit erkennen. Eure ganze Rasse ist kindisch, weichherzig und sentimental und kann deshalb keine wirklichen Fortschritte machen. Dagegen leiden wir, die Herren des Universums, nicht an dummen, sinnlosen Hemmungen oder törichten Skrupeln. Neben uns seid ihr nur Ungeziefer, und wir werden mit euch entsprechend verfahren.«

Das Auge verschwand — das Gebilde verschwamm allmählich, als die spezialisierten Teile wieder zu dem formlosen Gel wurden, aus dem der Körper des Wesens bestand. Die Amöbe ergoß sich dann aus der Schale, nahm die Form eines Zylinders an und rollte aus dem Kontrollraum.

Als der chloranische Kapitän verschwunden war, warf sich Siblin auf seine schmale Koje und bemühte sich, die Beherrschung nicht zu verlieren. Er *mußte* fliehen — dieser Gedanke zuckte ihm immer wieder durch den Kopf. Aber wie? Die Glaswände seines Gefängnisses waren der einzige Schutz vor dem Gifttod. Auf Chlora gab es keinen Winkel, in dem er auch nur eine Minute lang überleben konnte — er konnte nur in dieser Zelle bleiben, die seine Wächter mit Sauerstoff versorgten. Er hatte keine Werkzeuge — nichts, aus dem er sich einen Schutz bauen konnte —, er hatte keine Möglichkeit, einen Luftvorrat zu bilden, er wußte nicht, wohin er sich hätte wenden sollen ... er war völlig hilflos. Wenn er das Glas zerbrach, war ihm der Tod sicher ...

Endlich schlief er ein, und als er erwachte, stand das Raumschiff tief im interplanetarischen Raum. Die Chloraner kümmerten sich nicht mehr um ihn — er hatte Luft, Nahrung und Wasser, und wenn er Selbstmord begehen wollte, war ihnen das egal. Siblin, der nun ruhiger geworden war, untersuchte jeden Aspekt seiner schlimmen Lage.

Er hatte keine Fluchtmöglichkeit. Auch eine Rettung war unmöglich. Er konnte sich jedoch mit Valeron in Verbindung setzen, da sein Gürtel einen winzigen Sender mit Empfänger enthielt, der mit gebündelten Strahlen auf die Instrumente im Labor der Quedrins eingestellt war. Wenn dieser dünne Strahl allerdings geortet wurde, konnte ihm das den sofortigen Tod einbringen — aber das war ein Risiko, das er zum Wohle der Menschheit eingehen mußte. Er legte sich auf die Seite, verbarg einen kleinen Ohrhörer unter dem Kopf und bediente den winzigen Sender in seinem Gürtel. »Quedrin Radnor — Quedrin Vornel ...«, rief er minutenlang, ohne daß eine Antwort kam. Doch er mußte nicht unbedingt einen direkten Kontakt zu den Wissenschaftlern haben; seine Nachricht würde aufgezeichnet werden. Er beschrieb in allen Einzelheiten und mit wissenschaftlicher Genauigkeit, was er mitgemacht und beobachtet hatte — und übermittelte seine Schlußfolgerungen über die Chloraner, ihre Kampfstärke und ihren technischen Wissensstand.

»Wir nähern uns jetzt dem Planeten«, fuhr er nüchtern fort und beschrieb das Bild, das er in seinem Sichtkasten sah. »Chlora besteht anscheinend weitgehend aus Land. Es hat zwei Polkappen aus Eis; die größere werde ich Norden nennen. Ein dunkles Gebiet, das ich für einen Ozean halte, ist im Moment das deutlichste Merkmal. Es hat die Form eines Diamanten, und die längere Achse verläuft von Norden nach Süden und nimmt etwa ein Viertel des Planetenumfangs ein. Die kürzere Achse, etwa halb so lang, liegt fast am Äquator. Wir fliegen in großer Höhe und in östlicher Richtung über diesen Ozean dahin.

Östlich dieses Ozeans und etwa ein Fünftel-Planetenumfang davon entfernt liegt ein ziemlich großer See, der ungefähr elliptisch ist. Seine Hauptachse verläuft ungefähr von Nordosten nach Südwesten. Wir nähern uns einer großen Stadt am Südostufer dieses Sees, fast in der Mitte der Längsausdehnung. Da ich von dem sogenannten ›Rat der Großen‹ untersucht werden soll, könnte diese Stadt die Hauptstadt sein.

Was auch geschehen mag, versuchen Sie mich nicht zu retten — es wäre sinnlos. Auch kann ich wegen der tödlichen Atmosphäre nicht fliehen. Außerdem besteht die Möglichkeit, daß ich als eine Art Bote nach Valeron zurückgeschickt werde. Das ist meine einzige Hoffnung. Ich werde meine Sendungen so lange wie möglich fortsetzen, damit Sie leichter entscheiden könnten, was geschehen muß, um die Zivilisation gegen diese Ungeheuer zu verteidigen.

Wir landen jetzt in der Nähe einer großen hemisphärischen Energiekuppel ... Meine Zelle wird durch die Atmosphäre zu dieser Kuppel befördert ... Sie öffnet sich. Ich weiß nicht, ob mein Funkstrahl die Kuppel durchdringen kann, aber ich werde weitersenden ... In der Kuppel steht ein großes Gebäude, auf das ich zuschwebe ... Ich befinde mich in dem Gebäude, in einem Glasabteil, das mit unserer Luft gefüllt zu sein scheint ... Ja, das stimmt, denn die Wesen, die zu mir kommen, tragen durchsichtige Schutzanzüge. Ihre Körper sind jetzt kugelförmig und bewegen sich auf drei kurzen Beinen. Einer von ihnen bildet ein Auge, ähnlich dem Auge, das ich schon beschr ...«

Siblins Nachricht wurde mitten im Wort unterbrochen. Das Auge hatte sich zu Ende gebildet, und in seinem seltsam hypnotischen Einfluß hatte der Valeroner keinen eigenen Willen mehr. Er folgte dem telepathischen Befehl des ›Großen‹, trat in den größeren Raum und entledigte sich seiner Kleidung. Eins der Ungeheuer betrachtete kurz den Gürtel, erkannte sofort den Sinn und Zweck der Kommunikatorinstrumente und schleuderte sie verächtlich in eine Ecke — so daß weder der Gefangene noch die Chloraner etwas merkten, als der kleine Empfänger die dringende Botschaft Quedrin Radnors ausstrahlte.

Nachdem die Untersuchung beendet war, kamen die Ungeheuer sehr schnell zu einer Entscheidung.

»Bringen Sie diese abscheuliche Kreatur auf ihren Planeten zurück, sobald Ihre Ladung gelöscht ist«, befahl der Große. »Wenn Sie zum nächsten Planeten fliegen, der erforscht werden muß, kommen Sie dicht an ihrer Welt vorbei — wir sparen Zeit, wenn sie ihren Artgenossen unsere Nachricht übermittelt.«

Auf dem Rückflug nach Valeron wandte sich der Kapitän erneut an Siblin: »Ich werde dich in der Nähe einer eurer bewohnten Städte absetzen, und du wirst dich sofort mit deinem Bardyle in Verbindung setzen. Du weißt auch schon, was eure Rasse tun soll — und du hast in deinem Käfig ein Muster des Erzes, das ihr fördern sollt. Ihr habt zwanzig Tage eurer Zeitrechnung, um aus dem von uns errichteten Bergwerk genug Metall abzubauen, um dieses Schiff zu füllen — zehntausend Tonnen. Diese Ladung — reines Metall, nicht das Roherz — muß zur angegebenen Zeit in den Ladewagen sein, oder ich vernichte jede Stadt und jedes Dorf auf eurer Welt.«

»Aber das Erz ist sehr selten!« wandte Siblin ein. »Ich glaube, es ist physisch unmöglich, in so kurzer Zeit so viel davon zu gewinnen!«

»Du hast meine Befehle gehört — gehorche oder stirb!«

Kapitel 17

Ganz in der Nähe Valerons, doch so weit entfernt, daß er nicht aktiv eingreifen konnte, saß Quedrin Radnor gespannt an seinen Kontrollen und starrte auf den Visischirm. Noch ehe Klynor Siblin mit seinem Raketenflugzeug gestartet war, hatte Radnor sein Schiff beschleunigt. Während sein Schiff dann mit Höchstgeschwindigkeit nach Hause raste und er nichts anderes tun konnte, saß er an seinen Instrumenten und beobachtete.

Er verfolgte die Ereignisse als hilfloser Zuschauer. Er sah zu, wie Siblin seinen sinnlosen Angriff einleitete, er verfolgte die Vernichtung des Flugzeugs, die Gefangennahme des mutigen, aber törichten Piloten, er sah, wie sich die Chlorkuppel zusammenzog, er sah voller Qual, wie das Dorf grausam restlos vernichtet wurde und wie das fremde Schiff schließlich verschwand.

Heftig bremste Radnor sein Schiff ab, das kreischend und rotglühend durch die valeronische Atmosphäre raste. Er ließ es rücksichtslos im Dock neben seiner Werkstatt aufsetzen. Während der langen Rückreise war er nicht untätig geblieben. Er hatte nicht nur im Geiste festgelegt, was zu tun war, sondern hatte auch erste Skizzen und Arbeitszeichnungen der Veränderungen angefertigt, die in seinem Forschungsschiff vorzunehmen waren, um daraus ein Großschlachtschiff zu machen.

Ganz so schwierig, wie man auf den ersten Blick meinen könnte, war diese Aufgabe nicht. Die Energieversorgung des Schiffs war völlig ausreichend; seine Generatoren vermochten viele hundertmal mehr zu liefern, als im Augenblick abgefordert wurde, und wegen der ständigen Meteorgefahr war es bereits ausreichend mit Abstoßerschirmen und automatisch reagierenden

Energiezonen versehen. Deshalb konnte sich Radnor voll und ganz auf die erforderliche Offensivbewaffnung konzentrieren — Strahlprojektoren, Torpedorohre, Energiefelder, Kontrollen und dergleichen —, deren Konstruktion ein Kinderspiel war für ein Gehirn, das die fürchterliche Explosivkraft der Atomenergie für den täglichen Gebrauch der Menschheit gezähmt hatte.

Radnor überzeugte sich, daß der Aufseher und die Vorarbeiter seiner Werkstatt alle Zeichnungen begriffen hatten und genau wußten, was zu tun war. Zuversichtlich, daß seine neuen Projektoren und Sauerstoffbomben funktionieren würden, begab er sich dann schleunigst in das Büro des Bardyle. Hier hatte sich schon eine wichtige Gruppe eingefunden. Außer dem Koordinator waren Wissenschaftler, Techniker, Architekten und Strahlenspezialisten gekommen, wie auch Künstler, Lehrer und Philosophen. Die Gruppe war zwar nicht groß, stellte aber einen repräsentativen Querschnitt durch Valerons schöngeistige, intellektuelle und wissenschaftliche Kultur dar. Die Mitglieder des Sonderrats waren ungewöhnlich ernst, denn sie alle wußten von den Schrecken, die der Welt drohten. Sie waren gewarnt durch die grausame Willkür der Chloraner und wußten, daß die Zivilisation Valerons, die viele Jahrhunderte lang friedvoll und ohne einen Gedanken an Kampf existiert hatte, weil eine Auseinandersetzung unmöglich schien, plötzlich auf dem Spiel stand.

»Willkommen, Quedrin Radnor«, begann der Bardyle. »Ihr Verteidigungsplan für Valeron ist mit wenigen geringfügigen Änderungen angenommen worden. Es wurde jedoch beschlossen, daß Ihre vorgesehene Strafexpedition nach Chlora nicht in Frage kommt. Wie die Dinge im Augenblick stehen, kann dabei nur eine Rachetat herauskommen, und das kann uns nicht viel nützen.«

»Wie Sie wünschen, o Bardyle. Es ist ...« Radnor, der das System der Zusammenarbeit seit seiner Kindheit kannte, nahm die Gruppenentscheidung als selbstverständlich hin. Doch in diesem Augenblick kam ein Notruf von seinem Laboratorium. Ein Assistent, der in das vorübergehend verlassene Gebäude zurückgekehrt war, hatte Klynor Siblins Nachricht vorgefunden und erkannt, daß man sich sofort darum kümmern mußte.

»Bitte, überspielen Sie uns das Band«, sagte Radnor. Als die Worte durchgegeben worden waren, wandte er sich an die anderen Ratsmitglieder.

»Ratsherren. Ich glaube, diese Nachricht Klynor Siblins wird dazu führen, Ihre Entscheidung gegen meinen Flug nach Chlora rückgängig zu machen. Mit Hilfe dieser grundlegenden Tatsachen vermag ich die Offensiv- und Defensivsysteme des Feindes eingehend zu studieren und bin dann in der Lage, unsere eigene Bewaffnung erheblich zu stärken. Außerdem hat Siblin vor einer Stunde noch gelebt — vielleicht haben wir aber trotz seines Pessimismus eine Chance, ihn zu retten.«

Der Bardyle sah sich im Kreis der angespannten Gesichter um und brauchte die Frage gar nicht erst zu stellen.

»Sie haben Ihren Standpunkt klargemacht, Ratsherr Quedrin, und zum Zweck der Informationsbeschaffung wird Ihrem Flug zugestimmt«, sagte er langsam. »Vorausgesetzt — und die Einschränkung ist sehr wichtig —, Sie können uns überzeugen, daß Ihre Rückkehrchancen wirklich gut sind. Klynor Siblin hatte natürlich keine Ahnung, daß man ihn gefangennehmen würde. Aber die Chloraner entführten ihn, und er lebt wahrscheinlich nicht mehr. Sie müssen mir versprechen, daß Sie Ihr Leben nicht bei einem Rettungsversuch für Ihren Freund aufs Spiel setzen, wenn Sie nicht guten Grund haben, an einen Erfolg eines solchen Unternehmens zu glauben. Wir bestehen auf diesen Zusicherungen, da Ihre wissenschaftlichen Fähigkeiten bei dem bevorstehenden Kampf für Valeron von unschätzbarem

Wert sein werden — deshalb muß Ihr Leben um jeden Preis erhalten werden.«

»Ich bin davon überzeugt, daß ich ungeschoren zurückkehre«, erwiderte Radnor fest. »Siblins Flugzeug, das nur für den atmosphärischen Flug mit niedrigen Geschwindigkeiten verwendet wurde, hatte keinerlei Verteidigungseinrichtungen und war daher kein Gegner für die Chloraner. Mein Schiff jedoch ist für das freie All gebaut, wo es jederzeit auf Meteoriten treffen kann, die sich mit unvorstellbarer Geschwindigkeit bewegen. Es ist entsprechend geschützt. Wir verfügen bereits über vier Bahnen leistungsfähiger Abstoßer, deren innere Schicht automatisch eine Energiezone um das Schiff legt, wenn sie durchstoßen wird.

Wie Sie wissen, bewirkt diese Zone einen Stillstand im Äther und ist deshalb nicht nur völlig undurchdringlich für jede Art von Materie, sondern wehrt auch alle Vibrationen oder Wellenformen ab, die sich durch den Äther fortpflanzen. Zusätzlich installiere ich jetzt Schirme, die in der Lage sind, jede mir bekannte Offensivenergie zu neutralisieren, sowie gewisse Waffen, deren Pläne Ihnen bereits vorliegen, damit sie bei der allgemeinen Verteidigung des Planeten eingesetzt werden können.«

»Ich stimme auch Ihrer zweiten Bedingung zu.«

»Dann ist Ihre Expedition genehmigt«, sagte der Bardyle, und Radnor kehrte in seine Werkstatt zurück.

Hier zapfte er als erstes Siblins Strahl an, doch sein Ruf blieb ohne Antwort. Siblins Funkgerät lag unbeachtet in einer Ecke des luftgefüllten Glaskäfigs auf dem fernen Chlora, wo die leise Stimme aus dem winzigen Lautsprecher ungehört verhallte. Radnor schaltete ein Relais auf seinen Empfänger, so daß er sofort alarmiert wurde, wenn sich Siblin meldete, und schloß sich dann den Arbeitern an, die sein Schiff umrüsteten.

Nach kurzer Zeit waren die Umbauten abgeschlossen, und Quedrin war bis an die Zähne mit Vibrations-, Gas- und Materiewaffen gerüstet. Er riß sein Kriegsschiff in die Luft, fest entschlossen, dem Feind eine Lektion zu erteilen.

Vorsichtig näherte er sich dem feindlichen Planeten, wußte er doch, daß die Städte des Gegners abgeschirmt sein würden. Außerdem fürchtete er Ortungsschirme, deren Zusammensetzung ihm unbekannt war. Er stoppte das Schiff weit außerhalb der giftigen Atmosphäre und musterte eine Zeitlang die Welt, die sich unter ihm ausbreitete.

Für seine Erkundung verwendete er ein ganz normales altmodisches Teleskop und verzichtete auf die unendlich leistungsstärkeren Visistrahlen, deren Energien von den Chloranern möglicherweise aufgespürt werden konnten. Er fand mühelos den diamantförmigen Ozean und den elliptischen See und steuerte sein Schiff vorsichtig weiter. Dann schaltete er jede verräterische Energie ab und ließ sein Fahrzeug auf den Planeten zustürzen — er gab sich ganz dem Einfluß der Schwerkraft hin.

Unmittelbar über der Stadt aktivierte Radnor seine Bremsraketen, und als sie dröhnend zu arbeiten begannen, zuckten seine Hände über die Kontrollen. Fast gleichzeitig klinkte er seine Bombenlast aus, errichtete eine gewaltige Energiekugel, die das von den Bomben freizusetzende Gas einschließen sollte, aktivierte seine Spionstrahlen und schaltete die Generatoren seiner Angriffsstrahlen ein.

Bei den Bomben handelte es sich um gewaltige Metallbehälter, die beim Aufprall zerplatzten; sie enthielten komprimierten Sauerstoff, der unter gewaltigem Druck stand. Fünftausend valeronische Atmosphären enthielten diese Behälter — Werte, die auf der Erde nur in Spezial-Hochdrucklabors erreicht werden konnten. Die gefährlichen Kanister verteilten sich in weitem Bogen über der ganzen Stadt, stürzten zu Boden und explodierten mit der Vernichtungskraft hochexplosiver Granaten.

Doch ihre Sprengkraft war nicht einmal das Schlimmste. Zwanzig Millionen Kubikmeter freier Sauerstoff, der von Radnors Energiekuppel nach unten getrieben und am Entweichen in die chloranische Atmosphäre gehindert wurde, bewirkten überall in der chloranischen Stadt eine tödliche Konzentration — mit Ausnahme einer Energiekuppel. Fast überall in der Stadt starben die Eingeborenen, so wie auch die Menschen des valeronischen Dorfes gestorben waren — denn Sauerstoff war für die Amöbenwesen ebenso giftig, wie es Chlor für menschliche Lungen ist.

Noch ehe die Bomben den Boden erreichten, war Radnors Spionstrahl bereits auf die Energiekuppel gerichtet, aus der Klynor Siblins Funkspruch zuletzt gekommen war. Doch er vermochte die Energiewand nicht zu durchdringen; die Chloraner hatten entweder Siblins Strahl entdeckt und die gesamte Kommunikationsfrequenz blockiert, oder sie hatten ihr Hauptquartier bereits mit zusätzlichen Schutzbarrieren umgeben, obwohl Radnor sehr schnell vorgegangen war.

Er schaltete den nutzlosen Visistrahl aus, bündelte seinen Vernichtungsstrahl zu kleinstmöglichem Durchmesser und richtete ihn auf die Kuppel; aber selbst dieser fürchterliche Todesstrahl, der mit der vollen Kraft von Radnors Maschinen getrieben wurde, vermochte gegen die grünschimmernde Energiehalbkugel nichts auszurichten. Am Angriffspunkt entstanden grelle Funkenkaskaden, doch es gab keine Anzeichen für eine Abschwächung oder Überladung.

Radnor erkannte, daß er Siblin nicht retten konnte und selbst nur noch wenige Minuten Zeit hatte, und analysierte in aller Eile mit einem Fotometer die Strahlungen, die am Zielpunkt seines Strahls abgegeben wurden. Dann stellte er seine Vernichtungsenergie auf den höchsten Radius ein und bestrich damit in großen

Spiralen das Umfeld der Kuppel, wo sämtliche Gebäude sofort zu glasiger, qualmender Schlacke zerkochten. An die Ungeheuer unter der Schutzkuppel kam er nicht heran, doch alle anderen, die der Sauerstoffvergiftung entgangen waren, starben.

Unter der Kuppel lauerte eine gewaltige Festung. Es stimmte, daß die Angriffswaffen dieser Anlage seit dem letzten Sklavenaufstand vor vielen Jahren nicht mehr im Einsatz gewesen waren, auch war der chloranische Wachhabende von dem valeronischen Gegenangriff völlig überrascht worden. Doch es dauerte nicht lange, bis die Chloraner ihre Angriffswaffen aktiviert hatten — und diese Waffen wurden von weitaus größeren Maschinen gespeist, als Radnor sie an Bord hatte. Die chloranischen Generatoren waren stationär und gehörten zur regulären Einrichtung einer Festung, und sie erbrachten eine weitaus bessere Ausnutzung der Atomenergie, als sie den valeronischen Wissenschaftlern bekannt war.

Deshalb konnte sich Radnor nicht lange ungestört austoben, wie er schon beinahe erwartet hatte. Langsam reckte sich von der Kuppel ein gewaltiger Energiearm empor, bei dessen Berührung sein äußerer Schirm im Nu verschwand. Die Schutzhülle blitzte durch das sichtbare Spektrum und brach in Sekundenbruchteilen zusammen. Dieser erste Schirm war zwar der schwächste, hatte aber bisher unter Radnors größter Testbelastung nicht einmal geglüht. Jetzt saß der Valeroner angespannt beobachtend an seinen Instrumenten und verfolgte mit angehaltenem Atem, wie der titanische Energiestrahl auch seinen zweiten Schirm durchbrach und heftig an der dritten Barriere zerrte.

Es war ein Glück für Valeron, daß Radnor sein Schiff nicht nur gegen die Kräfte gerüstet hatte, mit denen er nach seinen bisherigen Erfahrungen rechnen konnte, sondern in echt wissenschaftlichem Geist auch gegen Eventualitäten, die außerhalb des Möglichen lagen. So nahm die Abwehrkraft der weiteren Schirme in geometrischer Progression zu, und der vierte und innere Schirm war mit der zusätzlichen Sicherung ausgerüstet, daß er im Falle der Überladung automatisch die undurchdringliche Energiezone aktivierte.

Diese Vorsicht sollte jetzt nicht nur Radnor, sondern die ganze valeronische Zivilisation retten. Denn selbst der vierte Schirm, der von der unvorstellbaren Maximalleistung der zusammengeschalteten Raumschiff-Konverter gespeist wurde, vermochte den fürchterlichen Angriff nicht aufzuhalten. Er stoppte die Energien einige Minuten lang, und rings um das Schiff flackerte ein unbeschreiblich grelles Feuerwerk auf, doch als die Chloraner zusätzliche Generatoren dazuschalteten, strahlte der Schirm immer mehr ins Ultraviolette und war schließlich nicht mehr zu halten.

Der Schutz brach zusammen, und im letzten Augenblick wurde eine Energiezone aktiviert — ein völliger Stillstand im Äther, eine für Materie und Energie unüberwindliche Barriere. Oder war die Zone doch zu schlagen? Radnor biß die Zähne zusammen und wartete. Ob es einen Subäther gab oder nicht — etwas, das in und zwischen den Partikeln existierte, aus dem der Äther bestand —, war in akademischen Kreisen noch lebhaft umstritten.

Aber selbst wenn man von der Existenz eines solchen Mediums ausging und auch davon, daß es Vibrationen von solch kurzer Frequenz gab, daß man sie darin verbreiten konnte — wäre es theoretisch möglich, auf diese Wellen Impulse normaler Frequenzen zu legen? Und waren die amorphen Ungeheuer so weit fortgeschritten, daß sie bereits etwas praktisch nutzen konnten, das auf Valeron erst als sehr vage Hypothese behandelt wurde?

Doch es verging eine Minute nach der anderen, und der Valeroner blieb an Bord seines intakten Schiffs ungeschoren, das sich jetzt mit der Geschwindigkeit seines Trägheitsmoments von Chlora entfernte, und er begann erleichtert zu lächeln. Was immer sich im Subäther befinden mochte — die Chloraner kannten sich damit offenbar nicht besser aus als er.

Eine halbe Stunde lang ließ Radnor sein Schiff in der unüberwindlichen Zone dahintreiben. Dann überzeugte er sich, daß seine Schirme wieder mit voller Kraft arbeiteten, und schaltete den Schutz aus. Sofort flammten seine Schirme unter den Angriffsstrahlen zweier Raumschiffe auf, die ihm gefolgt waren. Diesmal jedoch wurden die chloranischen Strahlen bereits vom dritten Schirm gebremst. Entweder hatte der Gegner keine Zeit gehabt, seine Angriffsenergie genau zu berechnen, oder man hatte eine solche Berechnung für überflüssig gehalten.

Es sollte die Chloraner teuer zu stehen kommen, daß sie Radnors Kampfkraft unterschätzt hatten. Radnors Offensivenergie, die sich wieder zu einem zustoßenden Energiestilett verdichtete, zuckte auf das nächststehende Schiff zu, dessen Generatoren mit denen der chloranischen Festungsanlagen nicht zu vergleichen waren. Der tosende Speer jagte durch Schirme und Metall, als bestünde der Gegner aus Papier, und in Sekundenschnelle hatte sich das gewaltige Raumschiff in eine dahintreibende Gaswolke verwandelt, die sich schnell verflüchtigte. Dann richtete sich der Energiestrahl auf den anderen Feind — doch zu spät; der amöbische Kapitän hatte die richtigen Schlußfolgerungen gezogen und bereits seine Energiezone eingeschaltet.

Radnor hatte genug Informationen erlangt, die für die Verteidigung Valerons wichtig waren, und machte sich nun auf den Heimweg. Er saß mit angespanntem Gesicht an den Kontrollen und widmete sich angestrengt der Frage, wie sich Valeron in dem unvermeidlichen Vernichtungskrieg gegen die monströsen Bewohner des Fremdplaneten am vorteilhaftesten schützen konnte.

Kapitel 18

Wie schon erwähnt, blieb Radnors Antwort auf Siblins Nachricht ungehört, denn er trug das Funkgerät nicht mehr bei sich. Der Gürtel mit dem Empfänger lag in der Ecke des Raums, als der Valeroner mitsamt dem Käfig wieder in das Raumschiff geschafft wurde, aus dem man ihn geholt hatte.

Während des ersten Teils dieser Reise war Radnor ebenfalls unterwegs — er reiste von Valeron nach Chlora. Die beiden Raumschiffe begegneten sich jedoch nicht, obwohl sie jeweils auf den Planeten zuhielten, den der andere verlassen hatte, und obwohl jeder Pilot dem für ihn günstigsten Kurs folgte. Aufgrund ihrer Flugbahnen und Beschleunigungen waren sie im Augenblick der größten Annäherung doch noch so weit voneinander entfernt, daß nicht einmal die ultraempfindlichen elektromagnetischen Ortungsschirme ansprachen.

Der chloranische Kommandant kümmerte sich erst wieder um seinen Gefangenen, als sie die Atmosphäre Valerons erreicht hatten.

»Wie ich dir gesagt habe, werde ich dich in der Nähe einer eurer Städte absetzen«, wandte sich das Amöbenwesen an Siblin. »Setz dich sofort mit deinem Bardyle in Verbindung und übermittle ihm unsere Anweisungen. Du hast das Muster und weißt, was du tun mußt. Es gibt keine Entschuldigung, wenn das Erz nicht geliefert wird. Wenn du aber Schwierigkeiten voraussiehst, die anderen Wilden zu überzeugen, daß wir es ernst meinen, kann ich noch schnell ein paar weitere Orte vernichten.«

»Das ist nicht nötig — die Valeroner werden glauben, was ich ihnen sage«, gab Siblin auf gedanklichem Wege zurück. »Ich möchte allerdings wiederholen, daß Ihre

Forderung absolut töricht ist. Das geforderte Erz ist auch bei uns sehr selten, und in der Zeit, die Sie uns gegeben haben, können wir die gewünschte Menge unmöglich fördern. Von Ihrem Standpunkt aus müßte es logischer sein, uns genügend Zeit zu lassen, als uns einfach zu töten, nur weil wir etwas nicht geschafft haben, das von Anfang an unmöglich war. Sie sollten nicht vergessen, daß eine tote Menschheit in Ihren Bergwerken nicht arbeiten kann.«

»Wir wissen genau, wie reichlich das Erz vorhanden ist, und wir kennen auch eure Intelligenz und Fähigkeiten«, erwiderte der Kapitän kühl — und irrte sich. »Mit den Maschinen, die wir im Bergwerk zurückgelassen haben, könnt ihr es schaffen — wenn ihr jede verfügbare Arbeitskraft einsetzt. Ich erforsche jetzt den nächsten Planeten, doch ich bin morgen in zwanzig Tagen bei Sonnenaufgang am Bergwerk. Zehntausend Tonnen des Metalls müssen dann zum Verladen bereit liegen, sonst wird eure Rasse an diesem Tag zu existieren aufhören. Es ist uns gleichgültig, ob ihr lebt oder sterbt, da wir schon genügend Sklaven haben. Wir erlauben euch weiterzuleben, wenn ihr unsere Befehle getreulich befolgt — sonst ist es um euch geschehen.«

Das Raumfahrzeug landete weich. Siblin wurde mitsamt seinem Käfig durch Korridore und Türöffnungen befördert und in aller Ruhe in der Mitte eines öffentlichen Platzes abgesetzt. Als das chloranische Schiff davonraste, öffnete er die Tür seines Glasgefängnisses und drängte sich durch die neugierige Menschenmenge zur nächsten Visiphonstation, wo die bloße Erwähnung seines Namens ihm eine sofortige Verbindung zum Bardyle verschaffte.

»Wir freuen uns wirklich, Sie wiederzusehen, Klynor Siblin.« Der Koordinator lächelte zur Begrüßung. »Um so mehr, als Quedrin Radnor, der auf dem Rückweg von Chlora ist, uns soeben berichtet hat, daß sein Rettungsversuch fehlgeschlagen ist. Er wurde auf Chlora von derart starken Waffen abgewehrt, daß er sich nur mit Hilfe einer Energiezone freikämpfen konnte. Aber Sie haben zweifellos wichtige Nachrichten — bitte sprechen Sie.«

Siblin berichtete in knappen, klaren Worten und ließ keine Einzelheit aus.

Als er fertig war, sagte der Bardyle: »Wahrlich eine irregeleitete Evolution — eine gewalttätige und unvernünftige Rasse!« Er überlegte einige Sekunden lang und fuhr fort: »Der Sonderrat tagt bereits seit einiger Zeit. Ich fordere Sie auf, zu uns zu kommen. Quedrin Radnor müßte etwa gleichzeitig eintreffen. Sie beide müssen dabei sein, um uns Detailinformationen zu geben. Ich werde den Transportoffizier in Ihrer Gegend anweisen, Sie so schnell wie möglich herzuschaffen.«

Mit automatischen Wagen und einem Sonderflugzeug war Siblin in die Hauptstadt gebracht worden — doch so schnell seine Reise auch gewesen war, Quedrin Radnor saß bereits am Beratungstisch, als er in den Raum geführt wurde. Die Ratsherren hatten den Visiphonbericht eingehend studiert, und kaum hatte der Neuankömmling ihre vielen Fragen beantwortet, als der Rat seine zielstrebige, aber gründliche Untersuchung der Möglichkeiten fortsetzte.

»Wir sind uns also über folgendes einig, meine Herren«, verkündete der Bardyle schließlich. »Die neueste Entwicklung, die uns die Wahl zwischen dem Tod und grausamster Sklaverei läßt, verändert die bisherige Situation nur insoweit, als wir nun ein Schlußdatum für unser Verteidigungsprogramm haben. Die geforderte Erzmenge ließe sich wahrscheinlich abbauen, wenn wir uns mit voller Kraft darauf konzentrieren, doch diese Forderung ist vermutlich nur die erste von vielen weiteren, die wir erfüllen müßten. Unser Leben würde schnell unerträglich werden.

Wir stimmen darin überein, daß der Tod unserer Rasse einer Existenz vorzuziehen ist, die nur durch endlose Sklavenarbeit für eine gefühllose fremde Rasse verdient werden kann; eine Existenz, die trotz aller Mühen jederzeit von den Launen der Chloraner abhängt.

Deshalb wird die Arbeit fortgesetzt, die wir begonnen haben, als die Fremden ihre wahre Natur offenbarten. Die meisten von Ihnen wissen bereits, worum es sich dabei handelt, doch für diejenigen, die noch nicht informiert sind, möchte ich unsere Position noch einmal kurz, aber umfassend darstellen.

Wir gedenken diese Stadt, die unsere größte ist, mit allen Kräften zu verteidigen. Zu diesem Zweck werden wir alle benötigten Vorräte und Gerätschaften und so viele Menschen zusammenziehen, wie gefahrlos hier zusammenarbeiten können. Der Rest der Bevölkerung muß seine Wohnungen verlassen und sich in weit verstreute Verstecke zurückziehen, bis die Gefahr vorüber ist. Diese Evakuierung ist vielleicht gar nicht nötig, da der Gegner seinen Angriff auf unsere Festung konzentrieren wird, denn er weiß, daß wir Herren von Valeron sind, solange er die Stadt nicht niedergekämpft hat.

Wir haben uns aber trotzdem dafür entschieden — nicht nur wegen der Vermutung, daß der Gegner unsere ungeschützten Bevölkerungszentren willkürlich oder aus Zorn zerstören wird, sondern auch aus der Überlegung heraus, daß eine solche Verstreuung unserer Bevölkerung der Rasse die größten Überlebenschancen bietet, falls unsere Festung hier doch vernichtet wird, was gar nicht so unwahrscheinlich sein dürfte.

Eine gewaltige Energiekuppel soll die eigentliche Stadt schützen; um diese Kuppel werden konzentrische Ringe von Verteidigungseinrichtungen errichtet, die die denkbar kampfstärksten Verteidigungs- und Angriffswaffen unserer Welt enthalten.

Obwohl wir stets ein friedliches Volk gewesen und im Kampf unerfahren sind, ist unsere Lage nicht völlig hoffnungslos. Der entscheidende Faktor der Kriegsführung ist Energie — und daran mangelt es uns nicht. Gewiß, ohne Kenntnisse, wie diese Energie einzusetzen ist, wären wir schon verloren — doch wir besitzen solche Kenntnisse. Viele unserer friedlichen Werkzeuge lassen sich mühelos zu Vernichtungsmaschinen umbauen. Quedrin Radnor hat nicht nur die einzigartige Fähigkeit, alte Dinge für neue Zwecke umzuformen, sondern er hat auch die vom Feind verwendeten Energien eingehend studiert und weiß, auf welcher Basis Erzeugung, Nutzung und Neutralisation ablaufen.

Schließlich sind die Bergbaumaschinen der Chloraner auseinandergenommen und studiert worden, und alle verwendbaren Neuheiten sind in verschiedene Maschinen übernommen worden. Zwanzig Tage — das reicht kaum aus, um ein Programm dieses Umfangs durchzuführen, doch mehr Zeit haben wir nicht. Sie möchten eine Frage stellen, Ratsherr Quedrin?«

»Bitte. Haben wir denn nicht mehr als zwanzig Tage Zeit? Das Schiff, das die Ladung aufnehmen soll, wird dann zurückkehren, gewiß, aber mit ihm werden wir mühelos fertig. Die normalen Raumschiffe der Chloraner kommen gegen die unseren nicht an. Diese Tatsache habe ich während unseres ersten Zusammenstoßes im All so schlüssig bewiesen, daß man mich nicht einmal verfolgt hat. Zweifellos bauen die Chloraner jetzt Schiffe, die ungleich stärker sind, aber ich meine, daß wir nichts zu befürchten haben, bis diese Schiffe hier eintreffen.«

»Ich glaube, Sie unterschätzen die Intelligenz unserer Gegner«, erwiderte der Koordinator. »Aller Wahrscheinlichkeit nach weiß man genau, was wir hier tun, und wären die chloranischen Schiffe den unseren überlegen, gäbe es uns in diesem Augenblick schon nicht mehr. Es ist praktisch gewiß, daß die Chloraner uns angreifen werden, sobald sie ein ausreichend kampfstarkes Schiff gebaut haben. Vielleicht werden sie damit schon fertig, ehe wir unsere Vorbereitungen abgeschlossen haben, aber das ist ein Risiko, das wir eingehen müssen.

In diesem Zusammenhang geben uns zwei Tatsachen Grund zum Optimismus. Erstens ist die Lage für die Chloraner schwieriger als für uns, da sie beweglich sein und in großer Entfernung von ihrer Basis operieren müssen. Zweitens haben wir lange vor ihnen mit der Arbeit begonnen. Dieser zweiten Tatsache ist allerdings nur wenig Gewicht beizumessen, denn es ist mit Sicherheit anzunehmen, daß sie bessere Waffenbauer sind als wir, denn sie gehören einer militanten Rasse an.

Das Forschungsschiff ist unwichtig. Vielleicht kommt es gar nicht zurück; wir wissen auch nicht, ob es sich dem Angriff anschließen wird, der jetzt unvermeidlich geworden ist. Nur ein Punkt ist sicher — wir müssen und werden dieses Programm abschließen, ehe das Schiff am Bergwerk erwartet wird. Alles andere muß diesem Ziel untergeordnet werden; wir müssen unsere geistigen, physischen und technischen Kräfte hundertprozentig darauf konzentrieren. Jeder von Ihnen kennt seine Aufgabe. Die Sitzung ist beendet.«

Nun setzte eine fieberhafte planetenweite Tätigkeit ein, wie es sie in der Geschichte Valerons noch nicht gegeben hatte. In den Jahren vor der großen Katastrophe hatte ziemlich viel Verwirrung geherrscht — Fehlplanungen, verschwendete Energien, Chaos waren an der Tagesordnung gewesen, und nur eine Handvoll Männer, die sich konzentrieren konnten, hatten schließlich den Erfolg errungen. Jetzt aber sah sich Valeron einer weitaus schlimmeren Krise gegenüber, denn man hatte nicht Jahre, sondern nur Tage für die Vorbereitung Zeit. Doch jetzt verfügte die Welt nicht über eine kleine Gruppe von Denkern, der es seinerzeit unmöglich gewesen war, die Masse der verwirrten und verängstigten Unwissenden zu lenken, sondern hatte eine Bevölkerung, die praktisch nur aus vernünftigen

Denkern bestand — Männer und Frauen, die kaum angeleitet und überhaupt nicht beaufsichtigt zu werden brauchten und die willens waren, am gemeinsamen Ziel mitzuarbeiten.

Zwar herrschte bald rings um die Stadt ein lebhaftes Treiben, doch es gab keine Verwirrung, keine Unordnung. Wo immer es für einen Menschen Platz zum Arbeiten gab, wurde gearbeitet, und die Arbeiter wurden mit Materialien und Maschinen gut versorgt. Es gab keine Fehlplanungen, keine Verzögerungen, keine Reibereien. Jeder kannte seine Aufgabe und seinen Platz im Rahmen des großen Plans und machte sich zielstrebig ans Werk.

So gut erfüllten die Valeroner ihre Aufgabe, daß bei Morgengrauen des Tages X alles für den chloranischen Besuch bereit war. Die gewaltige Festung war vollendet und in jedem Teil getestet worden, von den aufgereihten Batterien der riesigen Konverter und Generatoren bis zu den fernsten Visistrahl-Vorposten. Die Festung war mit Energie versehen, bewaffnet, ausgerüstet, verproviantiert, bemannt. Alle übrigen Städte des Planeten waren leer; die Bewohner hatten sich auf dem Globus verstreut und lebten in isolierten Gruppen, bis sich entschieden hatte, ob die stolze Zivilisation Valerons triumphieren oder untergehen würde.

Pünktlich bei Sonnenaufgang erschien das chloranische Forschungsschiff über dem verlassenen Bergwerk, und als es die Ladewagen leer fand, flog es prompt zur nächsten Stadt und begann sie zu zerstrahlen. Als die Chloraner den Ort verlassen fanden, schalteten sie ihre Strahler ab und schickten einen mächtigen Spionstrahl aus, mit dem sie die gewaltige Festung fanden, die in der Zwischenzeit errichtet worden war; eine Festung, die das Schiff sofort heftig und unüberlegt angriff — mit dem Hochmut der Mächtigen, wie er für die Chloraner typisch zu sein schien.

Aber war diese Arroganz der eigentliche Grund für

den selbstmörderischen Angriff? Hatte der Kommandant des Schiffs vom Rat der Großen vielleicht den Befehl erhalten, sich und sein Schiff zu opfern, damit man die valeronische Verteidigungskraft ermessen konnte? Wenn das zutraf, warum besuchte er dann noch das Bergwerk, warum hatte er dann die Festung nicht sofort gefunden? Täuschung? Im Hinblick auf die Kenntnisse, die die Großen von Chlor besitzen mußten, blieb das Verhalten des Raumschiffkommandanten rätselhaft.

Das Forschungsschiff schickte einen Strahl aus — und dabei blieb es. Denn im nächsten Augenblick drückte Quedrin Radnor auf einen Knopf und ließ einen dermaßen heftigen Strahl emporzucken, daß das Amöbenwesen keine Zeit mehr hatte, seine Kontrollen zu bedienen, daß sogar die automatischen Auslöser für die Energiezone — falls das Schiff so etwas besaß — nicht mehr reagieren konnten. Die Verteidigungsschirme blitzten kaum auf, so schnell stieß der fürchterliche Energiestrahl hindurch, und das Schiff selbst verschwand fast augenblicklich — zerschmolzen, verdampft, vernichtet. Doch in Valerons gewaltiger Festungskuppel herrschte keine Freude. Die Verteidiger des Planeten wußten, daß der eigentliche Angriff noch bevorstand, sie wußten, daß es nun sehr schnell gehen würde.

Und damit behielten sie recht. Die Gebilde, die kurz darauf die gewaltige Festung angriffen, hatten keine Ähnlichkeit mit Raumschiffen, wie sie der Menschheit vertraut waren. Zwei gewaltige Metallschiffe erschienen am Himmel, fliegende Festungen von solcher Größe und Masse, daß die Valeroner sich fragten, wie die Objekte überhaupt fliegen konnten.

Gleichzeitig setzten die beiden fliegenden Festungen ihre stärksten Angriffsstrahlen gegen den mächtigen Verteidigungsschirm ein. Valerons riesige Generatoren kreischten auf, und der Schutzschirm erstrahlte in hellem Violett, doch er hielt. Nicht umsonst hatten die klügsten Köpfe Valerons alle geistigen und körperlichen Kräfte auf diese Aufgabe konzentriert.

Im nächsten Augenblick richtete Radnor einen geballten Strahl auf das nächststehende Raumschiff — einen Strahl, in den er jedes Volt und jedes Ampère seiner Angriffsgeneratoren legte.

Nun wurden die chloranischen Schutzschirme gefordert, doch auch sie brachen nicht zusammen. Stundenlang wütete der spektakuläre Kampf. Unzählige Lanzen, Röhren und Fächer aus jeder denkbaren Strahlungsenergie brandeten gegen die undurchdringlichen, hell aufzuckenden Neutralisationsschirme. Gewaltige Kanonen schickten mit unglaublicher Geschwindigkeit Granaten von unvorstellbarer Explosionskraft in den Kampf. Funkgelenkte Torpedos, robotbemannte Flugzeuge und viele andere moderne und wissenschaftliche Kampfmittel wurden in den ersten Stunden von beiden Seiten eingesetzt, doch keine der Parteien vermochte die andere zu beeindrucken. Als dann die Gegner erkannten, daß die Abwehr des anderen nicht zu überwinden war, wurde der Kampf schnell zu einem bloßen Geplänkel.

Radnor und seine Wissenschaftler konzentrierten sich auf die Entwicklung neuer und mächtigerer Angriffswaffen; die Chloraner gaben ihre sinnlosen Angriffe auf die Zentralkuppel auf und wandten sich dem äußeren Ring der valeronischen Verteidigungsanlagen zu, der einem methodischen Energiebeschuß unterworfen wurde.

Die Fremden vermochten die Verteidigungsschirme nicht zu durchdringen, doch sie verwandelten das umliegende fruchtbare Land in einen gewaltigen ringförmigen See brodelnder Lava, in dem der äußere Ring der Gebäude zu versinken begann. Diese Vernichtungsmethode war zwar ziemlich langsam, aber zuverlässig, und entschlossen machten sich die Chloraner dar-

PORSCHKA '89

an, Valerons einzige Festung auf diese Weise zu vernichten.

Der Bardyle fragte sich nicht zum erstenmal, wie der Gegner seinen Angriff so lange durchhalten konnte, doch er erfuhr bald, daß die Chloraner mindestens vier fliegende Festungen aufgeboten hatten. Von Zeit zu Zeit wurden die beiden angreifenden Einheiten von zwei ähnlichen Schiffen ersetzt und kehrten vermutlich nach Chlora zurück, um neue Vorräte des Metalls an Bord zu nehmen, aus dem sie ihre Energien gewannen.

Und langsam wurden die valeronischen Streitkräfte zurückgetrieben, langsam begann der endlose chloranische Angriff seine Wirkung zu zeigen — ein äußerer Verteidigungsring nach dem anderen rutschte in den wild brodelnden, grellflammenden Lavasee.

Kapitel 19

Valeron stand kurz vor dem Untergang. Seine Bewohner kämpften bereits mit dem Rücken zur Wand. Nur noch ein einziger Ring von Befestigungen lag zwischen den Angreifern und der großen Energiekuppel, die die eigentliche Stadt schützte. In einer Woche, vielleicht schon früher, würde der gierige Lavastrom auch diese Forts verschlingen. Was sollte dann aus Valeron werden?

Sämtliche Wissenschaftler des Planeten hatten Tag und Nacht gearbeitet — doch ohne Erfolg. Jede neue Waffe, die das Vorrücken der Vernichtungsstrahlen aufhalten sollte, wurde beim ersten Einsatz ausgeschaltet.

»Die Chloraner müssen genau wissen, was wir hier tun — sonst könnten sie nicht so prompt gegen uns arbeiten«, sagte Quedrin Radnor eines Tages. »Da sie auf keinen Fall Visistrahlprojektionen aus materieller Substanz in unsere Kuppel tragen können, müssen sie in der Lage sein, einen Spionstrahl im schmalen Schwerkraftfrequenz-Bereich zu unterhalten — etwas, das uns bisher unmöglich ist. Und wenn sie solche Blickpunkte aus reiner Energie auf einer so schmalen Frequenz projizieren können — sind sie dann vielleicht auch in der Lage, eine volle Materialisation zu bewirken und uns zu vernichten? Aber nein, dazu ist die Frequenz sicher zu schmal!«

Angeregt durch diese Überlegungen hatte er Ortungsgeräte gebaut, die dem Erscheinen von Nicht-Schwerkraft-Energien auf der Schwerkraftfrequenz nachspürten, und hatte erfahren müssen, daß seine Befürchtungen begründet gewesen waren. Zwar konnte der Gegner durch die offene Frequenz nicht ausreichend stark projizieren, um einen materiellen Schaden anzurichten, er war aber immerhin in der Lage, jeder neuen Verteidigungsmaßnahme der Valeroner zu begegnen.

Tief unter der Planetenoberfläche saßen in einem Raum, der nicht nur verschlossen, sondern auch auf jede denkbare Weise abgeschirmt war, neun Männer an einem Tisch. Der Bardyle leitete die Sitzung.

»… und wir können wirklich nichts tun?« fragte der Koordinator. »Es gibt keine Möglichkeit, den Rand des Schirms zu schützen?«

»Nein.« Radnors Stimme war tonlos; Gesicht und Körper zeugten von äußerster Erschöpfung. Er hatte sich völlig verausgabt, und all seine Arbeit war ergebnislos geblieben. »Ohne feste Verankerung können wir den Rand nicht halten — wenn der Boden weggeschmolzen wird, gibt der Schirm nach. Wenn die zerschmolzene Materie die Kuppel erreicht, ist es aus. Die Ableitungen unserer Absorber werden auch verbrennen, und wenn wir die ständig in den Schutzschirm gestrahlten Energien nicht mehr ableiten können, sterben wir praktisch auf der Stelle.«

»Aber soweit ich weiß, haben Sie noch nicht aufgegeben — Ihr neuester Versuch hat dazu geführt, daß wir plötzlich fast völlig gewichtlos sind«, sagte einer der Ratsherren.

»Ja. Ich habe die Schwerkraftfrequenzen so weit abgeblockt, daß gerade noch genügend Kraft ausgeübt wird, um uns an der Planetenoberfläche zu halten. Dies ist mein letzter Versuch, die chloranischen Spionstrahlen zu unterbinden, damit wir uns ungestört einen Ausweg überlegen können …« Er unterbrach sich, als plötzlich eine rote Alarmlampe aufblitzte. »Nein — auch das geht nicht mehr. Sehen Sie das rote Licht? Es gehört zu einem Detektor auf der Schwerkraftfrequenz. Die Chloraner beobachten uns noch immer. Wir können nichts mehr unternehmen, denn wenn wir die Frequenz noch weiter schließen, verlassen wir Valeron und schweben davon. Und das würde den Tod bedeuten.«

Bei diesen düsteren Worten ließen sich die Ratsherren mutlos in ihre Sitze zurücksinken. Niemand sagte etwas — was sollte man auch sagen? Immerhin kam das nun unvermeidliche Ende nicht unerwartet. Keiner der Anwesenden hatte wirklich angenommen, daß das friedliche Valeron über die kriegserfahrenen Chloraner triumphieren könnte.

So saßen die Valeroner da und starrten blicklos ins Leere, als sich plötzlich vor ihren Augen Seatons Projektion verdichtete. Da die ersten Minuten dieser Begegnung bereits geschildert wurden, bleibt nur nachzutragen, daß es der Bardyle war, der Seatons Gedankenimpulse empfing.

Kaum hatte der Erdenmensch seine Absichten klargestellt, sprang Radnor wie verwandelt auf.

»Ein Strahlenlabor!« rief er, und seine Erschöpfung war im Nu vergessen. »Ich werde ihn nicht nur zu einem neuen Labor führen, sondern meine Freunde und ich werden ihm jede nur mögliche Unterstützung geben.«

Von dem Besucher gefolgt, eilte Radnor begeistert durch einen schmalen Korridor und betrat einen großen Raum, in dem auf Regalen, Werkbänken und Tischen alle möglichen Geräte zur Erzeugung und Ausstrahlung von Ätherkräften lagerten.

Seaton ließ seinen Blick durch den Raum wandern und katalogisierte und klassifizierte die bunte Sammlung. Während Radnor in ungläubigem Erstaunen zuschaute, vollbrachte Seatons fastsolide Energiegestalt ein Werk, das für die Valeroner ein wissenschaftliches Wunder war. Die Gestalt eilte blitzschnell hierhin und dorthin, ergriff Röhren, Transformatoren, Spulen, Kondensatoren und andere Gerätschaften und schaltete sie mit unglaublichem Tempo zu einer komplexen Anlage zusammen, deren Sinn und Zweck der verwunderte Radnor nicht einmal erraten konnte, obwohl er der fähigste Physiker seines Planeten war.

Als das Lerngerät vollendet war, setzte Seatons Projektion eine der Kopfhauben auf und plazierte eine andere auf dem Kopf seines Gastgebers. Radnors Geist wurden alle Einzelheiten entnommen, die die valeronische Sprache betrafen, und im nächsten Moment wurden die Kopfhauben auch schon wieder zur Seite geschoben.

»So ist es besser!« rief Seaton — dessen Abbild praktisch mit ihm identisch war. »Nachdem wir nun miteinander sprechen können, wollen wir dafür sorgen, daß die Chloraner am liebsten zu Hause geblieben wären!«

»Aber sie beobachten alles, was wir hier tun«, wandte Radnor ein, »und wir können sie nicht abblocken, ohne die Schwerkraft völlig aufzuheben. Sie werden also genau wissen, was wir machen, und sich gegen alles rüsten, was wir uns ausdenken.«

»Das bilden sie sich ein!« sagte Seaton grimmig. »Auch ich kann die Schwerkraftfrequenz nicht schließen, ohne daß es eine Katastrophe gibt, doch ich kann jeden chloranischen Spionstrahl ermitteln und mit einer Überladung zurückschicken, die den Burschen die Augen ausbrennt! Im Grenzgebiet zur vierten Ordnung gibt es viele Dinge, von denen weder Sie noch die Chloraner eine Ahnung haben, weil Sie einfach noch nicht die Zeit hatten, sich damit zu beschäftigen.«

Während er sprach, beschäftigte sich Seaton mit dem Bau eines kleinen Generators, den er jetzt einschaltete.

»Wenn uns die Burschen jetzt noch beobachten können«, sagte er grinsend, »sind sie schlauer, als ich annehme. Selbst wenn sie meine Arbeit beobachtet haben, nützt ihnen das nichts, denn dieses Gerät zerhackt jeden Strahl, den sie durch die offene Frequenz schikken.«

»Ich muß mich Ihrem überlegenen Wissen beugen«, sagte Radnor ernst, »aber ich möchte doch eine Frage stellen. Sie bewirken eine volle Materialisation durch weniger als ein Zehntel der Schwerkraftfrequenz — das ist etwas, das immer für unmöglich gehalten wurde. Besteht nicht die Gefahr, daß die Chloraner Ihr Energiemuster analysieren und dann Ihren ganzen Plan zunichte machen?«

»Keine Sorge«, erwiderte Seaton zuversichtlich. »Meine Projektion kommt über ein Strahlenbündel, das so schmal ist, daß er weder analysiert noch gestört werden kann. Die Norlaminer — die nun wirklich vorzügliche Denker sind — haben gut achttausend Jahre gebraucht, um von den Strahlen, die Sie und die Chloraner einsetzen, zu den Dingen überzugehen, die ich Ihnen jetzt zeigen will. Deshalb habe ich auch keine Sorgen, daß die Gegenseite mit uns Schritt hält. Aber wir sollten wirklich umfassend zuschlagen. Zuerst brauchen wir wohl ein Mittel, die Materiezerschmelzung aufzuhalten, ehe sie die Außenwand Ihres Schirms erreicht und Ihre Energieableiter vernichtet.«

»Genau!«

»Gut. Wir bauen Ihnen einen vierfachen Projektor vierter Ordnung, mit dem Sie volle Materialisationen ausschicken können — einen vierfachen Projektor, damit Sie notfalls gegen vier Schiffe gleichzeitig vorgehen können, falls die Chloraner in ihrer Verzweiflung die ganze Flotte aufbieten. Mit diesen Geräten können Sie Projektionen ihrer selbst in die Energiezentralen der chloranischen Schiffe schicken und einen Kurzschlußschirm über ihre sekundären Konverter legen. Natürlich können sich die Chloraner mit Energiezonen zur Wehr setzen, falls der Angriff bemerkt wird, ehe Sie die Energiezonengeneratoren kurzschließen können — aber auch das ist ja nicht schlecht. Im Schutz einer Energiezone können die Chloraner nichts unternehmen. Bitte, setzen Sie noch einmal den Kopfhörer auf, damit ich Ihnen die Daten für den Projektor durchgeben kann. Holen Sie lieber auch ein Aufzeichnungsgerät, da Sie sich bestimmt nicht alles merken können.«

Das Aufzeichnungsgerät wurde angeschlossen, und aus Seatons Gehirn strömten die fundamentalen Konstruktionsprinzipien, die kompletten Gleichungen und Funktionseinzelheiten des neuen Geräts in Radnors Gehirn. Das Gesicht des Valeroners offenbarte zunächst Ratlosigkeit, dann dämmerndes Verstehen und schließlich schiere Bewunderung, als er die Kopfhaube abnahm. Er wollte dem Fremden mit verwirrten Worten danken, doch Seaton unterbrach ihn sofort.

»Schon gut, Radnor, Sie würden genauso handeln, wenn die Dinge anders herum stünden. Aber ich werde Ihnen beim Bau des Projektors helfen. Sie sind zwar erschöpft, aber ich bin sicher, daß Sie sich keine Ruhe gönnen werden, bis die Chloraner besiegt sind — und das kann ich Ihnen nicht verübeln. Aber ich bin noch ziemlich frisch und kann Ihnen vielleicht helfen!«

Nach wenigen Stunden war die komplizierte Maschine hergestellt. Radnor und Siblin hatten zwei Kontrollpulte bemannt, während andere Physiker die beiden übrigen Stationen bedienten.

»Da ich die chloranische Energieumwandlung ebensowenig kenne wie Sie, kann ich Ihnen auch nicht im einzelnen sagen, was zu tun ist«, sagte Seaton. »Aber was immer Sie unternehmen, kümmern Sie sich nicht um die Primärgeneratoren — wenn wir die kurzschließen, könnten sie explodieren und das ganze Sonnensystem hier in die nächste Galaxis blasen. Überzeugen Sie sich also, daß Sie wirklich die sekundären Konverter erwischen, und schließen Sie möglichst viele kurz, ehe Sie von einer Energiezone verdrängt werden. Wahrscheinlich befinden sich viele Generatoren an Bord — aber wenn Sie die Maschinen finden, die die Energiezonen speisen, sind die Chloraner erledigt.«

»Sie sind mit solchen Dingen viel besser vertraut als wir«, sagte Radnor. »Möchten Sie nicht mitkommen?«

»Eigentlich schon, aber es geht nicht«, erwiderte Seaton. »Ich bin ja nicht wirklich bei Ihnen. Hmm ... Mitkommen könnte ich schon, aber das wäre nicht ... wollen mal sehen.«

»Ach, natürlich«, sagte Radnor entschuldigend. »Ich arbeite nun schon so lange und gut mit Ihnen zusammen, dabei habe ich ganz vergessen, daß Sie nur eine Projektion sind ...«

»Es geht leider nicht«, sagte Seaton stirnrunzelnd, im Geiste noch immer mit dem bisher ungelösten Problem der Reprojektion einer Projektion beschäftigt. »Dazu bräuchten wir über zweihunderttausend Relais und ... äh ... Synchronisation — das haben wir in diesem Gerät aber nicht ... Ob es überhaupt geht? Damit muß ich mich später mal beschäftigen. Aber entschuldigen Sie, Radnor, ich bin ins Grübeln geraten. Sind Sie bereit? Ich folge Ihnen und stehe mit Ratschlägen zur Verfügung — aber Sie kommen schon zurecht. Los!«

Radnor schaltete die Energie ein, und er und sein Helfer lenkten ihre Projektion in eine der gegnerischen Festungen, während Siblin und sein Partner das andere Schiff aufsuchten. Sie durchkämmten zahlreiche Räume der gewaltigen Fluggebilde auf der Suche nach den Energieanlagen. Und sie fanden die gewaltigen Maschinen schnell, nahmen sie doch fast die gesamte Länge des Raumschiffes ein — gewaltige Höhlen voller zusammengeschlossener Maschinenpaare: die Konverter.

An einer Seite jedes Maschinenpaars ragten aus dick isolierten Öffnungen in anmutigen Bögen fünf große Energiekontakte, die Radnor und Siblin sofort als sekundäre Leitungen der Konverter erkannten — riesige Geräte, die die rohe Atomenergie aus den Liberatoren entnahm und in eine Form umwandelte, in der sie sich steuern und nutzen ließ.

Weder Radnor noch Siblin hatten jemals von fünfphasiger Energie gehört, aber diese Leitungen waren eindeutig. Die vier Projektionen setzten ihre leitenden Energiefelder ein. Vier Konverter begannen wild zu kreischen und versuchten sich von ihren Fundamenten loszureißen; Isolierungen begannen zu schmoren und zu brennen; die Enden der Kontakte wurden glühendweiß und begannen zu tropfen, und nach wenigen Sekunden sank die Maschine halb zerschmolzen zusammen.

Ähnlich erging es in beiden Schiffen den nächsten Maschinenpaaren — dann wurden plötzlich Radnors Projektionen durch eine undurchdringliche Energiezone abgeschnitten — und die Festung schwebte im totalen Schutz der spiegelblanken Energiekugel davon.

Siblin und sein Partner hatten mehr Glück. Als der Amöbenkommandant ihres Schiffs den Bedienungsschalter für die Energiezone betätigte, geschah nichts; die Energiequelle für die Zone war bereits vernichtet, und die beiden Projektionen wanderten gelassen an der Reihe der Konverter entlang, so sehr sich die verzweifelten Ungeheuer auch anstrengten, ihr Vernichtungswerk zu stoppen.

Der Todesstrahl, den die valeronischen Kanoniere von der Kuppel aus auf das Schiff gerichtet hielten, war keinen Augenblick vom Ziel abgewichen. Als nun immer mehr Konverter der fliegenden Festung ausfielen, strahlten ihre Verteidigungsschirme immer heftiger ins Ultraviolette. Nach kurzer Zeit brachen sie zusammen und boten der Vernichtungskraft des Energiestrahls das ungeschützte Metall dar, das dem Anprall nicht zu widerstehen vermochte.

Es gab einen gewaltigen Explosionsblitz, dessen unerträgliche Helligkeit sogar den brennenden Schirm überlagerte, und Valerons mächtiger Angriffsstrahl bohrte sich ungehindert in den Himmel. Wo das gewaltige Raumschiff eben noch geschwebt hatte, war nur noch eine Rauchwolke zu sehen, die sich schnell verflüchtigte.

»Ausgezeichnete Arbeit!« Seaton schlug Radnor auf die Schulter. »Mit den Burschen werden Sie jetzt mühelos fertig. Sie sollten sich zunächst mal eine Woche ausruhen und ein bißchen Schlaf nachholen. Auch ich bin ziemlich erschöpft — dabei sind Sie schon viel länger im Einsatz als ich.«

»Moment — gehen Sie bitte noch nicht!« rief Radnor verwirrt. »Unsere Rasse verdankt Ihnen den Sieg — warten Sie wenigstens so lange, bis Sie mit unserem Bardyle gesprochen haben.«

»Das ist nicht notwendig, Radnor. Vielen Dank, aber ich habe für solche Dinge nicht viel übrig. Außerdem sind wir in ein paar Tagen persönlich zur Stelle, und ich rede dann mit ihm. Auf Wiedersehen!« Und die Projektion verschwand.

Planmäßig setzte die *Skylark II* auf einem Landefeld in der Nähe des Ratsgebäudes auf und wurde von einer Gruppe von Valeronern empfangen, die sich sichtlich wunderten, daß sie ihre Rettung einem so winzigen Raumschiff verdankten. Die vier Erdenbürger traten ins Freie und wurden von Siblin, Radnor und dem Bardyle begrüßt.

»Ich muß mich entschuldigen, Sir, daß ich Sie bei unserer ersten Zusammenkunft so brüsk behandelt habe«, wandte sich Seaton an den Koordinator. »Ich hoffe, daß Sie mir meine Unhöflichkeit verzeihen. Aber leider war eine solche Verhaltensweise notwendig, um die Verbindung herzustellen.«

»Sprechen wir nicht davon, Richard Seaton. Mein Unbehagen währte nicht lange — und es war wirklich eine Kleinigkeit angesichts der Begegnung mit einem so gewaltigen Geist wie dem Ihren. Weder Worte noch Taten vermögen die Dankbarkeit unseres Volks auszudrücken.

Man sagt mir, daß Sie kein Interesse an Lobeshymnen und großen Worten haben, doch Sie können mir glauben, daß ich aus dem Herzen aller Valeroner spreche, wenn ich sage, daß Ihrer Tat keine Worte gerecht werden können, in welcher Sprache sie auch gesprochen werden. Ich kann wohl nicht hoffen, daß wir Ihnen als Gegenleistung einen kleinen Dienst erweisen können, so gering er auch sein mag?«

»O doch, Sir«, erwiderte Seaton zur Überraschung der Valeroner. »Wir haben uns so hoffnungslos im All verirrt, daß wir ohne große materielle und technische Hilfe unsere Galaxis nicht wiederfinden, geschweige denn unseren Heimatplaneten.«

Als die Valeroner ihr Erstaunen überwunden hatten, versicherten sie den Erdenmenschen, daß man ihnen mit voller Kraft helfen würde.

Gewisse öffentliche Verpflichtungen waren natürlich nicht zu umgehen; aber Seaton und Crane schützten die Arbeit an ihren neuen Projektoren vor und schlossen sich in Radnors Labor ein, so daß die beiden Frauen in den Mittelpunkt der valeronischen Bewunderung rückten.

»Wie fühlst du dich denn als Heldin, Dottie?« fragte Seaton eines Abends, als die beiden Frauen von einem ungewöhnlich freundlichen Empfang in einer anderen Stadt zurückkehrten.

»Wir genießen es, zumal wir überhaupt keine Arbeit mit der Sache hatten — es ist einfach großartig«, erwiderte Dorothy schamlos. »Besonders Peggie!« Sie musterte Margaret von der Seite und blinzelte Seaton vielsagend zu. »Du solltest sie sehen — sie ließe sich am liebsten jeden Tag so feiern!«

Da die wissenschaftlichen und technischen Einzelheiten eines Projektors fünfter Ordnung bereits im einzelnen beschrieben worden sind, brauchen sie hier nicht wiederholt zu werden. Seaton schuf seine Neutroniumlinse im Kern des nahegelegenen weißen Zwergsterns, wie Rovol es im fernen Norlamin gemacht hatte. Er brachte die Linse nach Valeron und begann um dieses Zentralelement ein Duplikat des riesigen Projektors zu bauen, den die Erdenmenschen in der riesigen *Skylark III* zurücklassen mußten, als sie sich mit der winzigen *Skylark II* in die vierte Dimension stürzten. »Vielleicht geht es mich nichts an, Radnor«, wandte sich Seaton während einer Arbeitspause an den Valeroner. »Aber warum verscheuchen Sie die chloranischen Schiffe nur, indem Sie sie zwingen, ihre Energiezonen einzuschalten? Warum sind Sie nicht mit Ihrem Projektor nach Chlora hinübergesprungen und haben den ganzen Planeten ins nächste Sonnensystem geblasen? Ich an Ihrer Stelle hätte das wohl längst getan.«

»Wir sind auf Chlora gewesen und wollten etwas Ähnliches erreichen, aber unser Versuch schlug leider fehl«, erwiderte Radnor verlegen. »Erinnern Sie sich noch an die besondere Geisteskraft, die Ihnen Siblin zu beschreiben versuchte? Nun — die war zu stark für uns. Mein Vater, der einer der größten Wissenschaftler Valerons ist, saß an den Kontrollen, aber die Chloraner beherrschten ihn so sehr, daß wir die Projektion zurückrufen mußten, damit ihm nicht gewaltsam jene Kenntnisse abgenommen wurden, die Sie uns gebracht haben.«

»Hmm. Das ist es also.« Seaton zeigte sich interessiert. »Sobald ich mit dem Projektor fünfter Ordnung fertig bin, muß ich mir das mal ansehen.«

Und tatsächlich benutzte Seaton sein neues Gerät sofort nach Fertigstellung dazu, um zur Offensive überzugehen. Er spürte ein chloranisches Raumschiff auf, das sich gerade im Anflug auf Valeron befand, und vernichtete es — eine Kleinigkeit für ihn, da die Energiezonen den Kräften der fünften Ordnung, die sich durch den Subäther fortpflanzen, keinen Widerstand entgegensetzen. Während sich Quedrin bereithielt, die Projektion abzuschalten, falls er überwältigt wurde, drang er in das Allerheiligste Chloras ein — in das Privatbüro des Führenden Großen — und starrte gelassen in das gewaltige ›Auge‹ des monströsen Herrschers.

Und damit begann ein gigantischer Kampf. Wären Geisteskräfte sichtbar gewesen, hätte es ein titanisches

Spektakel gegeben. Das ›Auge‹ wurde immer größer, bis es schließlich all die Kraft verstrahlte, die das sichtbar pulsierende Gehirn aufbringen konnte. Doch Seaton stammte nicht von Valeron und wurde auch nicht durch einen Projektor vierter Ordnung behindert. Seine Projektion wurde von Strahlen fünfter Ordnung getragen — von einem Gerät, das seinem gewaltigen Gehirn Ehre machte.

Er setzte hier einen Teil seiner Kenntnisse ein, die er von Drasnik, dem Führer der Psychologie auf Norlamin erhalten hatte; und so vermochte er die Fähigkeiten von zehntausend Generationen der ausgezeichnetsten Geistesarbeiter zu mobilisieren, die unsere Galaxis je gesehen hat.

Der Chloraner, der erkennen mußte, daß er nun doch seinen Meister gefunden hatte, mußte Notsignale ausgestrahlt haben, denn plötzlich stürmte eine ganze Horde Ungeheuer ins Zimmer, von denen jedes mit geistigen Kräften in den Kampf eingriff. Doch vergeblich — trotz aller Anstrengungen vermochten sie Seatons durchdringenden Blick nicht abzulenken, auch vermochten sie ihren gepeinigten Anführer nicht aus dem Einflußbereich seiner hypnotischen Augen zu bringen.

Als alle geistigen Mittel versagten, versuchte man das Problem auf der physischen Ebene zu lösen. Handwaffen jagten ihre Strahlen sinnlos durch die Projektion — unwiderstehliche Säulen, Speere und Fächer aus Energie prallten nutzlos davon ab, ohne einen Kratzer zu hinterlassen. Denn Seatons Gestalt bestand nicht aus Materie im eigentlichen Sinn — sie war Energie, die durch die Kraft sich auflösender Materie sichtbar gemacht worden war, Energie, gegen die keine mechanische Kraft etwas ausrichten konnte.

Der Kampf dauerte also nicht lange. Ohne sich um die anderen Ungeheuer zu kümmern, zwang Seaton sein Opfer dazu, die verhaßte Menschengestalt anzunehmen. Dann starrte er durch die wild flackernden Augen direkt in das bebende Gehirn und sagte laut — um seine Gedanken noch wirkungsvoller zu machen:

»Du nennst dich Großer — mach dir ein für allemal klar, wenn du irgendwo eine menschliche Rasse angreifst, bekommst du es mit der gesamten Menschheit in allen Galaxien zu tun! Wie du schon gemerkt hast, entstamme ich nicht dem Planeten Valeron und auch nicht diesem Sonnensystem. Meine Heimat liegt nicht einmal in dieser Galaxis. Trotzdem haben ich und meine Freunde dieser Menschheit geholfen, die ihr so gnadenlos unterdrücken wolltet.

Ich habe nun bewiesen, daß wir euch überlegen sind — geistig wie auch wissenschaftlich. Alle Chloraner, die Valeron angegriffen haben, sind vernichtet worden. Das Schiff, das gerade nach Valeron unterwegs war, existiert ebenfalls nicht mehr. Ebenso wird mit jeder Expedition verfahren, die ihr über die giftige Atmosphäre eures Planeten hinaus unternehmt.

Da aber selbst eine so widerliche Zivilisation wie die eure im großen Universum ihren Platz haben muß, gedenken wir euren Planeten und seine Bevölkerung nicht zu vernichten — es sei denn, diese Vernichtung ist unerläßlich, um das Überleben der Menschheit zu sichern. Während wir uns überlegen, was wir mit euch anfangen, solltest du diese Warnung gründlich überdenken!«

Kapitel 20

Die vier Erdenmenschen hatten das Problem Chlora eingehend besprochen.

»Sieht so aus, als stecktest du ziemlich in der Klemme«, sagte Dorothy schließlich. »Wenn du die Chloraner in Ruhe läßt, ist abzusehen, was sie den Valeronern eines Tages antun — andererseits wäre es nicht fair, sie mit überlegenen Waffen abzuschlachten. Sie können ja nicht gegen ihre aggressive und herrschsüchtige Natur an. Meinst du, daß es eine Lösung gibt, Dick?«

»Kann sein — ich habe da so eine Ahnung, die sich aber noch nicht zu einer vernünftigen Idee verdichtet hat. Hängt mit dem Projektor sechster Ordnung zusammen, den wir bauen müssen, um den Weg nach Hause zu finden. Bis wir aber soweit sind, sollten wir die Amöben ein wenig im eigenen Saft schmoren lassen.«

»Und dann?« wollte Dorothy wissen.

»Ich hab's dir doch eben gesagt — die ganze Sache ist noch sehr nebelhaft, und es fehlen noch viele Einzelheiten ...« Seaton schwieg einen Augenblick lang und fuhr dann unsicher fort: »Und es ist eine ziemlich verrückte Idee. Ich weiß nicht, ob ...«

»Jetzt mußt du uns aber davon erzählen, Dick«, schaltete sich Margaret ein.

»Und ob!« fiel Dorothy ein. »Du hast ja schon viele seltsame Ideen gehabt, bei denen einem der Kopf zu schwimmen drohte, doch bisher war noch keine so haarsträubend, daß du nichts darüber verraten wolltest. Diesmal muß es ein echter Kanonenschlag sein — komm, verrat's uns!«

»Na, meinetwegen — aber vergeßt nicht, daß die ganze Sache noch unausgegoren ist und daß ihr ausdrücklich darum gebeten habt. Ich knoble an einer Methode herum, die Chloraner in ihr ursprüngliches Sonnensystem zurückzuschicken — mitsamt ihrem Planeten.«

»Was?« rief Margaret.

Dorothy pfiff durch die Zähne.

»Und was ist mit der Temperaturerhaltung? Zeit? Energie? Steuerung?« Crane, der Gelassene, sprach sofort die vier wichtigsten Punkte des Projekts an.

»Na, einige von deinen Fragen kann ich schon beantworten«, sagte Seaton. »Temperaturverluste sind durch eine Energiezone nicht möglich — das haben wir selbst festgestellt. Wir können die Zeit zum Stillstand bringen — das konnten wir in der vierten Dimension beobachten. Und die Kraft der kosmischen Strahlung ist praktisch unendlich — das haben uns die Geistwesen beigebracht. Die Steuerung ist das ungelöste Problem, da sie Berechnungen erfordert, die mir im Augenblick noch unmöglich sind — doch sobald wir unser mechanisches Großgehirn gebaut haben, werden wir auch damit fertig.«

»Was meinst du damit — mechanisches Großgehirn?« fragte Dorothy.

»Das Ding, das unseren Projektor sechster Ordnung steuern soll«, erklärte ihr Seaton. »Die Anlage wird viel zu groß und zu kompliziert sein für eine Handbedienung. Außerdem liegen Gedanken — zumindest menschliche Gedanken — auf einer Frequenz sechster Ordnung. Deshalb ist es ratsam, ein künstliches Gehirn zu bauen, das nicht nur auf einer Frequenz, sondern auf allen Frequenzen der Ordnung denken und den ganzen Projektor bedienen kann. Kapiert?«

»Nein«, erwiderte Dorothy prompt. »Aber vielleicht komme ich noch dahinter, wenn ich das Ding bei der Arbeit beobachte. Was steht sonst noch auf dem Programm?«

»Na ja, das Rechengehirn wird uns ziemlich viel Mühe machen, und wir sollten bald mit der Arbeit beginnen, da wir ohne das Ding keine *Skylark IV* bauen können ...«

»Dick!« sagte Dorothy heftig. »*Skylark* war ja ein schöner Name, *Skylark II* ging gerade noch, doch schon bei *Skylark III* habe ich mich ziemlich zurückhalten müssen, und *Skylark IV* — das lasse ich nicht zu! Das neue Schiff wird eine wunderbare Sache werden, so völlig anders als alle bisherigen Schiffe — da müßte man doch einen besseren Namen finden können!«

»Aber es muß doch eine *Skylark* sein, Dottie ...!«

»Ja, gib dem Schiff doch einen Namen, der etwas bedeutet — vielleicht kannst du es nach diesem Planeten nennen. Wie wär's mit *Skylark von Valeron?*«

»Einverstanden. Was meint ihr, Peggie, Martin?«

Die Cranes gingen begeistert auf den Vorschlag ein, und Seaton fuhr fort: »Na ja, das Namensproblem hätten wir gelöst. Nun an die Arbeit!«

Der Projektor fünfter Ordnung wurde an den Stadtrand geschafft, da es im Stadtgebiet keinen Platz für die vorgesehene Anlage gab. Die beiden Männer nahmen an den Doppelkontrollen Platz, und ihre Hände zuckten über die zahllosen Tasten. In den ersten Minuten geschah nichts — dann erschien auf der Ebene vor ihnen — eine Ebene, die noch vor wenigen Wochen ein kochender Lavasee gewesen war — ein gewaltiges Fundament aus miteinander verbundenen Inosonstreben, aus dem härtesten Stoff, der sich aus Molekularmaterie überhaupt bilden ließ. Eine Quadratmeile groß war das Gebilde und stabil genug, um eine ganze Welt zu tragen.

Als das Fundament abgeschlossen war, überließ es Seaton seinem Freund, das weitere Gerüst zu bauen, während er sich damit beschäftigte, die Lücken und Räume so schnell zu füllen, wie sie sich bildeten. Zuerst errichtete er ein einziges Gerät aus Spulen, Feldern und Kraftlinsen — eine Zelle des gigantischen mechanischen Gehirns, das hier später arbeiten sollte. Dann fertigte er andere, die nur etwas anders zugeschnitten waren, und immer wieder begann er neue Zellen.

Dann setzte er Kräfte in Bewegung, die diese Zelleinheiten nachbauten, Kräfte, die automatisch die Anzahl der Einheiten vergrößerten, bis fünfhunderttausend Zellen in der Sekunde gebildet wurden — die Maximalleistung der vorhandenen Integrierschaltungen. Überall, so schien es, entstanden Projektoren, Kraftfelder, Empfänger und Konverter kosmischer Energie, Energiezonen und zahllose verschieden geformte Linsen und geometrische Neutroniumfiguren in schützenden Faidonhüllen.

Von jeder Zelle gingen winzige isolierte Drähte aus, die fast unsichtbar waren. Diese Leitungen führten zu den ›Nervenzentren‹ und zu einem der vielen Millionen Projektoren. Von hier gingen weitere Drähte aus, die sich zu immer dickeren Leitungen vereinigten, bis schließlich mehrere hundert mächtige Kabel, die in ihrer Dicke jeden Menschen überragten, in einem schimmernden, halbkugelförmigen mechanisch-elektrischen Inneren Gehirn zusammenliefen.

Vierzig valeronische Tage lang wurde ununterbrochen gearbeitet, Tag und Nacht, dann war alles vollbracht, und von der schimmernden Halbkugel hing ein Gebilde herab, das nur sehr unzureichend beschrieben ist, wenn man es einen elektronischen Helm oder eine komplizierte Kopfhaube nennt. Jedenfalls sollte das Gebilde über Seatons Kopf gestülpt werden, war also eine Kopfhaube, aber was für eine!

Sie war Impulsgeber und Steuergerät für das Innere Gehirn, das seinerseits der Aktivator war für die vielen Milliarden Zellen, die sich bald zu der gewaltigsten Kraft vereinen sollten, die je dem Geist eines Menschen entsprungen war.

Als die Kopfhaube erschien, setzte Seaton sie auf und rührte sich nicht mehr. Viele Stunden lang verharrte er auf diese Weise mit geschlossenen Augen. Sein

Gesicht war bleich und angespannt, und seine ganze Körperhaltung zeugte von einer so intensiven Konzentration, daß er förmlich in Trance zu sein schien. Nach vier Stunden eilte Dorothy entschlossen auf ihn zu, doch Crane winkte sie zurück.

»Dies ist der entscheidende Punkt, Dorothy«, sagte er ernst. »Ich glaube zwar nicht, daß er sich überhaupt ablenken ließe, doch sollten wir ihn nicht stören. Eine Unterbrechung würde bedeuten, daß er ganz von vorn anfangen müßte.«

Gut eine Stunde später öffnete Seaton die Augen, reckte sich ausgiebig und stand auf. Er zitterte am ganzen Körper und war sehr bleich, doch zugleich war er erleichtert.

»Dick! Was hast du getan. Du siehst ja aus wie ein Gespenst!« Dorothy war ganz die besorgte Ehefrau.

»Ich habe nachgedacht, mein Schatz, und wenn du mir nicht glaubst, daß das Schwerarbeit ist, solltest du's selbst mal versuchen. Aber jetzt habe ich's hinter mir — ich besitze nun eine Maschine, die für mich denkt.«

»Oh, ist alles fertig?«

»Bei weitem noch nicht, aber wir sind soweit, daß die Maschine allein weitermachen kann. Ich habe ihr gerade gesagt, was sie tun soll.«

»Ihr *gesagt?* Du redest, als wäre das Ding ein Mensch!«

»Ein Mensch! Das Großgehirn ist mehr als das. Es ist sogar den Geistwesen überlegen, und das will schon etwas heißen! Und wenn du meinst, daß der Flug mit einem Projektor fünfter Ordnung ein Erlebnis war, solltest du erst mal sehen, was dieses Ding vermag. Stell dir vor...« — sogar Seaton war beeindruckt, obwohl er die Maschine ersonnen hatte —, »stell dir vor, dieses Ding ist eine Erweiterung meines Gehirns und verwendet Wellen, die auch den intergalaktischen Raum praktisch ohne Zeitverzögerung überwinden. Mit diesem Projektor kann ich alles sehen, was ich mir ansehen will — wo immer es sich auch befindet; ich kann alles hören, was ich hören möchte. Ich kann einfach alles tun, was immer ich mir wünsche.«

»Das ist natürlich richtig«, sagte Crane langsam, und seine besorgte Miene dämpfte Dorothys Begeisterung. »Trotzdem muß ich daran denken ...« Er sah Seaton nachdenklich an.

»Ich weiß, ich weiß, Martin, und ich versuche ja auch schneller zu werden«, beantwortete Seaton den unausgesprochenen Gedanken. »Aber sollen sie ruhig kommen — wir nehmen es mit ihnen auf! Ich bin bereit und kann sofort zurückschlagen.«

»Wovon redet ihr eigentlich?« wollte Dorothy wissen.

»Martin hat mich auf die bedauerliche Tatsache aufmerksam gemacht, daß meine Gedanken ziemlich langsam sind. Ich bin da völlig seiner Meinung, weise aber darauf hin, daß meine gedanklichen Planungen abgeschlossen sein werden, wenn die Geistwesen angreifen — was sie bestimmt tun werden!«

»Langsam?« rief sie. »Dabei hast du die ganze *Skylark von Valeron* in knapp fünf Stunden gebaut!«

»Ja, mein Schatz — trotzdem ist das *langsam*. Weißt du noch, als wir unseren lieben Freund Acht kennenlernten, der leider nicht mehr unter uns weilt? Damals flogen wir noch in der ersten *Skylark*. Ihr habt gesehen, wie er in weniger als einer Sekunde genaue Nachbildungen unserer Körper hervorzauberte. Im Vergleich dazu ist meine jetzige abgeschlossene Arbeit ein Kinderspiel — der hätte so etwas im Handumdrehen erledigt.

Aber macht euch keine Sorgen. Ich werde nie so schnell sein wie die Burschen, da mir einfach die Jahrmillionen an Übung fehlen — aber daß wir materiell existieren, bringt uns in anderer Hinsicht gewisse Vorteile. Davon hat Martin nichts gesagt, weil er sich wie immer nur um unsere Schwächen kümmert.«

»Ja — ich räume ein, daß unsere Zustandsform Vorteile hat, die das langsamere Denken vielleicht aufwiegen«, sagte Crane.

»Hast du das gehört? Wenn er solche Zugeständnisse macht, sind wir schon so gut wie gerettet!« rief Seaton. »Nun, während sich unser neues Gehirn komplettiert, sollten wir wieder in den Ring steigen und die Chloraner dorthin zurückschicken, wohin sie gehören — das Großgehirn hat mir die Gleichungen heute früh ausgerechnet.«

Aus den alten valeronischen Unterlagen hatten Radnor und der Bardyle komplette Daten über die große Katastrophe zusammengetragen — und mit diesen Daten war es kein Problem gewesen, den jetzigen Stand der chloranischen Heimatsonne festzustellen. Die Berechnungen der Antriebs- und Steuerkräfte, die aufgebracht werden mußten, um den Planeten wieder in seine Kreisbahn zu bringen, waren äußerst kompliziert; aber wie Seaton schon gesagt hatte, bereiteten sie dem gewaltigen Gehirn keine unüberwindlichen Schwierigkeiten.

Als die Vorbereitungen abgeschlossen waren, umgaben die beiden irdischen Wissenschaftler den gegnerischen Planeten mit einer Energiezone und belegten ihn mit einem Zeitstillstand. Dann errichteten sie Energiekontrollstationen rings um den Planeten und stellten diese mit der notwendigen Präzision ein, so daß der Planet in die Kreisbahn einschwenken würde, die er schon früher um seine Heimatsonne beschrieben hatte. Sobald die richtige Position und Geschwindigkeit erreicht waren, würden die Kontrollstationen verschwinden, ebenso wie die Energiezone.

Als die gewaltige spiegelblanke Kugel, die Chlora verhüllte, mit zunehmender Geschwindigkeit verschwand, atmete der Bardyle, der den Vorgängen voller Staunen gefolgt war, erleichtert auf.

»Wie lange dauert die Reise?« fragte Dorothy neugierig.

»Ziemlich lange — etwa vierhundert Jahre unserer Zeitrechnung. Aber macht euch deswegen keine Gedanken — die Chloraner werden davon nichts merken. Wenn sich die Kräfte abschalten, machen sie genau dort weiter, wo sie eben aufgehört haben, ohne zu merken, daß überhaupt Zeit vergangen ist — sie werden nur feststellen, daß sie urplötzlich um eine andere Sonne kreisen.

Wenn ihre alten Unterlagen komplett sind, erkennen sie vielleicht, daß sie zu ihrer Heimatsonne zurückgekehrt sind, und wundern sich bestimmt sehr, wie das passieren konnte. Eben noch standen sie in einer Kreisbahn um diese Sonne, in der nächsten Sekunde kreisen sie in einer ganz anderen Bahn um eine völlig andere Sonne. Natürlich werden sie wissen, daß wir dahinterstecken, aber sie kommen bestimmt nicht hinter unser Geheimnis. Auch sind sie dann vierhundert Jahre in der Zukunft — aber das macht nichts, da niemand etwas davon ahnt.«

»Unheimlichi« rief Dorothy. »Stell dir nur mal vor, daß du ein Stück von vierhundert Jahren aus deinem Leben verlierst, ohne es zu wissen!«

»Ich denke dabei eher an die Verzögerung in der Entwicklung«, überlegte Crane. »Man hätte Gelegenheit, die Entwicklung der übrigen Planeten mit der des zurückgekehrten Wanderers zu vergleichen.«

»Ja, das wäre interessant — schade, daß wir dann nicht mehr leben«, meinte Seaton. »Aber wir haben auch so genug zu tun. Nachdem wir nun diese Sache erledigt haben, sollten wir uns von unseren Freunden hier verabschieden, in die *Skylark II* steigen und zu der Stelle hinausfliegen, wo Dotties *Skylark von Valeron* entstehen soll.«

Der Abschied von den Valeronern war kurz, aber herzlich.

»Wir sehen uns bestimmt wieder«, sagte Crane zum Schluß. »Mit Hilfe unserer neuen Kräfte sechster Ordnung läßt sich bald ein Kommunikationssystem errichten, durch das die bewohnten Planeten aller Galaxien so eng miteinander Kontakt halten können wie heute die Städte einer Welt.«

Die *Skylark II* schoß davon und schwenkte in eine Kreisbahn um die Sonne ein, die weit außerhalb der Umlaufbahn Valerons lag. Dann schickte Seaton seine Projektion zur Hauptstadt zurück, setzte sich das Kontrollgerät des Großgehirns auf und wandte sich grinsend an Crane.

»Wir haben gut gerechnet, mein Freund — das Gehirn hat vor knapp einer Stunde seinen Bau vollendet. Paßt auf, Leute, ein hübsches Schauspiel steht uns bevor!«

Auf Seatons Zeichen hin erhob sich das Gebilde, welches der Kern des neuen Raumfahrzeugs werden sollte, schwerelos in die Luft und verschwand in der luftlosen Leere. Das Gebilde kam schließlich einige hundert Kilometer von der *Skylark II* entfernt zum Stillstand und schickte einen kugelförmigen Energieschirm aus, der das umliegende Weltall von allen störenden Materiebrocken räumen sollte. Innerhalb dieses Schirms entstand sodann ein Gebilde aus schimmerndem Inoson — so riesig, daß es für die verblüfften Zuschauer fast planetarische Ausmaße zu haben schien.

»Sieh dir *das* an — das Ding ist ja riesig!« rief Dorothy. »Warum die Größe — ihr wollt uns wohl nur beweisen, was ihr könnt, wie?«

»Kaum! Die *Skylark von Valeron* darf gar nicht kleiner sein, wenn sie ihren Zweck erfüllen soll. Um unsere Heimatgalaxis zu finden, müssen wir einen Energiestrahl auf eine Entfernung ausschicken, die größer ist als der bisher größte geschätzte Durchmesser des Universums — und um diesen Strahl genau zu steuern, müßte der Durchmesser der Stunden- und Deklinationsringe jeweils etwa vier Lichtjahre betragen. Da ein Schiff dieser Größe natürlich unpraktisch ist, haben

Mart und ich herumgerechnet und sind zu dem Ergebnis gekommen, daß wir mit Kreisen von jeweils tausend Kilometern Durchmesser die Galaxien so weit ausmessen können, bis wir die gesuchte finden — wenn ihr euch das mal bildlich vorstellt, so gibt es auf einem Kreis dieser Größe eine ganze Menge Hundertstelmillimeter-Markierungen — die Größe müßte außerdem genügen, um eine Sendeprojektion in einem Raumgebiet zu halten, das so groß ist wie das Grüne System. Deshalb haben wir die *Skylark von Valeron* so angelegt, daß sie die Tausend-Kilometer-Ringe aufnehmen kann.«

Als sich die *Skylark II* dem gewaltigen Planetoiden näherte, öffnete sich eine riesige Luftschleuse. Gewaltige Tore schwangen vor dem Schiff auf und schlossen sich dahinter wieder, ehe es in der kühlen, angenehmen Luft und dem hellen künstlichen Sonnenlicht des Schiffsinneren verharrte. Seaton lenkte es über eine riesige grüne Rasenfläche auf zwei vertraute Gebäude zu.

»O Dick!« rief Dorothy. »Da ist ja unser Haus! Und auch Martins Haus! Komischer Anblick, die beiden nebeneinander zu sehen! Ist das Innere auch nachgebildet — und was ist das für ein seltsames kleines Gebäude dazwischen?«

»Die Originale wurden genau nachgebaut, bis auf ein paar Gegenstände, die hier völlig nutzlos wären. Das Gebäude dazwischen ist der Kontrollraum, in dem sich die Hauptkopfhauben des Großgehirns und seiner Orientierungsinstrumente befinden. Das Großgehirn selbst liegt ›unter der Erde‹, könnte man sagen, im Innern des Planetoiden.«

Das kleine Raumfahrzeug landete sanft, und die Reisenden sprangen auf den kurzgeschnittenen, federnden Rasen. Dorothy ging überrascht in die Knie.

»Wie kommt es, daß wir nicht gewichtslos sind, Dick?« fragte sie. »Die Schwerkraft ist doch sicher nicht natürlich.«

»Wir haben von den Geistwesen viel gelernt, wie auch von den Kreaturen im Hyperraum, doch wir vermochten weder die grundlegenden Gleichungen abzuleiten noch das bereits errungene Wissen anzuwenden, ehe wir nicht das Gerät sechster Ordnung fertig hatten. Jetzt aber können wir dir jede gewünschte Schwerkraft verschaffen, wann immer und wo immer du sie haben willst.«.

»Das ist ja großartig!« sagte Dorothy begeistert. »Mir war die Gewichtslosigkeit immer zuwider. In diesen Häusern können wir uns jetzt mal richtig erholen!«

»Hier ist das Eßzimmer«, sagte Seaton. »Und hier die Kopfhaube, die du aufsetzen mußt, wenn du dir die Mahlzeiten bestellst. Du wirst feststellen, daß die Küche in diesem Haus nur zur Zierde da ist — du kannst sie natürlich benutzen, bist aber nicht darauf angewiesen.«

»Moment mal, Dick«, sagte Dorothy. Sie war plötzlich ernst geworden. »Du hast mich mit deinen Bemerkungen über die Macht des Großgehirns ziemlich nervös gemacht, und je mehr du mir erzählst, desto größer wird meine Angst. Stell dir nur mal vor, was für Schäden ein zufälliger, irregeleiteter Gedanke anrichten kann — und je mehr ein gewöhnlicher Sterblicher einen Gedanken zu vermeiden sucht, desto sicherer wird er ihn denken. Ich bin wirklich noch nicht so weit — ich möchte mich lieber nicht mit dem Ding einlassen.«

»Ich weiß, mein Schatz.« Seaton legte den Arm um sie. »Aber du hast mich nicht ausreden lassen. Diese Kopfhauben hier kontrollieren Kräfte, die nur den jeweiligen Haushaltsbereich betreffen. Die Anlage im Wohnzimmer ist zum Beispiel nicht anders als die norlaminische Anlage, die du so eifrig benutzt hast — nur viel einfacher. Anstelle von Tastaturen und Energieimpulsen benutzt du deine Gedankenimpulse, um einzugeben, was du dir zum Essen wünschst, und schon erscheint es. Stell dir vor, daß der Tisch abgeräumt wird — und schon verschwindet das Zeug.

Martin und ich haben beide erkannt, daß sich das Großgehirn schnell zu einem der gefährlichsten Gebilde entwickeln könnte, das es je im Universum gegeben hat. Mit zwei Ausnahmen erfüllt deshalb jedes Kontrollgerät auf diesem Planetoiden nur beschränkte Funktionen. Von den beiden Hauptkontrollen, die jeden Aspekt der Maschine steuern können, reagiert die eine nur auf Cranes Gedanken, die andere nur auf die meinen. Sobald wir etwas Zeit haben, wollen wir Hilfsgeräte mit automatischen Sperren gegen nebensächliche Gedanken bauen, um dir und Margaret eine Möglichkeit der Mitarbeit zu geben.«

»Ah, das gefällt mir schon besser!« sagte sie. »Damit werde ich bestimmt fertig.«

»Aber sicher. Also, wir wollen jetzt die Cranes rufen und in den Kontrollraum gehen. Je eher wir loslegen, desto schneller sind wir fertig.«

Dorothy, die die unzähligen Reihen von Kontrollen, Tastaturen, Schaltern, Anzeigegeräten und anderen Instrumenten des Kontrollraums der früheren *Skylark*-Schiffe gewöhnt war, sah sich erstaunt um, als sie durch eine dick isolierte Tür die Zentrale der *Skylark von Valeron* betraten. Der Raum hatte vier graue Wände, eine graue Decke und einen grauen Teppich. Die einzige Einrichtung waren flache, breite Liegen mit Kopfhauben.

»Dies ist dein Sitz, Dottie, neben mir, und dies ist deine Kopfhaube — nur eine Visihaube, damit du verfolgen kannst, was draußen vorgeht«, fügte er hastig hinzu. »Man hat eine bessere Illusion des Sehens, wenn die Augen offen sind, deshalb haben wir die Farben neutral gehalten. Und es ist noch besser, wenn wir das Licht ausschalten.«

Die Beleuchtung, die den ganzen Raum zu durchdringen schien, anstatt von bestimmten Punkten auszugehen, verblaßte, doch trotz der absoluten Dunkelheit in der Zentrale vermochte sich Dorothy mit einer

Klarheit und Tiefenschärfe zu orientieren, die normale Augen nicht erreichten. Sie sah sehr deutlich die Häuser und ihr Inneres, gleichzeitig die gewaltige Kugel des Planetoiden, von innen und von außen, sie sah Valeron und seine Schwesterplaneten um die Sonne kreisen; sie sah die ehrfurchtgebietende Leere des allgegenwärtigen Weltraums.

Sie wußte, daß ihr Mann reglos neben ihr saß — und doch sah sie, wie er im Kontrollraum der *Skylark II* materialisierte. Dort ergriff er den Kasten, der die Raumkarte der Fenachroner enthielt — eine Bibliothek von Filmen mit all den Galaxien, wie sie sich den starken Teleskopen der Fenachroner dargeboten hatten.

Der Kasten verwandelte sich augenblicklich in einen vielfachen Schirm, und sämtliche Filmstreifen liefen simultan ab. Gleichzeitig erschien in der Luft über der Maschine das dreidimensionale Modell aller darin enthaltenen Galaxien. Der Maßstab war so klein, daß die Erste Galaxis nur ein abgeplattetes Kügelchen war, so klein, daß der gewaltige Raum, den die vielen hundert fenachronischen Filme erfaßt hatten, im abgebildeten Gesamtvolumen des Universums kaum den Raum eines Basketballs einnahm. Dennoch wies jedes galaktische Kügelchen seine besonderen Merkmale auf.

Im nächsten Augenblick hatte Dorothy das Gefühl, als werde sie in die unvorstellbare Tiefe des Alls hinausgeschleudert. In einer kaum meßbaren Zeit durchraste sie viele tausend Sterngruppen und kannte dabei nicht nur Deklination, Rektaszension und Entfernung jeder Galaxis, sondern sah sie auch in starker Verkleinerung und an genauer Position in dem riesigen dreidimensionalen Modell erscheinen, das sich im Innern des Raumschiffs befand, in dem ihr Körper verweilte.

Die Erfassung der Galaxien nahm seinen Fortgang. Ein menschliches Gehirn hätte für diese Aufgabe viele Jahre benötigt. Doch hier lief alles in Stunden ab, denn in der *Skylark von Valeron* war kein menschliches Gehirn am Werk. Das Großgehirn arbeitete nicht nur auf Entfernungen, die man in vielen Milliarden Lichtjahren ausdrücken mußte; nein, seine Trägerwelle erreichte die unmeßbare Geschwindigkeit sechster Ordnung und wirkte auch auf dermaßen unvorstellbare Distanzen, daß die sichtbaren Lichtstrahlen, die bei der Geburt einer weit entfernten Sonne entstanden, den Beobachtungspunkt erst erreichen würden, wenn der Stern seinen ganzen Lebenszyklus durchlebt hatte und wieder erloschen war.

»Nun, das dürfte zunächst für dich genügen«, bemerkte Seaton nüchtern. »Man muß sich erst daran gewöhnen.«

»Das kann man wohl sagen! Also … ich …« Dorothy stockte. Ihr hatte es die Sprache verschlagen, was ziemlich selten vorkam.

»Man kann es nicht mit Worten beschreiben — also versuch es lieber nicht«, sagte Seaton. »Wir wollen nach draußen gehen und zusehen, wie das Modell wächst.«

Zur Verblüffung der Zuschauer hatte das Modell bereits Linsenform angenommen. Die Galaxien waren im großen und ganzen also ebenso angeordnet wie die Sterne, aus denen sie bestanden; das Universum war also tatsächlich linsenförmig — die vagen Vermutungen der kühnsten kosmologischen Denker wurden hier bestätigt.

Noch viele Stunden lang wuchs das Modell, und auf Seatons Gesicht erschienen tiefe Sorgenfalten. Als das Modell des Universums schließlich zu drei Vierteln vollendet war, ertönte das laute Glockensignal, auf das er gewartet hatte — das Zeichen, daß jetzt im Modell eine Konstellation von Galaxien gebildet wurde, die identisch war mit der Galaxiengruppe in der fenachronischen Sternenkarte.

»Mann!« Seaton seufzte erleichtert auf. »Ich begann schon zu fürchten, daß wir geradewegs aus unserem

Universum hinausgeschleudert worden waren — und das wäre wirklich schlimm gewesen. Der Rest des Modells hat Zeit — wir fangen an!«

Von den anderen gefolgt, hastete er in den Kontrollraum, setzte seinen Helm auf und schickte eine Projektion in die jetzt deutlich sichtbare Erste Galaxis. Mühelos fand er das Grüne System, doch er vermochte die Projektion nicht zu halten. Die Entfernung war so immens, daß selbst die Feineinstellung der Kontrollen den Sichtpunkt nicht vor abrupten Sprüngen über viele hundert Millionen Kilometer bewahrte.

Aber Seaton hatte mit dieser Entwicklung gerechnet und war darauf vorbereitet. Er hatte schon eine Sendeprojektion vorbereitet und arbeitete nun auf einem Frequenzband, das breit genug war, um jeden Empfänger im Grünen System anzusprechen, und mit einer Energie, die jeden anderen Sender überstrahlte — und er übermittelte den norlaminischen Wissenschaftlern seine dringende Botschaft.

Kapitel 21

Im Thronsaal Kondals, der eine herrlich schimmernde Edelsteindecke und funkelnde juwelenbesetzte Wände hatte, berieten sich die drei mächtigsten Männer des Planeten Osnome — Herrscher Robon, Kronprinz Dunark und Tarnan, der Oberbefehlshaber der Streitkräfte. Ihre ›Kleidung‹ bestand nach der osnomischen Sitte aus einem System von Lederriemen, Ketten und Metallbändern, die dick mit leuchtenden Edelsteinen besetzt waren und zahlreiche vernichtende Handwaffen trugen, ohne die sich ein Angehöriger dieser Rasse splitternackt vorgekommen wäre. Die ernsten grünen Gesichter hatten etwas Raubtierhaftes, die harten Linien der nackten grünen Körper zeugten von dem anstrengenden Ertüchtigungstraining, dem sich jeder Osnomer von der Geburt bis zum Tod unterwirft.

»Vater, Tarnan hat vielleicht recht«, sagte Dunark gerade. »Wir sind zu wild, zu blutrünstig, zu sehr am Töten interessiert — nicht, um ein vernünftiges Ziel damit zu erreichen, sondern um des Tötens willen. Oberherr Seaton ist dieser Meinung, ebenso die Norlaminer. Alle wirklich aufgeklärten Rassen halten uns für Barbaren, und ich gebe ihnen teilweise recht. Ich glaube aber, daß wir bis auf die Norlaminer jede Rasse im System überflügeln könnten, wenn wir uns auf unsere Fortentwicklung und auf produktive Dinge konzentrieren.«

»Vielleicht enthalten deine Worte einen Funken Wahrheit«, sagte der Herrscher unsicher, »aber so etwas steht unseren rassischen Lehren entgegen. Wie sollen die Männer sonst ihre überschüssigen Energien loswerden?«

»Durch konstruktive anstelle von destruktiver Beschäftigung«, sagte der Karbix. »Sie sollen aufbauen — studieren — lernen — Fortschritte machen. Es stimmt durchaus, daß wir in allen wichtigen Dingen hinter den anderen Rassen des Systems herhinken.«

»Aber was ist mit Urvania und seinen Bewohnern?« trug Roban sein letztes und stichhaltigstes Argument vor. »Sie sind mindestens ebenso kriegerisch wie wir. Wie du richtig sagst, ist die Notwendigkeit eines beständigen Krieges seit der Vernichtung Mardonales nicht mehr vorhanden, aber sollen wir unseren Planeten einem interplanetarischen Angriff von Urvania wehrlos aussetzen?«

»Die Urvanier wagen es nicht, uns anzugreifen«, sagte Tarnan, »ebensowenig wie wir sie angreifen würden. Oberherr Seaton hat verfügt, daß derjenige sterben muß, der den anderen angreift, und wir wissen, daß das Wort des Oberherrn ernstzunehmen ist.«

»Aber er ist lange nicht mehr bei uns gewesen. Vielleicht ist er weit weg. Die Urvanier könnten jeden Augenblick ihre Flotten gegen uns in Marsch setzen. Ehe wir über diese wichtige Frage entscheiden, schlage ich vor, daß ihr beide am Hofe Urvans einen Staatsbesuch macht. Redet ganz offen mit Urvan und seinem Karbix, sprecht von Zusammenarbeit und allseitigem Fortschritt. Wenn sie mitmachen, schließen wir uns nicht aus.«

Während der langen Reise nach Urvania, dem dritten Planeten der Vierzehnten Sonne, kühlte die Begeisterung der Osnomen spürbar ab — besonders die des jüngeren Mannes —, und als sie Urvans Palast erreichten, wurde deutlich, daß sich der ewige Krieg, der viele tausend Generationen gedauert hatte, durch die Begegnung mit humaneren Rassen nicht so einfach auslöschen ließ.

Als die beiden Osnomer mit den beiden führenden Urvaniern zu verhandeln begannen, schien die Feindseligkeit greifbar in der Luft zu liegen. Wie Hunde, die sich knurrend und mit hochgezogenen Lefzen gegenüberstehen, starrten sich Osnomer und Urvanier an.

Tarnans Vorschlag der Zusammenarbeit und der gegenseitigen Annäherung klang in dieser Atmosphäre nicht sehr überzeugend und wurde mit offener Verachtung abgelehnt.

»Es mag schon sein, daß eure Rasse mit der unseren zusammenarbeiten will«, sagte der Herrscher von Urvania, »denn ihr würdet schon längst nicht mehr existieren, wenn da nicht diese Drohungen unseres selbstherrlichen ›Oberherrn‹ wären. Und woher wollen wir wissen, wo dieser Bursche steckt, was er gerade tut, ob er überhaupt noch auf uns achtet? Wahrscheinlich habt ihr erfahren, daß er das System verlassen hat, und plant bereits einen Angriff auf uns. In schlichter Notwehr müssen wir euch wahrscheinlich auslöschen, um zu verhindern, daß ihr uns vernichtet. Auf jeden Fall ist euer Ansinnen ein heimtückischer Trick eurer schwachen und feigen Rasse ...«

»Schwach! Feige! Wir? Du aufgeblasenes, selbstherrliches Ungeheuer!« schäumte Dunark, der sich bis dahin nur mit Mühe beherrscht hatte. Er sprang auf, und sein Stuhl stürzte polternd um. »Ich verlange auf der Stelle einen Ehrenkampf, wenn du überhaupt weißt, was das Wort ›Ehre‹ bedeutet!«

Die vier aufgebrachten Männer, die ihre Waffen gezogen hatten, wurden plötzlich auseinandergerissen und unbeweglich festgehalten, während eine Energiegestalt zwischen ihnen erschien — die Gestalt eines alten weißhaarigen Norlaminers.

»Frieden, meine Kinder. Haltet Ruhe!« befahl die Projektion. »In diesem System wird es keinen Krieg mehr geben, und die Befehle des Oberherrn werden durchgesetzt. Beruhigen Sie sich und hören Sie mir zu. Ich weiß sehr wohl, daß Sie eben nicht im Ernst gesprochen haben.

Die Osnomer waren so beeindruckt von den Vorteilen der gegenseitigen Annäherung und Unterstützung, daß sie diese Reise antraten, um den nächsten Schritt zu tun. Die Urvanier sind im Grunde auch dafür, aber keiner von ihnen hat die Kraft, dies zuzugeben.

Sie sollten sich klarmachen, daß Sie eben Schwäche, und nicht Stärke demonstriert haben. Es ist durchaus möglich, daß sich Ihr Mut und Ihre Kampflust zum Wohl der ganzen Menschheit einsetzen lassen. Würden Sie sich zusammenschließen, um für eine solche Sache zu kämpfen?«

»Ja.«

»Gut. Wir Norlaminer sind in großer Sorge, weil wir einem der größten Gegner der Zivilisation Waffen in die Hand gegeben haben, die den Kräften des Oberherrn entsprechen, und daß er in diesem Augenblick dabei ist, unsere Taten zunichte zu machen. Wollen die Osnomer und die Urvanier uns helfen, eine Expedition gegen den Feind auszurüsten?«

»Ja!« riefen die vier.

Dunark fügte hinzu: »Wer ist dieser Feind, und wo finden wir ihn?«

»Dr. Marc C. DuQuesne von der Erde.«

»DuQuesne!« rief Dunark. »Aber ich dachte, die Fenachroner hätten ihn umgebracht! Wir kümmern uns sofort darum — wenn *ich* einen Gegner umbringe, bleibt er tot!«

»Einen Augenblick, mein Sohn«, fuhr die Projektion fort. »Dieser Mann hat die Erde mit Abwehreinrichtungen umgeben, gegen die unsere Waffen nichts ausrichten können. Bitte, kommen Sie nach Norlamin und bringen Sie jeweils hundert Ihrer besten Männer mit. Wir bereiten einige Kampfmittel für Sie vor, die vielleicht nicht den Sieg garantieren, aber auf jeden Fall dafür sorgen, daß Sie gesund heimkehren. Es wäre vielleicht auch ratsam, auf Dasor Station zu machen, das nicht weitab vom Kurs liegt, und Sacner Carfon mitzubringen, der uns sehr helfen kann, da er ein umsichtiger, tatkräftiger Mann ist.«

»Aber was ist mit DuQuesne!« rief Dunark, der sofort erkannte, was geschehen sein mußte. »Warum haben Sie ihn nicht sofort zerstrahlt? Wußten Sie denn nicht, daß er ein Lügner und ein Dieb ist?«

»Wir hatten damals keine Ahnung, wer dieser Mann war — nahmen wir doch an, daß DuQuesne nicht mehr existierte. Er hatte sich einen falschen Namen zugelegt und gab sich als Seatons Freund aus. Er schmeichelte sich mit den richtigen Worten bei uns ein. Aber darüber informieren wir Sie später. Bitte, kommen Sie sofort. Wir werden Ihre Steuerung übernehmen und Ihre Schiffe präzise und mit großem Tempo zu uns lenken.«

Auf der Wasserwelt Dasor war die amphibische Menschheit mit Entwicklungen beschäftigt, die man sich seit Jahrhunderten erträumt hatte, die aber erst möglich geworden waren, als die *Skylark* dem Planeten einen Vorrat des Energiemetalls Rovolon brachte. Jetzt ragten überall Metallstädte aus dem Ozean, Flugzeuge und Hubschrauber schossen durch die Atmosphäre, Boote und Vergnügungsdampfer fuhren über das gewaltige Planetenmeer, und riesige U-Boot-Frachter glitten durch die dunklen Tiefen.

Sacner Carfon, der fischähnliche haarlose dasorische Ratsherr, schleppte seinen fast zwei Meter großen und fünf Zentner schweren Körper in Dunarks Raumschiff und begrüßte den osnomischen Prinzen.

Während des Flugs nach Norlamin berieten sich die drei Planetenführer nicht nur untereinander, sondern hielten auch viele Konferenzen mit dem Rat der Fünf ihres Zielplaneten ab, so daß sie voll informiert waren, als sie Norlamin erreichten. Hier wurden sie von Rovol und Drasnik in die Geheimnisse der Kräfte fünfter Ordnung eingeweiht.

Sacner Carfon übernahm das Kommando, und er wurde in allen Einzelheiten über die Energieausstattung und Kampfmöglichkeiten des Schiffs unterrichtet, das die Hoffnung der Zivilisation barg. Tarnan, der ausgewogenste seiner Rasse, erhielt eine weniger umfassende Ausbildung, während Dunark und Urvan nur im eigentlichen Gebrauch der Waffen unterrichtet wurden, ohne Informationen über die grundlegenden Konstruktions- und Funktionsprinzipien.

»Ich hoffe, Sie nehmen uns diese notwendige Vorsicht nicht übel«, sagte Drasnik zögernd. »Ihr Wesen ist im Grunde noch zu sehr von Aggressivität bestimmt; Ihre Vernunft wird zu schnell von der Leidenschaft ausgeschaltet. Doch Sie geben sich ehrlich Mühe, und das ist schon sehr viel. Nach einigen geistigen Korrekturen, die wir später gern vornehmen wollen, sind Sie beide durchaus in der Lage, Ihre Völker auf dem Marsch zur Zivilisation anzuführen.«

Fodan, der Anführer der Fünf, brachte die Gruppe der Krieger zu ihrem Schiff. Der Raumkreuzer war doppelt so groß wie die *Skylark III* und bis zum Rand mit Energie gefüllt. Er wartete auf den Befehl seines Kommandanten, sich auf die ferne Erde zu stürzen.

Aber die Strafexpedition kam viel zu spät. DuQuesne hatte seine Position längst gefestigt. Sein Netz von Energiestationen umfaßte inzwischen die ganze Erde. Die Länderregierungen bestanden nur noch dem Namen nach. Die World Steel Corporation beherrschte die ganze Erde, und DuQuesnes Macht war absolut. Dabei war seine Herrschaft für viele Menschen gar nicht mal nachteilig. Die Kriegsgefahr war gebannt, die Tyrannei der Unterwelt gehörte der Vergangenheit an, alle hatten Arbeit und verdienten gut — worüber sollte man sich aufregen? Einige Weitsichtige erkannten natürlich die Wahrheit und verkündeten sie, doch sie wurden von den Menschen niedergeschrien, die sie zu warnen versuchten.

So richteten Dunark und Urvan ihren Angriff auf eine wohlgerüstete Welt. Ihr Großschlachtschiff vermochte ungeheure Offensivkräfte aufzubringen — doch DuQuesne wußte seit langem, in welcher Form die Offensive kommen würde, und da er auf die Energien einer ganzen Welt zurückgreifen konnte, war er gerüstet, dem Angriff von hundert ähnlichen Schlachtschiffen zu widerstehen — und auch eine Flotte aus tausend Einheiten hätte ihm nicht viel ausgemacht.

So wurde der Angriff mühelos zurückgeschlagen. Aus zahlreichen Generatoren gespeist, schickte DuQuesne dem norlaminischen Schiff einen so starken Energiestrahl entgegen, daß das Uran des Raumkreuzers von Sekunde zu Sekunde schwand — so viel Energie kostete die Absorption des fürchterlichen Angriffs. Der Metallvorrat schmolz so schnell zusammen, daß Sacner Carfon den ungleichen Kampf nach etwa zwanzig Stunden aufgab und sich gegen den wütenden Protest Dunarks und Urvans in Richtung Zentralsystem absetzte.

Und in seinem Privatbüro, das inzwischen zu einem komplizierten Kontrollraum umgerüstet worden war, drehte sich DuQuesne lächelnd zu Brookings um. »Verstehen Sie nun, was ich gemeint habe?« fragte er. »Was wäre, wenn ich mich nicht mit so viel Zeit und Geld auf die Verteidigung der Erde konzentriert hätte?«

»Na, warum sind Sie nicht hinter den Burschen her?«

»Weil das sinnlos wäre«, sagte DuQuesne. »Das Schiff enthält mehr Waffen, als wir im Augenblick für die Ausrüstung eines Raumschiffs bereit haben. Auch läßt sich Dunark nicht ins Bockshorn jagen. Töten kann man ihn vielleicht, aber er läßt sich keine Angst machen.«

»Nun, wie lautet die Antwort? Sie haben Norlamin mit allen verfügbaren Waffen angreifen wollen — Bomben, automatische Schiffe und Projektoren —, aber Sie sind nicht weit gekommen. Sie konnten nicht mal die äußeren Schirme ankratzen. Was wollen Sie nun tun — soll's beim Unentschieden bleiben?«

»Kaum!« DuQuesne lächelte drohend. »Ich plaudere zwar nicht gern über unausgereifte Pläne, aber ausnahmsweise will ich Ihnen ein paar Kleinigkeiten verraten, damit Sie mit größerem Verständnis und auch größerer Zuversicht weiterarbeiten können. Seaton ist weg vom Fenster, sonst wäre er längst zurück. Die Fenachroner sind ausgelöscht worden. Dunark und sein Volk sind uninteressant. Norlamin ist offenbar das einzige Hindernis, das zwischen mir und der Herrschaft über die Galaxis steht — deshalb muß Norlamin erobert oder vernichtet werden. Da die erste Alternative ungebührliche Schwierigkeiten macht, werde ich den Planeten vernichten.«

»Norlamin vernichten — wie denn?« Der Gedanke, daß eine ganze Welt mit seiner alten Kultur ausgelöscht werden sollte, berührte Brookings überhaupt nicht. Ihn interessierte nur die Methode, die DuQuesne anwenden wollte, und ihre Effektivität.

»Meine Arbeit hier war nur eine Vorstufe für diese Vernichtung«, sagte DuQuesne gelassen. »Ich bin jetzt bereit, den zweiten Schritt zu tun. Der Planet Pluto besitzt, wie Sie vielleicht wissen, reiche Uranvorräte. Die Schiffe, die wir im Augenblick bauen, sollen viele Millionen Tonnen dieses Metalls auf einen großen und praktisch unbewohnten Planeten in der Nähe Norlamins schaffen. Ich werde auf diesem Planeten einen gigantischen Antrieb installieren und die ganze Welt als Projektil verwenden, das die Norlaminer nicht aufhalten können — und dann drücke ich Norlamin in seine Sonne.«

Wütend, aber hilflos ließ sich Dunark nach Norlamin zurückbringen. Aufgebracht begleitete er Urvan, Sacner Carfon und die verschiedenen Führer Norlamins zur Beratung mit dem Rat der Fünf.

Während sie an bunten Brunnen, an phantastisch geometrisch gestutzten Hecken vorbeigingen, an Wänden aus selbstleuchtenden Edelsteinen, die bewegliche Bilder von exquisiter Form und Farbe bildeten, gab Sacner Carfon Drasnik ein unauffälliges Signal, und die beiden gingen langsamer.

»Ich hoffe, Sie haben tun können, was Sie vorhatten, während wir für Ablenkung sorgten«, sagte Carfon leise, als sie außer Hörweite waren.

Dunark und Urvan hatten die Ereignisse so hingenommen, wie sie geschehen waren, doch ihr Anführer dachte weiter. Der riesige Dasorier hatte sofort erkannt, daß seine Expedition gegen DuQuesne hoffnungslos war — und dasselbe Wissen hatte er bei den Norlaminern vorausgesetzt.

»Wir wußten natürlich, daß Sie auf die Wahrheit stoßen würden«, erwiderte der Obermeister der Psychologie gelassen. »Wir wußten auch, daß Sie unsere Gründe anerkennen würden, warum wir Sie nicht voll ins Vertrauen gezogen haben. Tarnan von Osnome hat ebenfalls etwas geahnt, und ich habe ihm die Lage bereits erklärt. Ja, wir haben unser Ziel erreicht. Während DuQuesne voll auf die Abwehr Ihres Angriffs konzentriert war, haben wir viele Dinge gelernt, die wir sonst nicht erfahren hätten. Auch haben unsere jungen Freunde Dunark und Urvan eine Lektion in Bescheidenheit erteilt bekommen. Sie haben sich zum erstenmal im richtigen Licht gesehen, und daß sie beide zusammen eine Niederlage einstecken mußten, hat hoffentlich etwas Verbindendes.«

Im Saal der Fünf äußerte der norlaminische Sprecher seinen Dank für den vergeblichen Angriff und schloß mit den Worten: »Als Waffengang ist die Expedition sicher nicht erfolgreich gewesen, doch in manch anderer Hinsicht war sie kein Fehlschlag. Durch diesen Flug haben wir viel gelernt, und ich kann Ihnen nun versichern, daß unser Gegner keine Chance hat. Es steht auf der Sphäre eingraviert, daß die Zivilisation siegen wird.«

»Dürfte ich eine Frage stellen, Sir?« Urvan schien zum erstenmal in seinem kriegerischen Leben verlegen zu sein. »Gibt es wirklich keine Möglichkeit, einen Sturmtrupp auf der Erde zu landen? Müssen wir DuQuesnes Herrschaft ewig dulden?«

»Wir müssen abwarten und an uns arbeiten, mein Sohn«, erwiderte der Anführer mit der fatalistischen Ruhe seiner Rasse. »Im Augenblick können wir nichts weiter unternehmen, aber die Zeit wird kommen, da ...«

Er wurde von einem lauten Geräusch unterbrochen, von der Stimme Richard Seatons, die in dröhnender Verstärkung durch den Saal hallte.

»Die *Skylark* ruft Rovol von Norlamin ... Die *Skylark* ruft Rovol von Norlamin ...«, wiederholte die Stimme immer wieder und schwankte dabei von absoluter Unhörbarkeit bis zu lautem Gebrüll.

Rovol richtete einen Strahl auf den nächsten Sender und sagte: »Ich bin hier, mein Sohn. Was ist los?«

»Ausgezeichnet! Ich stehe hier draußen in ...«

»Moment mal, Dick!« rief Dunark. Das Bewußtsein seiner Unwissenheit im Vergleich zu den gewaltigen Intelligenzen der Norlaminer hatte ihn sehr bedrückt. Doch nun sah er eine Chance einzugreifen.

»DuQuesne lebt noch! Er hat die Erde zu einer Festung ausgebaut und wehrt sich gegen alles, was wir gegen ihn aufbieten können«, fuhr er hastig fort. »Er verfügt über alle Waffen, die wir auch haben, und ist vielleicht sogar stärker als wir. Auf jeden Fall hört er jedes Wort, das wir hier wechseln. Ich schlage vor, daß wir mardonalisch sprechen — ich weiß, daß DuQuesne diese Sprache nicht versteht. Wir haben hier ein Lerngerät, und ich werde Rovol kurz unterrichten — Moment noch, so, jetzt könnt ihr reden.«

»Ich stehe weit außerhalb der Galaxis«, fuhr Seatons Stimme in der Sprache der osnomischen Rasse fort, die vor kurzem vernichtet worden war. »Ich bin so viele hundert Millionen Parseks entfernt, daß in eurem Kreis nur Orlon die absolute Entfernung begreifen würde.

Die Geschwindigkeit unserer Funkwellen ist darauf zurückzuführen, daß wir einen Projektor sechster Ordnung gebaut haben, dessen Strahlen wir benutzen. Habt ihr ein Schiff zur Verfügung, das für weite Entfernungen ausgerüstet ist — etwa so groß wie die *Skylark III* oder größer?«

»Ja. Wir haben ein Schiff gebaut, das doppelt so groß ist.«

»Ausgezeichnet! Rüstet das Schiff aus und startet. Richtung Andromedanebel — Orlon kennt die Position. Der Nebel liegt nicht gerade in dei Nähe meiner Flugbahn, muß aber genügen, bis ihr ein paar neue Geräte gebaut habt. Ich brauche Rovol, Drasnik und Orlon und würde gern auch Fodan dabei haben; außerdem können alle mit, die sonst noch mitkommen wollen. Ich melde mich in einer Stunde wieder — bis dahin müßtet ihr gestartet sein.«

Außer den vier erwähnten Norlaminern wollten Caslor, der Erste Techniker, und Astron, der Erste der Energie, an dem gewaltigen Flug teilnehmen, wie auch viele junge Leute aus dem Land der Jugend. Dunark wollte nicht zurückbleiben, ebensowenig wie der abenteuerlustige Urvan. Und schließlich ging auch der Dasorier Sacner Carfon an Bord, der sich mit den Worten anbot: »Ich muß dabei sein, damit sich die Jungs benehmen, und um das Schiff zu steuem, falls die alten Professoren zu zerstreut dazu sind.« Der Raumkreuzer stand bereits tief im All, als sich Seaton nach einer Stunde wieder meldete.

»Gut, schaltet mich auf ein Aufzeichnungsgerät, dann gebe ich euch die Daten durch«, sagte er, als er sich vergewissert hatte, daß seine Nachricht empfangen wurde.

»DuQuesne hat versucht, uns einen Strahl anzuhängen, und wird uns vielleicht verfolgen«, schaltete sich Dunark ein.

»Soll er ruhig«, gab Seaton zurück und fuhr auf englisch fort: »DuQuesne, Dunark sagt, daß Sie mithören. Ich lade Sie hiermit ein, dem norlaminischen Schiff zu folgen. Wenn Sie durchhalten, haben Sie einen sehr langen Flug vor sich, das können Sie mir glauben!«

Dann wandte er sich wieder an seine Freunde und berichtete kurz von den Abenteuern, die er seit dem Verlassen der *Skylark III* erlebt hatte; schließlich ging er abrupt auf die grundlegenden Theorien und praktischen Verwendungsmöglichkeiten der Strahlen sechster Ordnung über.

Von dieser ultramathematischen Dissertation verstand Dunark nicht einmal den ersten Satz, und Sacner Carfon bekam nur da und dort einen Gedanken mit. Die Norlaminer jedoch saßen entspannt lächelnd in ihren Sitzen, und ihre gewaltigen Gehirne absorbierten das neue Wissen nicht nur, sondern verarbeiteten mühelos die gewaltigen Brocken mathematischer und physikalischer Neuerungen, die ihnen in schneller Folge zugerufen wurden. Und als der epochemachende Bericht abgeschlossen war, brauchte keiner der alten Wissenschaftler auf das Band mit der Aufzeichnung zurückzugreifen.

»Wunderbar — wunderbar!« rief Rovol begeistert; seine transzendentale Ruhe war endlich einmal vergessen. »Stellt euch das vor! Unser Wissen ist um eine ganze Stufe in jede Richtung erweitert! Großartig! Und ein einziges Gehirn hat dies vollbracht, das Gehirn eines jungen Mannes! Erstaunlich. Und wir können jetzt in normaler Zeit universale Entfernungen überwinden, denn dieses Gehirn hat die praktisch unendliche Energie der kosmischen Strahlung nutzbar gemacht, die Energie, die den Uranvorrat der *Skylark III* in vierzig Stunden erschöpft hat. Phänomenal! Unvorstellbar!«

»Wir sollten nicht vergessen, daß das Gehirn des jungen Mannes sich aus vielen Gehirnen zusammensetzt«, sagte Fodan nachdenklich, »und daß sowohl Sie als auch Drasnik dazu beigetragen haben. Seaton selbst schreibt seinen Erfolg mit den Strahlen sechster Ordnung dieser besonderen Kombination zu. Sie wissen natürlich, daß ich damit nicht die naturgegebenen Fähigkeiten seines Gehirns herabwürdigen möchte. Ich meine nur, daß vielleicht weitere wertvolle Entdeckungen möglich sind, wenn man Gehirne aus anderen, gleichermaßen unterschiedlichen Wissensgebieten zusammenbringt.«

»Ein interessanter Gedanke, der gute Ergebnisse verspricht«, sagte Orlon, der Führer der Astronomie, »aber ich möchte vorschlagen, daß wir keine Zeit mehr verschwenden. Ich bin jedenfalls begierig, die Tiefen der Galaxis kennenzulernen.«

Die fünf weißhaarigen Wissenschaftler setzen sich an die Multi-Konsolen ihres Projektors fünfter Ordnung und gingen gelassen ans Werk. Ihre gewaltigen Gehirne scheuten nicht vor der Riesenaufgabe zurück, die sie in Angriff nahmen — sie waren begeistert von der Möglichkeit, Größenordnungen, Entfernungen, Kräfte, Objekte und Ereignisse in Betracht zu ziehen, die jeden normalen menschlichen Verstand lähmen mußten.

Ruhig und zufrieden arbeiteten sie; ihre beweglichen Finger schufen Kräfte, die in ihrem Raumfahrzeug ein Duplikat des mechanisch-elektrischen Großgehirns entstehen ließen, das Seatons Planetoidenraumschiff auf die Erste Galaxis zusteuerte. Es bewegte sich mit einer Geschwindigkeit, die unglaubliche Werte erreichte, es war von Energien angetrieben, die von der sich auflösenden Materie aller Sonnen aller Galaxien aller Universen des Alls stammten.

Kapitel 22

Trotz ihrer gewaltigen Geistesgaben und ihres Projektors fünfter Ordnung war es keine leichte Aufgabe für die Norlaminer, ein Kontrollsystem sechster Ordnung zu bauen, das sie benötigten, wenn sie in annehmbaren Flugzeiten universale Entfernungen zurücklegen wollten. Doch die Arbeit war schließlich getan.

Ein gewaltiges mechanisch-elektrisches Großgehirn füllte fast die ganze Mitte des riesigen Raumschiffs, Rezeptoren und Konverter für freie Raumenergie waren installiert, und der alte Atomantrieb war durch Seatons neu entwickelten Antrieb sechster Ordnung ersetzt worden, der seine Energie aus dem Kosmos bezog. Dieser Antrieb vermochte dem Schiff und seinen gesamten Inhalt ruckfrei jede Beschleunigung zu geben.

Seit Tagen raste das norlaminische Schiff mit seiner neuen unvorstellbaren Maximalbeschleunigung auf die *Skylark von Valeron* zu, die ihrerseits mit derselben ungeheuren Geschwindigkeit auf die Erste Galaxis zuhielt. Als die beiden Raumschiffe nur noch wenige tausend Lichtjahre voneinander entfernt waren, setzte die Gegenbeschleunigung ein. Seaton ließ seine Projektion an den Kontrollen des kleineren Schiffs materialisieren und gab Gedankenimpulse in das norlaminische Gerät ein.

»Alles fertig!« Im Kontrollraum der *Skylark* schob Seaton die Kopfhaube zur Seite und wischte sich erleichtert den Schweiß von der Stirn. »Die Falle ist aufgebaut — ich war schon seit einer Woche in Sorge, daß sie angreifen würden, ehe wir bereit waren.«

»Was ist der Unterschied?« fragte Margaret neugierig. »Immerhin sind wir durch Schirme sechster Ordnung geschützt — da könnten uns die Geistwesen doch nichts tun, oder?«

»Nein, Peggie. Aber es genügt nicht, zu verhindern, daß sie uns etwas tun. Wir müssen sie gefangennehmen. Und dazu müssen sie fast direkt zwischen Rovols Schiff und dem unseren stehen, sonst klappt es nicht. Weißt du, wir wollen von jedem Schiff eine hohle Energiehalbkugel ausschicken und die Wesen damit umschließen. Wenn wir nur ein Schiff hätten oder sie sich nicht zwischen unsere beiden Schiffe drängen ließen, könnten wir sie nicht festsetzen, weil sie genau dieselbe Beschleunigung aufbringen wie wir. Auch werdet ihr verstehen, daß unser Projektor nicht mehr als eine Halbkugel zustande bringt, ohne seine eigenen Strahlen zu überkreuzen, und wir dürfen auch nicht mit Relaisstationen arbeiten, weil uns die Geistwesen dann entwischen könnten, während die Relais noch reagieren — so schnell das auch geschehen mag. Sonst noch Fragen?«

»Ja«, meldete sich Dorothy. »Du hast gesagt, dein künstliches Großgehirn hätte die Fähigkeiten deines natürlichen Gehirns — und schon sitzt du fest und brauchst ein zweites Gehirn zur Aushilfe. Wie kommt das?«

»Nun, dieser Fall ist die große Ausnahme«, erwiderte Seaton. »Was ich neulich gesagt habe, stimmt normalerweise, aber hier arbeite ich gegen etwas, das genauso schnell denken und handeln kann wie ich.«

»Ich weiß, mein Schatz, ich wollte dich nur ein bißchen aufziehen. Was willst du als Lockmittel benutzen?«

»Gedanken. Wir senden sie von einem Punkt auf halbem Wege zwischen den beiden Schiffen. Die Geistwesen sind begierig, jeden Impuls sechster Ordnung zu ergründen — deshalb haben wir unsere bisherigen Sendungen über gebündelte Strahlen abgegeben, die sie hoffentlich noch nicht aufgespürt haben. Aber nun strahlen wir ganz besondere Gedanken ab, für die sich die Geistwesen bestimmt interessieren.«

»Ich möchte mal einen Augenblick zuhören, nur eine Minute lang!« sagte Dorothy.

»Also ... ich weiß nicht recht.« Er sah sie zweifelnd an. »Eine ganze Minute kann ich dir nicht zubilligen. Auch ich habe mir das fertige Band noch nicht angehört. Es handelt sich um Gedanken, denen nicht einmal ein reines Geistwesen widerstehen kann — und die würden das Gehirn eines Menschen in kurzer Zeit überlasten. Vielleicht kann ich dir eine Zehntelsekunde geben.«

Er schob ihr die Kopfhaube zurecht und schaltete sie sofort wieder ab — doch der kurze Augenblick hatte genügt. Dorothys violette Augen waren weit aufgerissen, ihr Gesicht zeigte Entsetzen und ekstatische Faszination, sie zitterte am ganzen Körper.

»Dick — Dick!« sagte sie schrill und erholte sich nur langsam wieder. »Wie schrecklich — wie abscheulich — wie verderblich! Was ist denn das? Ich hörte Babys, die ihre Geburt erflehten! Und Menschen, die gestorben waren und Himmel und Hölle gesehen hatten; Gehirne, die ihre Körper verloren hatten und nicht wußten, was sie tun sollten — sie schrien ihre Qual, ihre Verzweiflung und ihr Entsetzen hinaus — das ganze Universum sollte diese Gefühle hören! Und dann die Freuden, Ekstasen, alles so verdichtet, daß es fast unerträglich ist! O Dick! Ich dachte, ich wäre völlig verrückt geworden!«

»Beruhige dich, mein Schatz«, sagte Seaton leise. »All diese Dinge sind wirklich vorhanden, und nicht nur sie. Ich habe dir ja gesagt, daß es nicht leicht zu ertragen ist. Auf dem Band sind alle Schmerzen und Ekstasen, alle Gedanken und Emotionen aller Evolutionsformen und Wesen enthalten, ob lebendig oder nicht — alle Dinge, die je existiert haben und die bis zum unvorstellbaren Ende der Zeit existieren werden. Das Band umfaßt das Leben von der ersten Bewegung, die die erste Einzelzelle im Schleim der ersten Welt des

Kosmos vollführte, bis hin zur letzten Wahrnehmung des allerletzten intelligenten Wesens, das es jemals geben wird.

Natürlich ist auch unsere Menschheit vertreten — von der Zeit vor der Befruchtung bis zur Geburt, durch das gesamte Leben, über den Tod und das jenseitige Leben hinaus.

Martin und ich konnten das natürlich nicht allein schaffen. Wir haben den Anstoß gegeben, soweit wir konnten; dann hat das Gehirn die Sache zu einem logischen Abschluß gebracht, der natürlich unsere Möglichkeiten überstieg. Dann hat das Gehirn alle Daten geordnet und auf eine Essenz reiner Gedanken konzentriert. Und diese Essenz wird nun gesendet und muß für die Geistwesen unwiderstehlich sein. In der kurzen Zeit, die du den Gedanken ausgesetzt warst, hast du sicher nur die menschlichen Aspekte mitbekommen — aber vielleicht ist das auch gut so.«

»Das kann man wohl sagen!« meinte Dorothy entschieden. »Das möchte ich mir nicht noch einmal anhören, auch nicht eine Millionstelsekunde lang — aber ich würde das Erlebnis für eine Million Dollar nicht wieder hergeben. Margaret, ich weiß nicht, ob ich dich drängen soll, dir das anzuhören, oder ob ich dir davon abraten soll.«

»Gib dir keine Mühe«, erwiderte Margaret. »Mit etwas, das dich so hysterisch macht, will ich lieber nichts zu tun haben. Nichts von dem könnte mich ...«

»Wir haben sie, Leute — es ist alles vorbei!« rief Seaton. »Ihr könnt die Kopfhauben aufsetzen.«

Eine Signallampe war aufgeleuchtet, und Seaton wußte, daß die beiden Großgehirne, die in vollkommener Synchronisation arbeiten, ihre Aufgabe erfüllt hatten.

»Bist du ganz sicher, daß wir sie alle gefangen haben?«

»Absolut — und es hat weniger Zeit gekostet, als die

Glühfäden der Lampe zum Aufleuchten gebraucht haben. Du kannst dich darauf verlassen, daß alle sieben in der Falle sitzen. Ich bin zwar manchmal etwas vorschnell — aber nicht die Gehirne. Für sie wäre das unmöglich.«

Seatons Plan hatte geklappt. Obwohl die Geistwesen sehr weit entfernt gewesen waren, empfingen sie die Gedankensendung und hatten sich mit Höchstgeschwindigkeit dem Ursprungsort genähert. In ihrem langen Leben waren sie noch nie auf Gedanken von solcher Breite, Klarheit und Kraft gestoßen.

Die körperlosen Wesen rasten auf das seltsame Muster gedanklicher Energie zu und versuchten es anzusprechen — und im gleichen Augenblick schickte jedes der mechanisch-elektrischen Großgehirne einen riesigen halbkugelförmigen Schirm aus.

Die beiden Schiffe, die an den Polen der vorgesehenen Energiekugel standen, sandten ihre Schirmstrahlen mit der unvorstellbaren Geschwindigkeit von Kräften sechster Ordnung aus, und ihre Impulse wurden nicht von den groben Erscheinungen gestört, die die menschlichen Sinne wahrnehmen. So bildeten Sonnensysteme und die Neutroniumkerne von Sternen kein Hindernis bei der Ausbreitung der Schirmwandungen.

Obwohl die Schiffe Hunderte von Lichtjahren voneinander entfernt waren, trafen sich die Ränder der Halbkugeln auf den Millimeter genau und verschmolzen blitzschnell zu einer perfekten, gedankendichten Kugel. Das heftig strahlende Gedankenmuster, das die Geistwesen angelockt hatte, verschwand, und im gleichen Augenblick litten die überempfindlichen Wesen unter dem betäubenden Krachen und grellen Aufflammen der verschmelzenden Energiekugel.

Diese simultanen Ereignisse waren die ersten Anzeichen, daß hier etwas nicht stimmte, und die körperlosen Intelligenzen traten sofort in Aktion — doch einen Sekundenbruchteil zu spät. Die Falle war geschlossen, die Kugel war absolut undurchdringlich, und falls die Geistwesen die Wand nicht einrennen konnten, waren sie eingeschlossen, bis Seaton seinen Schirm abschaltete.

In der Kugel gab es viele Sonnen und viele tausend Kubikparseks Weltall, deren Energievorräte die Geistwesen anzapfen konnten. Sofort begannen sie mit einem gemeinschaftlichen Angriff auf die Energiewand. Aber all ihre Wut nützte nichts, hatten sie es doch hier nicht mit den Kräften eines organischen Gehirns zu tun. Seatons Geist war nur der auslösende Impuls für die gefühllosen und leistungsstarken künstlichen Großgehirne in den beiden Raumschiffen.

So widerstand die ständig schrumpfende Energiekugel jedem Angriff der Geistwesen, und je kleiner die Kugel wurde, desto geringer wurden die Energien, auf die die Eingeschlossenen zurückgreifen konnten, und ihre Gegenwehr erlahmte schnell. Als die Energiekugel nur noch wenige hundert Kilometer Durchmesser hatte, errichtete Seaton Hilfsstationen um die Energieformation und übernahm die volle Kontrolle.

Mit sicherer Hand wurde die Energiekugel, die nun kaum noch größer als ein Luftballon war, durch die Inosonwandungen der *Skylark* gesteuert und in einen Raum über dem Gehirnzentrum manövriert. Ein kompliziertes Energiegebilde entstand rings um die Erscheinung, und darum bildete sich ein Rahmen aus Inoson, der sechzehn massive Uranschienen enthielt.

Seaton setzte den Helm ab und seufzte. »Na bitte — das dürfte die Burschen eine Zeitlang bändigen.«

»Was hast du mit ihnen vor?« fragte Margaret.

»Ich weiß es ehrlich nicht«, sagte Seaton verlegen. »Das macht mir Sorgen, seit mir der Einfall mit der Energiefalle gekommen ist. Umbringen wollen und können wir sie nicht, aber ich kann sie auch nicht freilassen, da sie zu stark sind. Bis wir eine Methode gefunden haben, sie für immer loszuwerden, müssen wir sie wohl hier festhalten.«

»Das finde ich aber sehr brutal«, schaltete sich Dorothy ein.

»Wirklich? Da spricht wieder dein weiches Herz, dabei solltest du dein hartes Köpfchen einsetzen, mein Schatz. Wäre es wirklich ratsam, sie freizulassen — damit sie uns im Nu entmaterialisieren können? Aber so schlimm ist es gar nicht, weil ich die Burschen in einen Zeitstillstand gepackt habe. Wir könnten sie siebzehn Milliarden Jahre festhalten, aber bei all ihrer Intelligenz würden sie nichts davon merken, denn für sie wäre keine Zeit vergangen.«

»Hmm — nein, natürlich können wir sie nicht einfach freilassen«, sagte Dorothy. »Aber wir — ich — na ja, vielleicht könnte man einen Handel mit ihnen abschließen, daß wir ihnen die Freiheit wiedergeben, wenn sie uns in Ruhe lassen? Sie haben bisher die absolute Freiheit genossen, so daß sie doch lieber darauf eingehen würden, als ewig eingesperrt zu sein.«

»Da es sich um reine Geistwesen handelt, die also unsterblich sind, glaube ich nicht, daß sie mit uns handeln werden«, erwiderte Seaton. »Zeit bedeutet ihnen gar nichts. Aber da du darauf bestehst, will ich den Zeitstillstand unterbrechen und mal mit ihnen reden.«

Eine Projektion wurde auf Trägerwellen gelegt, die weit unter den Daseinsfrequenzen der Gefangenen lagen, und schlich sich durch die Barriere. Seaton richtete seine Gedanken an das Wesen, das er ›Eins‹ nannte.

»Da du hochintelligent bist, hast du sicher schon erkannt, daß wir mächtiger sind als du. Ein stoffliches Dasein hat also doch seine Vorteile gegenüber einer körperlosen Existenz. Und zu diesen Vorteilen gehört, daß wir durch die vierte Dimension fliehen konnten, was euch nicht möglich war, da ihr absolut dreidimensional seid.

Im Hyperraum haben wir viel dazugelernt. Wir erlangten Informationen besonders über die grundlegende Beschaffenheit und Beziehung von Zeit, Raum und

Materie und konnten auf diese Weise unser Wissen über die Natur erweitern.

Wir können jetzt nicht nur Materie und Energie austauschen, wie ihr es bei Materialisationen und Entmaterialisationen tut, sondern wir können weitergehen als ihr und auf Ebenen arbeiten, die ihr nicht erreicht. Zum Beispiel projiziere ich mich durch diesen Schirm, was ihr nicht vermögt, da die Trägerwelle unterhalb der von euch erreichbaren Frequenzen liegt.

Trotz meines umfassenden Wissens muß ich eingestehen, daß ich euch nicht vernichten kann, denn ihr könnt euch theoretisch auf einen mathematischen Punkt schrumpfen lassen, und wenn ich meine Zone zu weit zusammenziehe, würde sie zusammenfließen, und ihr wärt frei. Andererseits erkennt ihr eure Hilflosigkeit in der Kugel. Ihr könnt nichts tun, bis meine Energiequellen versagen.

Ich kann euch hier gefangenhalten, so lange ich möchte. Ich kann Kräfte in Gang setzen, die euch festhalten, bis diese Zweihundert-Kilo-Uranstange auf weniger als ein Milligramm geschwunden ist. Da die Halbwertzeit dieses Elements ungefähr fünfmal zehn hoch neun Jahre beträgt, könnt ihr euch selbst ausrechnen, wie lange ihr hier eingeschlossen sein werdet.

Meine Frau hat aber rein sentimentale Gründe dagegen vorgebracht, euch so lange gefangenzuhalten, und möchte eine Vereinbarung mit euch treffen, nach der wir euch freilassen, ohne unsere jetzige Existenz zu gefährden. Wir sind bereit, euch ziehen zu lassen, wenn ihr versprecht, dieses Universum für immer zu verlassen. Ich weiß natürlich, daß ihr über allen Gefühlen steht — und so will ich meinen Vorschlag logisch begründen.

Laßt ihr uns und unser Universum in Ruhe, damit wir unser Schicksal selbst bestimmen können — oder muß ich euch in dieser Energiekugel lassen, bis die Energieschienen aufgebraucht sind? Überlegt euch die

Antwort, denn wir alle ziehen ein kurzes Leben in Fleisch und Blut einer ewigen Existenz als körperlose, immaterielle Intelligenzen vor. Nicht nur das — wir gedenken so zu leben und werden auch so leben.«

»Wir gehen keine Vereinbarungen ein, wir machen keine Versprechungen«, erwiderte Eins. »Dein Gehirn ist das stärkste Gehirn, auf das ich je gestoßen bin — es ist fast so mächtig wie eins von uns —, und ich werde es besitzen.«

»Das bildest du dir ein!« erwiderte Seaton heftig. »Du scheinst nicht zu begreifen, was ich gesagt habe. Ich werde einen absoluten Zeitstillstand bewirken, so daß euch die Gefangenschaft gar nicht mal bewußt wird, bis ich gewisse dringende Dinge erledigt habe. Dann werde ich mir eine Methode überlegen, euch so weit aus dem Universum zu vertreiben, daß eine Rückkehr unendlich lange dauern würde — jedenfalls nach menschlichen Vorstellungen. Dir muß also klar sein, daß du keins unserer Gehirne erobern kannst — unter keinen Umständen.«

»Ich hatte nicht gedacht, daß ein so mächtiger Verstand wie der deine so sinnlose Gedanken hervorbringen kann. Du weißt ebensogut wie ich, daß die Zeit, mit der du mir drohst, nur ein Nichts ist. Eure Galaxis ist unwichtig, euer Universum ist nur ein mikroskopisch kleiner Punkt im kosmischen Ganzen. Wir interessieren uns nicht dafür und hätten diese Gegend längst verlassen, wenn ich nicht auf deinen Geist gestoßen wäre, das beste materielle Gehirn, das ich je gefunden habe. Dieses Gehirn ist sehr wichtig für uns, und ich werde es besitzen.«

»Aber ich habe dir schon erklärt, daß das nicht möglich ist«, widersprach Seaton gereizt. »Ich werde tot sein, ehe ihr diesen Käfig verlaßt.«

»Wieder diese dummen Gedanken!« gab Eins zurück. »Du weißt sehr wohl, daß dein Verstand nie vergehen, daß seine Kraft niemals nachlassen wird. Du hast den

Schlüssel zu Kenntnissen, die du den nachfolgenden Generationen weitergeben wirst. Planeten, Sonnensysteme, Galaxien werden kommen und gehen, wie es seit Anbeginn der Zeit gewesen ist; aber deine Nachkommen werden ewig sein, sie werden ihre Welten verlassen, wenn sie älter werden, um auf jüngeren, angenehmeren Planeten zu leben, in anderen Sonnensystemen und anderen Galaxien — auch in anderen Universen.

Und ich glaube nicht, daß ich soviel Zeit verlieren werde, wie du annimmst. Es ist wirklich kühn von dir anzunehmen, daß dein Geist den meinen auch nur für die kurze Zeit gefangensetzen kann, über die wir gesprochen haben. Tu, was du willst — wir geben keine Versprechungen und treffen keine Absprachen.«

Kapitel 23

So groß das norlaminische Raumschiff auch war — das Großgehirn hatte keine Mühe, es an Bord der *Skylark von Valeron* zu nehmen. Im Innern des Planetoidenschiffs bildete sich eine Energiewand und siegelte die Schiffsatmosphäre ab, dann verschwand ein runder Teil der vielfachen Außenwandung, Rovols Raumtorpedo schwebte hinein; die Wand war wieder intakt, die Schutzwand verschwand, und der Raumkreuzer senkte sich sanft in die gewaltige Landehalterung.

Der osnomische Prinz ging als erster von Bord; er war unbewaffnet. Zum erstenmal in seinem kriegerischen Leben hatte er freiwillig alle Waffen abgelegt.

»Ich freue mich, Dick«, sagte er schlicht, doch er umfaßte Seatons Hand mit beiden Händen, eine Geste, die mehr ausdrückte als seine Worte. »Wir hatten schon angenommen, daß es dich erwischt hätte — aber du bist ja besser denn je! Je größer die Klemme, in der du steckst, desto größer deine Leistung.«

Seaton schüttelte ihm begeistert die Hände. »Ja, ich bin wirklich ein Glückspilz. Ich könnte in eine Jauchegrube fallen und käme frisch gepudert und parfümiert wieder zum Vorschein. Aber du hast größere Fortschritte gemacht als ich.« Und er starrte vielsagend auf die Hüfte des anderen, die frei war von tödlichen Waffen.

Dann wandte er sich um und begrüßte die anderen Besucher. Anschließend suchten alle den Kontrollraum auf.

Während des langen Fluges von Valeron zur Ersten Galaxis kümmerte sich niemand um Kurs oder Geschwindigkeit — eine Handvoll Zellen im Großgehirn konnte die *Skylark* besser steuern, als es jede menschliche Intelligenz vermocht hätte. Die norlaminischen Wissenschaftler studierten die neuen Erkenntnisse im

Hinblick auf ihre Spezialgebiete. Orlon registrierte die Galaxien im Modell des Ersten Universums; Rovol die winzig kleinen Partikel und Wellen der sechsten Ordnung; Astron die unendlichen Energien der kosmischen Strahlung — und so weiter.

Seaton verbrachte seine Tage in Kontakt mit dem Großgehirn und rechnete und plante mit einer bis dahin undenkbaren Klarheit, doch er kam zu keinem Ergebnis. Was sollte er, was konnte er mit den verflixten Geistwesen anfangen? Crane, Fodan und Drasnik entwarfen eine vollkommene Regierung — auf planetarischer, solarer, galaktischer und universaler Ebene. Dieses System sollte allen bekannten intelligenten Rassen vorgeschlagen werden. Sacner Carfon arbeitete mit Caslor von den Technikern zusammen und gestaltete die neuen Konzeptionen für die Bedürfnisse seines Wasserplaneten um. So verging die Zeit ziemlich schnell, und die meisten Reisenden waren überrascht, als der galaktische Planetoid abrupt das Tempo verringerte, um sich vorsichtig zwischen den Sternen unserer Galaxis hindurchzubewegen. Obwohl die *Skylark von Valeron* im Vergleich zu ihrer intergalaktischen Geschwindigkeit nur noch dahinkroch, war ihr Tempo noch so groß, daß die Sterne als flammende Lichtlinien vorbeizuckten. Sie flog an der Doppelsonne vorbei, deren einer Lichtpunkt einmal die Sonne der Fenachroner gewesen war, sie passierte das Zentralsystem und näherte sich der Erde und dem Herrn dieses Planeten — DuQuesne.

DuQuesne hatte den Planetoiden längst entdeckt, und seine robotbemannten Schiffe rasten ins All hinaus, um gegen Seatons neues, seltsames Schiff zu kämpfen. Doch es kam gar nicht erst zum Kampf. Seaton war nicht in der Stimmung, sich mit Kleinigkeiten abzugeben. Die kosmischen Energien seines Großgehirns bewegten sich unter der Ebene, die DuQuesnes Schirme abblocken konnten, und wirkten direkt auf die

Energieschienen der irdischen Raumfahrzeuge ein. Die gesamte Flotte explodierte in einem einzigen grellen Blitz. Dann näherte sich die *Skylark* den Abwehrschirmen des Planeten und bremste ab.

»Ich weiß, daß Sie mich beobachten, DuQuesne, und ich weiß, was Sie planen — aber Sie haben keine Chance!« Seaton, der an den Kontrollen des Großgehirns saß, sprach die Worte laut aus. »Sie wissen natürlich, daß Sie die Erde aus ihrer Umlaufbahn reißen, wenn Sie eine Energiezone um den Planeten legen?«

»Natürlich! Aber ich tue es, wenn ich muß«, erwiderte DuQuesne gelassen. »Ich kann den Planeten immer noch auf seine Bahn zurückbringen, wenn ich mit Ihnen fertig bin.«

»Sie werden überhaupt nichts tun, Sie Wahnsinniger!« rief Seaton. »Ich habe hier Hilfsmittel zur Verfügung, die Ihnen völlig neu sein dürften, weil Sie noch keine Gelegenheit hatten, sie zu stehlen, und ich habe Sie völlig in der Hand! Ich bin Ihnen wie immer um eine Nasenlänge voraus. Ich könnte Sie auf der Stelle hypnotisieren und zwingen, meinen Befehlen zu gehorchen, aber darauf werde ich verzichten. Ich möchte, daß Sie bei Bewußtsein sind und alles mitbekommen. Schalten Sie die Energiezone ruhig ein, wenn Sie wollen — ich sorge dafür, daß die Erde in ihrer Bahn bleibt. Los, unternehmen Sie schon etwas, Sie Gauner!«

Die Schirme der *Skylark* glühten auf, als ein Strahl, in dem die volle Energie von DuQuesnes Anlagen lag, sein Ziel suchte — ein Strahl, der die Energien des weltumspannenden Netzes von Energiestationen auf sich vereinte. Doch Seatons Schirme glühten nur schwach auf; sie begannen nicht einmal zu sprühen. Die *Skylark von Valeron* lebte nicht von Atomenergie, sondern griff auf die kosmischen Strahlen zurück.

Die gewaltigen Schirme des Planetoiden absorbierten alle Kräfte, die DuQuesne aufbringen konnte; dann begann Seaton seine Zonen zu komprimieren und ließ nur die schmale Frequenz vierter Ordnung offen, durch die sich die Schwerkraft äußert. Er ließ die Frequenz nicht nur offen, sondern blockierte die Lücke auch, so daß nicht einmal DuQuesnes Energiezonen das Band schließen konnten.

Als sich die Energiezonen bildeten, zog auf der Erde eine Dunkelheit herauf, wie es sie noch nie gegeben hatte. Es war nicht die Dunkelheit der Nacht, sondern das furchteinflößende Fehlen allen Lichtes. Als diese absolute Schwärze begann, wurde die Menschheit von unsäglicher Angst gepackt, die sich in Panik und Gewalttätigkeit Luft machte.

Doch wir können diese Stunde des Schreckens leichten Herzens übergehen, so fürchterlich sie auch war, denn sie machte die Hoffnung auf die Weltherrschaft eines Individuums ein für allemal zunichte — und sie ebnete den Weg für jene gerechte Regierung, die die Norlaminer bald auf der Erde errichten sollten.

Durch die Energiebarrieren seines mächtigen Raumschiffs und des gegnerischen Planeten trieb Seaton seine Projektion sechster Ordnung. Obwohl das Gerät auf universale Entfernungen eingerichtet war, arbeitete es auf kurze Distanzen nicht weniger zuverlässig, da die Kontrollen auf geistiger Ebene ausgelöst wurden. So materialisierte Seatons Projektion in DuQuesnes Allerheiligstem — und erblickte DuQuesne, der hinter Dorothys Vater und Mutter stand und eine schwere Automatik in Mrs. Vanemans Rücken preßte.

»Ich habe jetzt genug von Ihnen«, sagte DuQuesne zornig. »Sie können mir nichts tun, ohne diese Herrschaften hier zu gefährden, und Sie sind zu weichherzig, um etwas zu riskieren. Bei der geringsten Bewegung brauche ich nur den Abzug zu drücken. Und das werde ich auf der Stelle tun, wenn Sie nicht aus dem System verschwinden und draußen bleiben. Wie Sie sehen, bin ich noch immer Herr der Lage.«

»Sie sind Herr von gar nichts, Sie Idiot!«

Ehe Seaton die ersten Worte geäußert hatte, war seine Projektion zur Tat geschritten. DuQuesne reagierte schnell, doch was sind menschliche Reflexe im Vergleich zur Geschwindigkeit von Gedanken? DuQuesnes Netzhaut hatte kaum die Tatsache wahrgenommen, daß sich Seatons Projektion bewegt hatte, als seine Pistole auch schon zur Seite gerissen und er von Kräften an die Wand gedrückt wurde, die so unwiderstehlich waren wie die kosmischen Kräfte, denen sie entsprangen.

DuQuesne wurde in die Luft gerissen, von einer Energiekuppel eingeschlossen, er wurde durch ein Gewirr zerstiebender Mauern und verbogener Eisenträger ins Freie gezerrt, wurde durch Atmosphäre, Stratosphäre und das leere Weltall in den Kontrollraum der *Skylark von Valeron* geholt. Die schützende Energiehülle verschwand, und Seaton schleuderte seinen Kontrollhelm zur Seite, denn er wußte, daß reiner Haß die inneren Barrieren seines Geistes bestürmte, und dieser Haß hätte den sofortigen Tod seines Gegners ausgelöst, wenn er die Kopfhaube noch einen Augenblick länger getragen hätte.

So standen sich die beiden Männer, die sich äußerlich so ähnlich sahen und geistig so verschieden waren, nach langer Zeit wieder gegenüber, harte graue Augen starrten unnachgiebig in mitternachtsschwarze Pupillen. Seaton war außer sich vor Wut; DuQuesne gab sich dagegen kühl und beherrscht wie immer und schien auf eine Chance zu lauern, sich aus seiner Notlage zu befreien.

»DuQuesne, ich will Ihnen mal etwas sagen«, begann Seaton gepreßt. »Hören Sie mir zu. Wir beide fliegen jetzt mit diesem Projektor los. Sie werden all Ihren Einheiten befehlen, das Feuer einzustellen. Sie werden eingestehen, daß Sie geschlagen sind und daß eine humane Regierung die Herrschaft übernimmt.«

»Und wenn nicht ...?«

»Wenn nicht, werde ich auf der Stelle tun, was ich schon seit langem möchte — ich werde die Atome Ihres Körpers zwischen hier und Valeron verstreuen.«

»Aber Dick ...!« rief Dorothy.

»Red nicht dazwischen, Dorothy!« sagte Seaton mit einer Stimme, die seiner Frau völlig fremd war. »Mitleid ist ja gut und schön, aber hier ist es fehl am Platze. Es ist zu spät, Rücksichten auf diese Maschine in Menschengestalt zu nehmen. Er hat seit langem den Tod verdient, und wenn er sich nicht schleunigst gefügig zeigt, ist er dran — auf der Stelle!

Und was Sie angeht, DuQuesne, so rate ich Ihnen zu Ihrem eigenen Besten, auf meine Forderung einzugehen! Ich rede hier nicht zum Spaß.«

»Sie brächten das nie fertig, Seaton, dazu sind Sie viel zu ...« Die beiden Männer starrten einander an, doch in DuQuesnes Augen erschien plötzlich ein erster Zweifel. »Oh, vielleicht doch!« rief er verblüfft.

»Wenn Sie das wirklich feststellen wollen, brauchen Sie nur nein zu sagen. Ja oder nein?«

»Ja!« DuQuesne wußte, wann er geschlagen war. »Sie haben gewonnen — wenigstens im Augenblick«, mußte er noch hinzufügen.

Die Projektion raste los, und die vorgesehenen Befehle wurden gegeben. Wieder tauchten Sonne, Mond und Sterne die Welt in ihr Licht. DuQuesne saß gelassen in einem Sessel und rauchte Cranes Zigaretten; Seaton runzelte die Stirn und wandte sich an die Norlaminer.

»Sehen Sie, in welcher Klemme ich stecke?« fragte er. »Der Bursche müßte eigentlich sterben, aber ich bringe so etwas nicht fertig, solange er mir nicht wenigstens einen Vorwand liefert, aber dazu ist er zu vorsichtig. Was nun?«

»Der Mann hat ein ausgezeichnetes Gehirn, das leider entstellt ist«, sagte Drasnik. »Ich meine aber, daß er sich zurechtbiegen läßt. Vielleicht könnten einige Operationen ein wertvolles Mitglied der menschlichen Gesellschaft aus ihm machen.«

»Das möchte ich bezweifeln«, meinte Seaton. »Er gibt sich nie zufrieden, solange er nicht alles kontrolliert. Es genügt ihm nicht, eine wichtige Rolle zu spielen — er muß der oberste Boß sein. Er ist von Natur aus antisozial — er würde uns immer Ärger machen und sich nie in eine wirklich zivilisierte Welt einpassen. Er hat einen *großartigen* Verstand, aber er ist kein Mensch ... Moment mal, da kommt mir ein Gedanke!« Seine umwölkte Stirn glättete sich, sein Zorn war verraucht.

»DuQuesne, wie würde es Ihnen gefallen, ein Geistwesen zu sein? Eine körperlose Intelligenz, die immaterial und unsterblich ist und überall im Kosmos nach reiner Macht und reinem Wissen forscht. Sie wären in Gesellschaft von sieben anderen Wesen gleicher Art.«

»Was reden Sie da? Wollen Sie sich über mich lustigmachen?« fragte DuQuesne. »Ich verzichte auf Ihre Angebote. Sie wollen mich erledigen — gut, tun Sie's. Aber machen Sie mir nichts vor.«

»Nein, ich will Sie nicht verspotten. Erinnern Sie sich an das Geistwesen, das wir in der ersten *Skylark* trafen? Wir haben ihn und sechs Artgenossen gefangengenommen, und es wäre keine Mühe, Sie zu entmaterialisieren, so daß Sie zu den Wesen stoßen könnten. Ich schalte mal eine Verbindung, damit Sie sich mit ihnen unterhalten können.«

Die Geistwesen wurden in den Kontrollraum gebracht, der Zeitstillstand wurde aufgehoben, und DuQuesnes Projektion führte ein langes Gespräch mit Eins.

»Das ist das wahre Leben!« sagte er schließlich. »Millionenmal besser als jedes denkbar körperliche Leben — die ideale Existenz! Ob Sie das schaffen, ohne mich umzubringen, Seaton?«

»Klar.«

DuQuesne und die eingeschlossenen Geistwesen schwebten in der Luft. Seaton legte eine Energiezone um Gefängnis und Mann, und die innere Zone verschwand, als sich die äußere Zone aktivierte. DuQuesnes Körper verschwand — nicht aber sein Intellekt.

»Das war der erste wirklich schlimme Fehler, den Sie je gemacht haben, Seaton«, sagte die altbekannte höhnische Stimme auf Gedankenebene. »Ein schlimmer Fehler, weil Sie ihn nie wiedergutmachen können — Sie können mich jetzt nicht mehr umbringen! Aber eines Tages werde ich Sie erwischen — was hindert mich daran, zu tun, was mir gefällt?«

»Ich, mein Lieber!« sagte Seaton fröhlich. »Ich habe Ihnen schon vor längerer Zeit gesagt, daß ich noch einige Überraschungen in petto habe, und das gilt noch immer. Aber mich überrascht Ihre Bitterkeit und der Fortbestand Ihrer kleinlichen bösen Gelüste. Was halten Sie davon, Drasnik? Ist das nur ein Nachklang, oder wird es in seinem Fall anhalten?«

»Nein, permanent ist so etwas nicht«, meinte Drasnik. »Er hat sich nur noch nicht an sein verändertes Leben gewöhnt. Solche Emotionen sind mit einem Dasein als reines Geistwesen nicht vereinbar und dürften bald verschwinden.«

»Also, er soll sich jedenfalls nicht einbilden, daß ich mich in seinem Fall geirrt habe«, sagte Seaton. »Hören Sie, DuQuesne! Wenn ich nicht absolut sicher gewesen wäre, daß ich Sie im Griff behalten könnte, hätte ich Sie nicht entmaterialisiert, sondern getötet. Und machen Sie sich keine zu großen Hoffnungen, nur weil ich Sie noch nicht umbringen kann. Es dürfte nicht unmöglich sein, eine Energiezone zu berechnen, in der es keine freie Energie mehr gibt, so daß Sie verhungern müßten. Aber machen Sie sich keine Sorgen — so etwas tue ich nur, wenn ich unbedingt muß.«

»Was haben Sie vor?«

»Sehen Sie das Miniaturraumschiff hier? Ich werde

Sie und Ihre neuen Reisegefährten in diese Kapsel einschließen und mit einem Zeitstillstand umgeben. Dann schicke ich Sie auf eine Reise. Sobald Sie die Galaxis verlassen haben, wird diese Energieschiene einen Antrieb kosmischer Energie einschalten — dabei wird nicht die Schiene abgebaut, deren Strahlung nur zur Steuerung und Kontrolle der kosmischen Energie dient — und Sie werden mit einer Beschleunigung von etwa dreimal zehn hoch zwölf Zentimetern in der Sekunde ins Unbekannte fliegen. Diese Beschleunigung wird beibehalten, bis diese kleine Energieschiene aufgebraucht ist. Sie dürfte etwa hundert Milliarden Jahre halten.

Dann wird Ihre Kapsel von den großen Energieschienen hier in die vierte Dimension rotiert. Dies geschieht nicht nur, um Sie noch weiter von uns fortzutragen, sondern auch, um eine Orientierung unmöglich zu machen. Wenn und falls Ihre Kapsel in den dreidimensionalen Raum zurückkehrt, werden Sie so weit entfernt sein, daß Sie wahrscheinlich den größten Teil der verbleibenden Ewigkeit brauchen, um hierher zurückzufinden.« Er wandte sich an den alten norlaminischen Physiker und fragte: »Was sagen Sie dazu, Rovol?«

»Eine ausgezeichnete Arbeit«, sagte der alte Mann.

»Wohl durchdacht, mein Sohn«, bemerkte Fodan ernst.

Seaton beschäftigte sich einige Sekunden lang mit seiner Kopfhaube und projizierte seine Gedanken wieder in die Kapsel.

»Alles bereit, Leute?« fragte er. »Nehmen Sie's nicht so tragisch — wie viele Millionen Jahre Ihr Flug auch dauert, Sie werden nichts davon merken. Gute Reise!«

Das winzige Raumschiff, das in Wirklichkeit ein Gefängnis war, schoß davon, um seine körperlosen Insassen in die unbeschreibliche Leere des Hyperuniversums zu tragen, in das kosmische Ganze, in jenen unendlichen Raum, der womöglich nur solchen unsterblichen und immateriellen Wesen verständlich ist, wie sie es waren.

Der frühere Oberherr und seine Frau saßen in ihrem Heim auf einem ganz normalen Sofa und starrten in den Kamin, den Menschenhände gebaut hatten und in dem natürlich gewachsenes Holz knackend brannte. Dorothy kuschelte sich an ihren Mann.

»Komisch, wie sich die Dinge entwickeln. Raumschiffe und normale Projektoren und Energien und so sind ja ganz in Ordnung — aber ich bin sehr froh, daß du das schreckliche Großgehirn an den Galaktischen Rat in Norlamin abgegeben und versprochen hast, kein zweites Gehirn dieser Art zu bauen. Vielleicht sollte ich das nicht sagen, aber es ist viel schöner, dich als einfachen Mann hier zu haben — und nicht ... na ja, als eine Art Gott oder so.«

»Auch ich bin darüber froh, Dottie, ich hätte das nicht lange durchgehalten. Als ich so zornig auf DuQuesne war, daß ich die Kopfhaube abnehmen mußte, wurde mir klar, daß man mir diese Maschine eigentlich nicht anvertrauen durfte.«

»Wir sind eben nur Menschen, und das freut mich.« Verträumt fuhr sie fort: »Seltsam ist es auch, wie wir herumgehüpft sind, ohne viel zu sehen. Von hier durch viele tausend Sonnensysteme nach Osnome und von Norlamin quer durch viele tausend Galaxien nach Valeron. Dabei haben wir noch nicht einmal Mars oder Venus gesehen, unsere nächsten Nachbarn, und es gibt auch viele Orte auf der Erde, die uns noch unbekannt sind.«

»Ganz recht, und da wir sowieso eine Zeitlang hierbleiben werden, könnten wir das vielleicht ein bißchen nachholen.«

»Ich bin froh, daß du dich ein wenig mehr an die Erde halten willst, denn ich folge dir natürlich, wohin du auch gehst, und wenn ich nicht fort kann, mußt du auch hierbleiben. In der nächsten Zeit sowieso, denn Richard Ballinger Seaton Junior soll auf der Erde geboren werden, und nicht irgendwo im Weltraum!«

»Natürlich, mein Schatz. Ich bleibe bei dir, denn — ich liebe dich, wie ich vielleicht schon mal angedeutet habe.«

»Ja … und ich liebe dich und bin glücklich … und ich hoffe, daß noch viele Menschen glücklich werden, wenn sie wissen, was echte Zusammenarbeit bedeutet.«

»O ja — das ist eine zwangsläufige Folge. Aber es wird Zeit kosten. Rassische Gegensätze und tief eingewurzelte Vorurteile lassen sich nicht von heute auf morgen ausräumen — aber die Völker der guten alten Erde können noch lernen.«

Dicht aneinandergeschmiegt starrten sie schweigend in die zuckenden Flammen. Diese beiden Menschen hatten kaum noch Probleme.

HEYNE BÜCHER

HEYNE SCIENCE FICTION

Romane und Erzählungen internationaler SF-Autoren im Heyne-Taschenbuch.

06/4703

06/4634

06/4651

06/4713

06/4718

06/4710

06/4711

06/4712